ଆ ଶୀ ର୍ବ ଚ ନ

କାହାଣୀରେ ଜୀବନ ଥିଲେ କାହାଣୀ ହୁଏ ହୃଦ୍ୟ। ଜୀବନରେ କାହାଣୀ ଥିଲେ ଜୀବନ ହୁଏ ଭବ୍ୟ। ଦେବପ୍ରିୟ ପ୍ରିୟଦର୍ଶୀ ଚକ୍ରଙ୍କର ଗଳ୍ପଗୁଡ଼ିକରେ ଜୀବନ ଦିଶିଯାଏ। ତେଣୁ ଗଳ୍ପଟିଏ ଆରମ୍ଭ କଲେ ଶେଷ କରିବାକୁ ମନ ବଳେ। ବେଳେବେଳେ ଚମକାଇ ଦିଏ 'ପଜଲ୍' ଭଳି ଗଳ୍ପ ଯାହା ଘଟିବା ଉଚିତ୍ ନହେଲେ ମଧ୍ୟ ସମାଜରେ ଘଟୁନାହିଁ ବୋଲି କହିହେବ ନାହିଁ। ତାଙ୍କର 'ଭାତବାଲା' ଗଳ୍ପ ସତ୍ୟର ଗଳ୍ପରୂପ ପରି ଲାଗେ, ହୃଦୟକୁ ଛୁଏଁ। ତାଙ୍କର ଗଳ୍ପଗୁଡ଼ିକ ଆକାଶରୁ ଉଲ୍‌କା ଭଳି ଖସନ୍ତି ନାହିଁ, ମାଟିରୁ ପାଦତଳର ଘାସ ଭଳି ମୁଣ୍ଡ ଟେକନ୍ତି, ସମାଜର ଚିତ୍ରପଟ ପାଲଟିଯାଆନ୍ତି। ଦେବପ୍ରିୟଙ୍କର ହାତମୁଠାରେ ଜୀବନ କଥାକୁହେ। ତାଙ୍କର ଗାଳ୍ପିକ ଜୀବନ ସମ୍ଭାବନାମୟ। ଅଶେଷ ଆଶୀର୍ବାଦ।

- ପ୍ରତିଭା ରାୟ

ଦେବପ୍ରିୟଙ୍କ କାହାଣୀରେ ନାଟକ ଅଛି, କବିତାର ଝଲକ ଅଛି। ଅନେକ ଗପ ଏକ ନିଶ୍ୱାସରେ ପଢିବା ଭଳି। ସାଧାରଣ ଜୀବନ ଭିତରେ ଅସାଧାରଣ ଚରିତ୍ରକୁ ଆବିଷ୍କାର କରିବାରେ ତାଙ୍କର ରହିଛି ଅଦ୍ଭୁତ ଦକ୍ଷତା ।

- ତରୁଣକାନ୍ତି ମିଶ୍ର

ଜଣେ ସଚେତନ ଓ ସଂଯତ ଗାଳ୍ପିକ ରୂପେ ନିଜର ପରିଚୟ ସୃଷ୍ଟି କରିଥିବା ଦେବପ୍ରିୟ ଚଳନ୍ତି ସମୟର ଅନ୍ୟତମ ଅଗ୍ରଣୀ ଯୁବ ଲେଖକ। ଓଡ଼ିଆ ଗଳ୍ପର ପ୍ରବାହଧାରାକୁ ଅବିରତ ପ୍ରଖର କରିବାଦିଗରେ ତାଙ୍କର ଯୋଗଦାନ ଉଲ୍ଲେଖନୀୟ। ଦେବପ୍ରିୟଙ୍କ ଗଳ୍ପର କଥାବସ୍ତୁ ତାଙ୍କ ଅନୁଭୂତିରୁ ଉପଜାତ ଏବଂ ଉପସ୍ଥାପନା ଶୈଳୀ ଅଭିନବ।

-ସଦାନନ୍ଦ ତ୍ରିପାଠୀ

ଦେବପ୍ରିୟ ସମକାଳର ଜଣେ ଅନୁଭୂତିସଂପନ୍ନ ନିଷ୍ଠାପର କଥାକାର। ତାଙ୍କ ଗଳ୍ପର ଆତ୍ମା - ବଳିଷ୍ଠ କାହାଣୀ, ସାମାଜିକ ବାସ୍ତବତା ଓ ପ୍ରତ୍ୟକ୍ଷ ଅନୁଭବର କଳାତ୍ମକ ଉପସ୍ଥାପନ। ବର୍ଣ୍ଣନାର ସଂକ୍ଷିପ୍ତତା ଓ କଥାକୁହା ଭାଷାର ପ୍ରୟୋଗ ଯୋଗୁ ଆରମ୍ଭରୁ ଶେଷ ଯାଏ ସ୍ରୋତର ଅନୁକୂଳରେ ପାଠକକୁ ଭସାଇନିଏ ତାଙ୍କ ଗପ ନଈର ମଝଧାର। ଓଡ଼ିଆ ସାହିତ୍ୟର ଗପ ପୃଥିବୀରେ ଦେବପ୍ରିୟ ପାଠକୀୟତାର ସଶକ୍ତ ଯୁକ୍ତାକ୍ଷର।

-ଭୀମ ପୃଷ୍ଟି

ଦେବପ୍ରିୟଙ୍କୁ ପଢିବାପରେ କହିହେବ ଯେ, ମାଟି,ପାଣି,ପବନର ତାଳପତ୍ରକୁ ମଜଭୁତ ଭାବେ ଧରିରଖିଥିବା ପରମ୍ପରାର ସେ ପ୍ରତିବିମ୍ବ। କାହାଣୀ ତାଙ୍କ ସ୍ପନ୍ଦନରେ,ନିଃଶ୍ୱାସରେ ଓ ଅନୁଭବରେ। ତାଙ୍କ କଥାର ନାୟକ ନାୟିକା କେଉଁ ଅଦେଖା ରାଜ୍ୟରୁ ଆସି ନଥାନ୍ତି,ସେମାନେ ନିତିଦିନିଆ ଜୀବନର ପରିତ୍ୟକ୍ତ ଦସ୍ତାବିଜ ପରି ଅବହେଳିତ ହୋଇ ପଡିରହିଥାନ୍ତି ଆମ ଆଖପାଖରେ। ସେ ସେମାନଙ୍କୁ ଜୀବନ୍ୟାସ ଦିଅନ୍ତି,ସଶକ୍ତ ଉପସ୍ଥାପନା କରି ବିଶ୍ୱାସର ସହିତ କହନ୍ତି- ଗପ ଖୋଜୁଛ ପରା ? ଦେଖ ମହାନାୟକମାନେ ତ ତମ ପାଖାପାଖି ଚାଲିଥିବା ସହଯାତ୍ରୀ ! ଦୃଷ୍ଟିଭଙ୍ଗୀ, ବର୍ଣ୍ଣନାବିନ୍ୟାସ ଓ କଥନିକାରେ ସେ ଏକ ସହଜ,ସ୍ୱଚ୍ଛନ୍ଦ ଓ ସ୍ୱତନ୍ତ୍ର ପ୍ରବହମାନ ଧାରା।

- ଦେବପ୍ରସାଦ ଦାଶ

ବେଶ କିଛିଦିନ ହେବ ମୁଁ ଦେବପ୍ରିୟ ପ୍ରିୟଦର୍ଶୀ ଚକ୍ରଙ୍କ ଗପସବୁ ପଢି ଆସୁଛି। ତାଙ୍କର ଗପମାନ ସଂକ୍ଷିପ୍ତ କିନ୍ତୁ ସେଥିରେ ସେ ନିଜ ବକ୍ତବ୍ୟକୁ ସାବଲୀଳ ଢଙ୍ଗରେ ପ୍ରକାଶ କରନ୍ତି। ଆରମ୍ଭ କଲେ ଶେଷ ଯାଏ ପରିଣତି ଜାଣିବାକୁ ପଢିବାର ଉତ୍କଣ୍ଠା ରହେ। ଆଟୋପବିହୀନ ପ୍ରବଣତା ସହ ସେ ସିଧାସଳଖ ଯୋଗାଯୋଗ କରାଇପାରନ୍ତି। ତରୁଣ ପିଢିର ସେ ଜଣେ ସମର୍ଥ କଥାକାର।

-ପାରମିତା ଶତପଥୀ

ପ୍ରିୟଦର୍ଶୀଙ୍କ ପ୍ରତ୍ୟେକ ଗପ ସମୟର ପ୍ରତିଟି ସୋପାନ, ପ୍ରତିଟି ପରିବର୍ତ୍ତନ ଓ ପ୍ରତିଟି ଉତ୍ତରଣକୁ ବାନ୍ଧି ରଖିବାର ସାମର୍ଥ୍ୟ ରଖେ। ସେଥିରୁ ଯେଉଁ ଅନ୍ତସ୍ୱର ଓ ପରିଣତି ପ୍ରତ୍ୟୟମାନ ହୁଏ ତାହା ପାଠକର ମନକୁ ଆନ୍ଦୋଳିତ କରେ। ଗପ ମାଧ୍ୟମରେ ସମାଜର ସଂଘାତ ଓ ବ୍ୟକ୍ତିଚେତନାର ଅର୍ନ୍ତଦ୍ୱନ୍ଦ୍ୱକୁ ସେ ଜୀବନ୍ତ ରୂପ ଦେଇ ପାରନ୍ତି। ତାଙ୍କ ଗଳ୍ପର ଚରିତ୍ରମାନେ ଜୀବନ ଦର୍ଶନର ଜଣେ ଜଣେ ସାର୍ଥକ ମୁଖପାତ୍ର।

- ଚିତ୍ତରଞ୍ଜନ ଚିରଞ୍ଜିତ

ତାପମାତ୍ରା

ତାପମାତ୍ରା

ଦେବପ୍ରିୟ ପ୍ରିୟଦର୍ଶୀ ଚକ୍ର

BLACK EAGLE BOOKS

2021

BLACK EAGLE BOOKS

USA address:
7464 Wisdom Lane
Dublin, OH 43016

India address:
E/312, Trident Galaxy, Kalinga Nagar,
Bhubaneswar-751003, Odisha, India

E-mail: info@blackeaglebooks.org
Website: www.blackeaglebooks.org

First International Edition Published by
BLACK EAGLE BOOKS, 2021

TAPAMATRA
by **Debapriya Priyadarshi Chakra**

Cover & Interior Design: Ezy's Publication

ISBN- 978-1-64560-165-4 (Paperback)

Printed in United States of America

ଉତ୍ସର୍ଗ

ଅତି ବିଶ୍ୱସ୍ତ ମୋର 'ଛାଇ'କୁ
ଯିଏ ପ୍ରତି କ୍ଷଣରେ ମୋ କଡ଼େ କଡ଼େ ଥାଏ
ମୋ କାନେ କାନେ କହୁଥାଏ ତୁ ତୋ ଭଳି ହ
ଆଉ କାହାପରି ନୁହେଁ

ଅବତରଣିକା

ଜୀବନାନୁଭୂତି ଓ ପ୍ରତ୍ୟକ୍ଷ ସଂପୃକ୍ତି ନଥିଲେ ମୁଁ କୌଣସି କାହାଣୀ କହିପାରେ ନାହିଁ। ଏହା ମୋର ଏକ ବଡ଼ ଦୁର୍ବଳତା ହେଇପାରେ। କେହି କେହି କହନ୍ତି, କାହାଣୀରେ ବେଶି ରୈଖିକ ବାସ୍ତବତା ରହିଲେ ତାହା ସତ ସତ ଲାଗେ ଗପ ଭଳି ଲାଗେ ନାହିଁ। ଗପ ତ ଅଧା ମିଛ,ଅଧା ସତର ଏକ ଛାଇଆଲୁଅ ଖେଳ। ସୁନାରେ ଖାଦ ନମିଶିଲେ ଅଳଙ୍କାର ଯେମିତି ହୋଇ ପାରେ ନାହିଁ, କାହାଣୀରେ ସତ ସହ କିଛି କଳ୍ପନା ପ୍ରସୂତ କଥା ମିଶାଇବା ଜରୁରୀ। ମୁଁ ଅନେକ କଳ୍ପନା ପ୍ରସୂତ କାହାଣୀ କହିପାରନ୍ତି। ମାତ୍ର ମୋର ମୁକ୍ତ ଶୈଳୀ ସାଙ୍ଗକୁ ରୈଖିକ ବାସ୍ତବତାର ସାଙ୍ଗୋପାଙ୍ଗତା ମତେ ବାଧ୍ୟକରେ ମୋ ନିଜ ହିସାବରେ କାହାଣୀଟିଏ କହିବାପାଇଁ। ମୁଁ ନିଜ ମର୍ଜିରେ କାହାଣୀ ଭିତରେ ବିଚରଣ କରେ ଓ ଲେଖେ।

କୌଣସି ଲେଖକ ଯେତେବେଳେ ଗୋଟିଏ ଗପ ରଚନା କରନ୍ତି, ସେତେବେଳେ ସିଏ ଜଣେ ପ୍ରସୂତି ପାଲଟି ଯାଆନ୍ତି। ଗପଟିଏ ସାରିବା ପର୍ଯ୍ୟନ୍ତ ସେଇ କେତେଦିନ ଯନ୍ତ୍ରଣାରେ ଛଟପଟ ହୁଅନ୍ତି। ହେଲେ ଅନ୍ୟମାନେ ଏହା ବୁଝିନ୍ତି କି ନା ଜାଣେନି। ଆମେ ସାହିତ୍ୟର ଅନେକ ପ୍ରରୂପ ଭିତରୁ ଗପକୁ ହିଁ ଲୋକପ୍ରିୟ ସାହିତ୍ୟର ମାନ୍ୟତା ଦେଇଛୁ। ଗପକୁ ନେଇ ଅନେକ ଆକାଂକ୍ଷା ବି ପାଠକଙ୍କର

ଥାଏ। ହେଲେ ସବୁ ଗପ କଣ ପାଠକଙ୍କୁ ବାନ୍ଧି ରଖିପାରେ ! ଗୋଟିଏ ଗପ ଜଣକୁ ଭଲ ଲାଗିଲେ ଅନ୍ୟ ଜଣକୁ ଭଲ ବି ନଲାଗିପାରେ। ଭଲ ନଲାଗିବା ଅର୍ଥ ଲେଖକର ସ୍ୱେଦ,ଶୋଣିତ ଓ ବିନିଦ୍ର ରଜନୀର ଶ୍ରମ ଗୋଟିଏ ଫୁତକାରରେ ଉଡିଯିବା। ଭଲ ଲାଗିବା ଅର୍ଥ ପାଠକଙ୍କ ପ୍ରଶସ୍ତିରୁ ଲେଖକର ମନକୁ ଏକ ପ୍ରଶାନ୍ତି ମିଳିବା। ଏଇ ଭଳି ଏକ ସଂଘର୍ଷ ଭିତରେ କଥାଯାତ୍ରା ପ୍ରବହମାନ। ତାରି ଭିତରୁ ମିଳିଯାଆନ୍ତି ଦୀକ୍ଷିତ ପାଠକ ଓ ଦୀକ୍ଷିତ ନିନ୍ଦୁକ। କାହାଣୀ ସରେ ନାହିଁ, କାହାଣୀ କହିବାକୁ କମର କଷିଥିବା ଲୋକ ଅଟକି ଯାଏ ନାହିଁ। ହଁ ଯଦି କାହାଣୀ କହିବାକୁ କମର କଷିଥିବା ଲୋକକୁ ଗୁଳିଦ୍ୱାରା ଉଡେଇ ଦିଆଯାଆନ୍ତା ତେବେ କାହାଣୀ କହିବାର ବି କୌଣସି ସୁଯୋଗ ରହନ୍ତା ନାହିଁ। ପ୍ରତ୍ୟେକ କଥାକାର ଅନ୍ୟଠାରୁ ଭିନ୍ନ, ଅଦ୍ୱିତୀୟ। ସେ ଏମିତି ଏକ ସ୍ୱତନ୍ତ୍ର,ବିଶିଷ୍ଟ ଓ ମହତ୍ତ୍ୱପୂର୍ଣ୍ଣ ବିନ୍ଦୁର ପ୍ରତିନିଧିତ୍ୱ କରେ ଯେଉଁଠାରେ ଘଟଣା ସବୁ କେବଳ ତାରି ପାଖରେ ହିଁ ଘଟୁଥାଏ। ଏହି କାରଣରୁ ପ୍ରତ୍ୟେକ କଥାକାରର କାହାଣୀ ମହତ୍ତ୍ୱପୂର୍ଣ୍ଣ। ଯେ ପର୍ଯ୍ୟନ୍ତ ସେ ବଞ୍ଚି ରହେ ନିଜ କଥକତାର ଇଚ୍ଛାକୁ ପୂର୍ଣ୍ଣ କରେ,ନିଜେ ବିସ୍ମିତ ହୁଏ ଓ ଅନ୍ୟକୁ ବିସ୍ମିତ କରେ। ତା ଜୀବନର ପ୍ରତ୍ୟେକ ପାର୍ଶ୍ୱ ଭାବଭୂମି ପାଲଟିଯାଏ, ଆତଜାତ ଲୋକମାନେ ଚରିତ୍ର ପାଲଟି ଯାଆନ୍ତି। ତା ଚାରିପାଖର ପରିବେଶ ଓ ଆତଜାତ ଚରିତ୍ରଙ୍କ ସହ ସମନ୍ୱୟ ରକ୍ଷା କରି ତାକୁ ନିରନ୍ତର ଚାଲିବାକୁ ହୁଏ।

ବହୁତ କମ ଲୋକ ଜାଣନ୍ତି କଥାକାରଟିଏ କେମିତି ଜୀବନ ବଞ୍ଚେ ! ଅନେକଙ୍କର ବର୍ହିଦୃଷ୍ଟି ଅନୁଭବଟିଏ ଥାଏ, କିନ୍ତୁ କଥାକାରଟିଏ ଭାବୁଥାଏ ଏ ପୃଥିବୀର ସବୁ କାହାଣୀ ଲେଖି ସାରିବା ପରେ ହିଁ ମୁଁ ବିଦାୟ ନେବି।

ମୁଁ ନିଜକୁ କେବେ ବି ବିଜ୍ଞ ଭାବେ ନାହିଁ। ମୁଁ ସର୍ବଦା ଜଣେ ଜିଜ୍ଞାସୁ ହେଇ ରହିଛି, ରହିଥିବି ମଧ୍ୟ। ହୁଏତ ଏବେ ପ୍ରଶ୍ନ କରିବା ମୁଁ ଛାଡି ଦେଇଛି। ଶୁଣିବା ବନ୍ଦ କରିନାହିଁ, ଦେଖିବା ବନ୍ଦ କରିନାହିଁ, ଭାବିବା ବନ୍ଦ କରିନାହିଁ। ମୋ ରକ୍ତ ପ୍ରବାହ ଦେଇ ଦୁନିଆର ସବୁ ଘଟଣାର ଘନଘଟା ମୋ ଛାତିରେ ପିଟି ହେଉଥାଏ। ନିଜ ବାଗରେ ମୁଁ କାହାଣୀ କହେ, ନିଜକୁ ପ୍ରତାରିତ କରୁଥିବା ଲୋକଙ୍କ ତାଲିକାରେ ମୁଁ ନଥାଏ।

କୌଣସି ବ୍ୟକ୍ତି ଆଜିଯାଏ ସମ୍ପୂର୍ଣ୍ଣ ହୋଇ ପାରିନାହିଁ,ତଥାପି ସେ ସମ୍ପୂର୍ଣ୍ଣ ହେବାର ଭ୍ରାନ୍ତିରେ ପଡେ। ଅନ୍ତତଃ ଏ ଭ୍ରାନ୍ତି ମୋର ନାହିଁ।

ଦୁଇ ଦଶନ୍ଧିର କଥାଯାତ୍ରାରେ ଅନେକ ଅନୁଭୂତି ଆସିଛି। କିଛି ଭୁଲି ହୋଇଯାଇଛି ଆଉ କିଛି ପୌଷ ସକାଳର କାକର ବିନ୍ଦୁ ପରି ସ୍ମୃତିପଟରେ ଝଲକି

ଉଠିଛି। ଯାହା ମନେ ପଡେ ୧୯୯୯ ମହାବାତ୍ୟା ପୃଷ୍ଠଭୂମିରେ ରଚିତ 'ଭଗବାନ ଭୂମିକାରେ କିଛି ସମୟ' ଥିଲା ମୋର ପ୍ରଥମ ଗପ। ଏ ଗପ ୨୦୦୦ ମସିହାରେ 'କଥାକଥା-କବିତା କବିତା' ପତ୍ରିକାରେ ପ୍ରକାଶ ପାଇଥିଲା। ଗପ ପାଇଁ ୨୦୦୭ରେ ମିଳେ ପ୍ରଥମ ଆନୁଷ୍ଠାନିକ ସ୍ୱୀକୃତି। ଲୋକପ୍ରିୟ ଖବରକାଗଜ 'ସମ୍ବାଦ' ପକ୍ଷରୁ ଆୟୋଜିତ ଓଡ଼ିଆ ଗପର ଆସନ୍ତାକାଲି ପ୍ରତିଯୋଗିତାରେ ମୋର ଗପ 'ପିମ୍ପୁଡ଼ି'କୁ ମିଳେ ତୃତୀୟ ସ୍ଥାନ ଓ ଅର୍ଥରାଶିର ପୁରସ୍କାର। ମୋର କଥାଯାତ୍ରାର ଆଦ୍ୟଦିନ ଗୁଡିକରେ କୌଣସି କାରଣରୁ ଗପ ପତ୍ରିକା 'କଥା'ର ପ୍ରକାଶନ ବନ୍ଦ ଥାଏ ତେଣୁ କଥା ନବପ୍ରତିଭା ପ୍ରତିଯୋଗିତାରେ ଭାଗନେବାର ସୁଯୋଗ ଜୁଟେ ନାହିଁ। କଥା ପୁନଃ ପ୍ରକାଶିତ ହେଲାବେଳକୁ ପଚିଶି ବର୍ଷ ବୟସର ସମୟସୀମା ପଥ ରୋକେ। ୨୦୧୦ ମସିହାରେ ଗପଲେଖନ ପାଇଁ ମିଳେ ପ୍ରଥମ ବିଦ୍ଧିବଦ୍ଧ ସ୍ୱୀକୃତି, ଭୁବନେଶ୍ୱର ପୁସ୍ତକମେଳା କମିଟି ପ୍ରଦତ୍ତ ରବି ପଟ୍ଟନାୟକ ସ୍ମୃତି ଗଳ୍ପ ପୁରସ୍କାର। 'ଦ ସନଡେ ଇଣ୍ଡିଆନ' ପତ୍ରିକାରେ ପ୍ରକାଶିତ 'ଡମ୍ବରୁ' ଗଳ୍ପ ପାଇଁ ଏହି ପୁରସ୍କାର ମିଳେ। ସେ ସମୟର ଏହି ଚର୍ଚ୍ଚିତ ପୁରସ୍କାର ଘୋଷଣା ପରେ ସମସ୍ତଙ୍କର ନଜର ମୋ ଉପରେ ପଡେ। ପିଠିରେ ଗାଳ୍ପିକର ମୋହର ବାଜେ ଓ ମୋ ପ୍ରତି ଅଧିକରୁ ଅଧିକ ପ୍ରତ୍ୟାଶା ସାହିତ୍ୟ ଅନୁରାଗୀ ମାନେ ଆଶା କରନ୍ତି। ଗଳ୍ପ ଲେଖନ ପ୍ରତି ନିଷ୍ଠାପର ରହିବାକୁ ଏହି ସମୟ ମତେ ଅନୁବନ୍ଧ କରେ। ଫଳସ୍ୱରୂପ ୨୦୧୧ରେ ପ୍ରକାଶ ପାଏ ମୋର ପ୍ରଥମ ଗଳ୍ପ ସଙ୍କଳନ 'ଡମ୍ବରୁ ଓ ଅନ୍ୟାନ୍ୟ ଗପ'। ଅନ୍ୟ ସମସ୍ତଙ୍କ ଭଳି ପ୍ରଥମ ବହିର ପୁଲକ ମତେ ଆଛନ୍ନ କରେ ଓ ଅଧିକରୁ ଅଧିକ ଦାୟିତ୍ୱବାନ କରେ।

ତିନିବର୍ଷର ବ୍ୟବଧାନରେ ଦ୍ୱିତୀୟ ଗଳ୍ପ ସଂକଳନ 'ଈଶ୍ୱର ! ମାଫକର' ୨୦୧୪ରେ ପ୍ରକାଶ ପାଏ। ପ୍ରଥମ ବହି ପରି ଦ୍ୱିତୀୟ ବହିର ପ୍ରକାଶନ ଏତେଟା ପୁଲକିତ କରେ ନାହିଁ ସତ ନିଜର କଥାଯାତ୍ରାରେ ଆଉ ଏକ ପ୍ରସ୍ଥ ଯୋଡେ।

୨୦୧୪ରୁ ୨୦୨୧ ପ୍ରାୟ ଛଅବର୍ଷର ଦୀର୍ଘ ବ୍ୟବଧାନ। ଏହି କାଳଖଣ୍ଡ ମଧ୍ୟରେ ଅନେକ ଗପ ଲେଖିଛି ବହୁ ପ୍ରମୁଖ ପତ୍ରପତ୍ରିକାର ସଂପାଦକ ମାନେ ଲୋଡି ମୋର ଗପକୁ ପ୍ରକାଶିତ କରିଛନ୍ତି। ନୂଆ ଗପବହି ଖଣ୍ଡେ କରିବାନେଇ ମୁଁ କିନ୍ତୁ ଉଦାସୀନ ଥିଲି। ଏହି ଛଅବର୍ଷ ମଧ୍ୟରେ ଓଡ଼ିଆ ସାହିତ୍ୟର ପାଣିପାଗ ଅନେକ ବଦଳି ଗଲାଣି। ଛପା ମାଧ୍ୟମ ଅପେକ୍ଷା ଡିଜିଟାଲ ଦୁନିଆରେ ସାହିତ୍ୟର ବେଶି କଳରବ। ଫେସବୁକ ସାହିତ୍ୟର ଅଭ୍ୟୁଥାନ ମଧ୍ୟରେ ବହୁ ନବପ୍ରଜନ୍ମର ସତୀର୍ଥ ମାନେ ଯୋଡି ହୋଇଛନ୍ତି। ସେମାନଙ୍କର ସବୁବେଳେ ମୋ ପ୍ରତି ଗୋଟିଏ ପ୍ରସ୍ତାବନା ଥାଏ ଆପଣଙ୍କର ନୂଆ ଗପବହି ଆମେ ଦେଖିବାକୁ ଚାହୁଁ। ମୋର ଉଦାସୀନତା ଶେଷରେ ଭାଙ୍ଗେ ଓ

ମୁଁ ଆଖି ମଳି ଚାହିଁଲା ବେଳକୁ ଭାବେ- ସତରେ ତ ବହୁତ ବ୍ୟବଧାନ ହେଇଗଲାଣି ବହିଟିଏ ହେବା ଦରକାର। ଛୋଟ ଗପକୁ ବାଦ ଦେଇ କେବଳ ବଡ଼ଗପ ଗୁଡିକର ଏକ ସଂକଳନ କରିବାକୁ ମନସ୍ଥ କରେ।ଯାହାର ପରିଣାମ ହେଉଛି 'ତାପମାତ୍ରା' ଗଳ୍ପ ସଙ୍କଳନ।

ଏହି ସଙ୍କଳନରେ ସ୍ଥାନିତ ଗପଗୁଡ଼ିକୁ ବିଭିନ୍ନ ସମୟରେ 'କାଦମ୍ବିନୀ', 'ନନ୍ଦିକା', 'ସାମ୍ନା', 'ରଫ୍ ଖାତା', 'ଅନ୍ୟା' ଓ 'ପଶ୍ଚିମା' ପତ୍ରିକାରେ ପ୍ରକାଶିତ ହୋଇ ପାଠକୀୟ ଶ୍ରଦ୍ଧା ଲାଭ କରିଛି। ଏହି ଅବସରରେ ମୁଁ ଏ ସମସ୍ତ ପତ୍ରିକାର ସଂପାଦକଙ୍କୁ ସ୍ମରଣ କରିବା ସହ ଆନ୍ତରିକ ଧନ୍ୟବାଦ ଜଣାଉଛି।

ମୋ କଥାଯାତ୍ରା ଓ ଗଳ୍ପକଳା ସଂପର୍କରେ ଅନୁରାଗୀ ମନ୍ତବ୍ୟ (ଯାହା ଏହି ସଙ୍କଳନରେ ସନ୍ନିବେଶିତ)ଦେଇ ଉତ୍ସାହିତ କରିଥିବାରୁ ପ୍ରଖ୍ୟାତ କଥାଶିଳ୍ପୀ ପ୍ରତିଭା ରାୟ, ତରୁଣକାନ୍ତି ମିଶ୍ର, ଭୀମ ପୃଷ୍ଟି, ସଦାନନ୍ଦ ତ୍ରିପାଠୀ, ଦେବପ୍ରସାଦ ଦାଶ, ପାରମିତା ଶତପଥୀ ଓ ଚିତ୍ତରଞ୍ଜନ ଚିରଞ୍ଜିତଙ୍କ ନିକଟରେ ମୁଁ ଋଣୀ।

'ତାପମାତ୍ରା' ଗଳ୍ପ ସଂକଳନର ପ୍ରକାଶ ଭାର ନେଇ ମତେ ପ୍ରକୃତିସ୍ଥ କରିଥିବା ଯୁକ୍ତରାଷ୍ଟ୍ର ଆମେରିକାସ୍ଥିତ ବ୍ଲାକ ଇଗଲ୍ ବୁକ୍ସର ପ୍ରତିଷ୍ଠାତା ସତ୍ୟ ପଟ୍ଟନାୟକ ଓ କାର୍ଯ୍ୟ ନିର୍ବାହୀ ଅଶୋକ ପରିଡ଼ାଙ୍କ ନିକଟରେ ମୁଁ ଚିର କୃତଜ୍ଞ।

'ତାପମାତ୍ରା' ଏବେ ପାଠକମାନଙ୍କର, କେତେ ଫାରେନହାଇଟର ତାପମାତ୍ରା ଅଛି ମାପିବା ଦାୟିତ୍ୱ ସେମାନଙ୍କର।

୧୬ ଫେବ୍ରୁଆରୀ ୨୦୨୧
ମଙ୍ଗଳବାର

ସୂଚିପତ୍ର

ଉଜାଣି ନଈର ସୁଅ

ଗୋଟେ ଲେଖକର ପୁଣି ଫ୍ୟାନ୍ ଥିବେ !

ସେ ଝିଅ ଦିଟା ତାର ଫ୍ୟାନ୍ ବୋଲି ଆଶୁତୋଷର କୈଫିୟତ ଶୁଣି କାବେରୀ ହସିହସି ଗଡ଼ିଗଲା ।

ଗପଫପ ଲେଖିଲେ କ୍ରିକେଟର, ସିନେମାବାଲାଙ୍କ ପରି ଯେ ଫ୍ୟାନ୍ ସୃଷ୍ଟି ହୁଅନ୍ତି ଏହା ଆଦୌ କାବେରୀ ଗ୍ରହଣ କରିପାରୁନଥିଲା । ଆଶୁତୋଷକୁ କେଉଁ ରେଷ୍ଟୋରାଁରେ ଦୁଇଟି ଝିଅଙ୍କ ସହ ବସି ଖିଆପିଆ କରୁଥିବାର ଖବର ପାଇଥିଲା କାବେରୀ । ଘରକୁ ଆସିଲାପରେ ଏକରକମ ସେ ଆଶୁତୋଷକୁ ଜେରା ଆରମ୍ଭ କରିଦେଲା ।

ଆଶୁତୋଷ ବୁଝାଇବାକୁ ବହୁ ଚେଷ୍ଟା କଲା, କେମିତି ସେ ଝିଅଟି ତା ସାଙ୍ଗକୁ ଧରି ଖୋଜି ଖୋଜି ଆସି ତାକୁ ଭେଟିଥିଲା । ରେଷ୍ଟୋରାଁରେ ସେମାନଙ୍କୁ ସୌଜନ୍ୟ ପୂର୍ବକ ସେ କଫି ଓ ସ୍ନାକ୍ସ ଖୁଆଇଥିଲା । ଯିଏ ବି କହିଛି ବଢେଇ ଚଢେଇ କହିଛି, ଆଉ ଯାହା ଭାବୁଛ ସେମିତି କିଛି ନୁହେଁ । କାବେରୀ କିନ୍ତୁ ବୁଝିବା ଅବସ୍ଥାରେ ନଥିଲା ।

ମାମଲାଟି ଆହୁରି ବିଗିଡି ଯାଉଥିବା ଦେଖି ସବିଶେଷ ଜଣାଇଲା ଆଶୁତୋଷ । ଝିଅଟିର ନାଁ ରାଜଶ୍ରୀ, ଘର ଯାଜପୁରରେ । ଭୁବନେଶ୍ୱରର ଏକ ଘରୋଇ ଇଞ୍ଜିନିୟରିଂ କଲେଜରେ ପଢେ । ନବମଶ୍ରେଣୀରେ ବହିର ଏକ ଖବରକାଗଜ ମଲାଟରୁ ପ୍ରଥମଥର ପାଇଁ ପଢିଥିଲା ତାର ଗପ । ସେଇଦିନରୁ କେମିତି ତାର ପ୍ରିୟଲେଖକ ଭାବେ ହୃଦୟରେ ତାକୁ ବସେଇଥିଲା । ଅନେକ ଖୋଜାଖୋଜି

କରିଛି ତାର ପ୍ରିୟଲେଖକକୁ ଭେଟିବାକୁ। ପ୍ରିୟ ଲେଖକ ଜଣକ କେମିତି ହୋଇଥିବେ ସାମ୍ନାରୁ ଦେଖିବାକୁ ତାର ଭାରି ଇଚ୍ଛା ଥିଲା। ଆଟିଷ୍ଟ ତପନ ମହାରଣାର କେଉଁ ଦୂର ସଂପର୍କୀୟ ସେ। ଭୁବନେଶ୍ୱରକୁ ପଢ଼ିବାକୁ ଆସିଲାପରେ ତାର ମନେ ପଡିଥିଲା ପ୍ରିୟ ଲେଖକର କଥା। ଯୋଗକୁ ତପନ ମହାରଣା ଆଶୁତୋଷର ଚିହ୍ନାପର୍ଚ। ତପନ ମହାରଣା ନିଜ ନମ୍ବରରୁ ଫୋନ କରି ରାଜଶ୍ରୀ ସହ ତାର କଥା କରେଇ ଦେଇଥିଲା। ତାପରେ ସେମାନେ ଫୋନ ନଂ ଦିଆନିଆ ହୋଇଥିଲେ। ନିଜର ପ୍ରିୟ ଲେଖକ ମାନେ ତାକୁ ରେଷ୍ଟୋରାଁରେ ଭେଟିବାକୁ ରାଜଶ୍ରୀ ଡାକିଥିଲା। ରାଜଶ୍ରୀର ବ୍ୟାକୁଳତାକୁ ଏଡ଼ିନପାରି ସେ ଅଫିସରୁ ଫେରିବା ବାଟରେ ସନ୍ଧ୍ୟାରେ ନୟାପଲ୍ଲୀର ସେଇ ରେଷ୍ଟୋରାଁକୁ ଯାଇଥିଲା।

ଆଶୁତୋଷର ଭଉଣୀ ନିଜ ପିଲାଙ୍କ ସହ ଖାଇବାକୁ ସେଇଠି ପହଁଚିବାକୁ ଆଉ ଟେବୁଲରେ ତାସହ ଦୁଇଝିଅଙ୍କୁ ଦେଖିବାରୁ ଯେତେ ସବୁ କାଣ୍ଡ କାରଖାନା। କାବେରୀକୁ ଯେତେ ବୁଝାଇଲେ ବି ସେ ଆଦୌ ତାର କଥାରେ ସନ୍ତୁଷ୍ଟ ହେଉନଥିଲା। ବୁଝିବା ଅବସ୍ଥାରେ ନଥିଲା।

କାବେରୀର ଅଭିଯୋଗ: ବାହାସାହା ହେଲଣି କୁଆଡେ ଯାଉଛ କଣ କରୁଛ ସ୍ତ୍ରୀକୁ କହିବନି । ଝିଅଙ୍କ ସହ ଯାଇ ରେଷ୍ଟୋରାଁରେ ବସିବ କେଉଁ ସ୍ତ୍ରୀ ସହିବ କହିଲ ?

କାବେରୀର ଏଇ ଅଭିମାନଭରା କଥା ବାରମ୍ବାର ତା କାନକୁ ଅସ୍ଥିର କରି ପକାଉଥାଏ। ସେ ଉଚ୍ଚଶିକ୍ଷିତା, ସଂସ୍କାରୀ ହେଲେ ସବୁକଥାକୁ ସହଜରେ ଗ୍ରହଣ କରିପାରେନି। ଟିକେ ଟିକେ କଥାକୁ ନେଇ ସିରିୟସ ଯାହା ଆଶୁତୋଷକୁ ଭାରି ଅଡୁଆ ଲାଗେ।

ବାହାଘର ପୂର୍ବରୁ ଆଶୁତୋଷ ପୂରାପୂରି ବୋହେମିଆନ ଥିଲା। ଯୁଆଡେ ମନ ସିଆଡେ ଯାଉଥିଲା। ରାତି ୧୨ଟା ନହେଲେ ଘରକୁ ଫେରୁନଥିଲା। ଖଟି, ସାହିତ୍ୟସଭା, ବୁଲାବୁଲିରେ ତାର ସମୟ ବିତୁଥିଲା। ଏବେ କିନ୍ତୁ ବାହାଘର ପରେ ସେ ଅରଣା ନହେଇ ପୋଷା ଜନ୍ତୁଟେ ହେବାକୁ ଚେଷ୍ଟା କରୁଥିଲା। ବାହାର ସମୟକୁ ଘରେ ଦେଉଥିଲା। ତାକୁ ଲାଗୁଥିଲା ଲେଖକଟେ ଏମିତି ଜୀବନକୁ ଜିଇଁ ପାରିବନି। ସେଥିପାଇଁ ସେ ବେଳେ ବେଳେ ଭାବେ ଲେଖକଟେ ମୋଟରୁ ବାହା ବି ହେବା କଥା ନୁହେଁ।

କାବେରୀର ବି ସନ୍ଦେହ ହେବା ସ୍ୱାଭାବିକ। କେଉଁ ସ୍ତ୍ରୀ ଚାହିଁବ ବାହାଘରର ଛଅମାସ ନୟାଉଣୁ ସ୍ୱାମୀ ଅନ୍ୟ ଝିଅଙ୍କ ସହ ରେଷ୍ଟୋରାଁରେ ବସୁ। ପୁଣି ସେ ଖବର ନିଜ ଲୋକ ଆସି ତାକୁ ଦିଅନ୍ତୁ। ସେ କଥାକୁ ବିଶେଷ ଗୁରୁତ୍ୱ ବି ଦେଇନଥାନ୍ତା ହେଲେ ନଣନ୍ଦ ଯେତେବେଳେ ଆସି କହୁଛନ୍ତି କଥାଟିକୁ ଗମ୍ଭୀର ଭାବେ ସେ ନେଇଥିଲା। ଆଶୁତୋଷକୁ ସେଇ ପ୍ରଥମଥର ପାଇଁ ଗୁଡେଇ ତୁଡେଇ ଜେରା କରିଥିଲା

କାବେରୀ। ଏମିତିରେ ବି ଆଇନରେ ଡିଗ୍ରୀ ହାସଲ କରିଛି ସେ। କୋର୍ଟ ପ୍ରାକ୍ଟିସ ସିନା ନାହିଁ ହେଲେ ଓକିଲ ସ୍ୱାଭାବ ଯିବ କୁଆଡୁ ?

ଫ୍ୟାନ ଶବ୍ଦଟା ଆଶୁତୋଷର କହିବାର ନଥିଲା। ସେଇ ଶବ୍ଦଟାରେ ହିଁ ସବୁକିଛି ଗୋଳମାଳ ହେଇଗଲା। କୋଡିଏ ତିରିଶଟା ଗପ ସିଏ ଲେଖିଚି ହେଇ ହେଇକା ଦିଟା ବହି ବାହାରିଛି। ସେ କଣ ଏଡେ ବଡ଼ ଲେଖକ ହେଇଗଲା ଯେ ତାର ପୁଣି ଫ୍ୟାନ ସୃଷ୍ଟି ହେବେ !

ଏ ଘଟଣା ପରେ ଆଶୁତୋଷର କୌଣସି କଥାକୁ ବିଶ୍ୱାସକୁ ନେଇ ପାରୁନଥିଲା କାବେରୀ।

କିଏ ଜାଣେ ସାହିତ୍ୟ ନାଁରେ କଣ ଯେ କରୁଥିବ ଆଶୁତୋଷ !

ନାନା ସନ୍ଦେହର ଦାନା ବାନ୍ଧୁଥିଲା ତା' ମୁଣ୍ଡରେ।

ଆଜିକାଲି ଆଶୁତୋଷର ମୋବାଇଲକୁ ଅଜାଣତରେ ଖୋଲି ତଲାସୀ ନେଉଥିଲା ସେ। ଫେସବୁକ ମେସେଞ୍ଜର, ହ୍ୱାଟ୍ସଆପକୁ ତନ୍ନ ତନ୍ନ କରି ଚେକ୍ କରୁଥିଲା କାବେରୀ। ଚାଟ୍ କନଭରସେସନ, କଲ୍ ରେକର୍ଡକୁ ଯାଞ୍ଚ କରୁଥିଲା ତା ଅଗୋଚରରେ। ଆଶୁତୋଷ ବି ଜାଣିଶୁଣି ମୋବାଇଲର ଲକ୍ ପାର୍ଟନ ବଦଳାଉ ନଥିଲା। ଲକ୍ ପାର୍ଟନ ବଦଳେଇଲେ ସନ୍ଦେହ ବେଶି ଘନୀଭୂତ ହେବ, ମାମଲା ଅଧିକ ଜଟିଳ ହେବ !

ଫେସବୁକରେ ଚାଟିଂ କରିବା ବନ୍ଦ କରିଦେଇଥିଲା ଆଶୁତୋଷ। ଅତି ଦରକାର ନପଡ଼ିଲେ ସେ ଆଗଭଳି ବେଶି ଫୋନରେ ଗପୁ ନଥିଲା। ଲେଖିବାକୁ ଚାହୁଁଥିଲା ହେଲେ ଲେଖି ହେଉନଥିଲା। ଗୋଟେ ବଡ଼ ଅଜବ ସମୟ ଦେଇ ଗତି କରୁଥିଲା ସେ।

କାବେରୀ ଅବଶ୍ୟ ସେଦିନଠାରୁ ସେ ପ୍ରସଙ୍ଗ ଆଉ ଉଠାଉନଥିଲା। ମାତ୍ର ତାର ସମସ୍ତ କାର୍ଯ୍ୟକଳାପକୁ ସ୍କାନର ଭିତରେ ରଖୁଥିଲା। ତାପଛରେ ଏକରକମ ଜାସୁସି ଆରମ୍ଭ କରିଦେଇଥିଲା କାବେରୀ। ଅଫିସରୁ ଘର ୩୦ମିନିଟର ବାଟ। ଘରେ ପହଁଚିବାରେ ୧୦ମିନିଟ ବିଳମ୍ବ ହେଲେ ତାଉପରେ ଏକ ସନ୍ଦେହର ଆଖି ବୁଲି ଯାଉଥିଲା। ସନ୍ଧ୍ୟାବେଳେ ବେଶି ଗୁଡେ ସମୟ ବାହାରେ ଘୁରାଫେରା କରିବାକୁ ଆଶୁତୋଷକୁ ବି ଭଲ ଲାଗୁନଥିଲା। ବିଳମ୍ବିତ ରାତିଯାଏ ଆଗଭଳି ମୋବାଇଲରେ ନେଟ୍ ଘାଣ୍ଟିବାକୁ ତାକୁ ଇଛା ହେଉନଥିଲା। କାବେରୀ ତାକୁ ଆକଟ କରୁନଥିଲା କି କୌଣସି ପ୍ରଶ୍ନ ପଚାରୁନଥିଲା ହେଲେ କେଜାଣି କାହିଁକି ଆଶୁତୋଷ ସହଜ ହେଇପାରୁନଥିଲା।

ସବୁ ସେଇ ତପନ ମହାରଣାର ଦୋଷ । କାହିଁକି କେଜାଣି ସିଏ ରାଜଶ୍ରୀକୁ ତାର ଫୋନ ନଂ ଦେଉଥିଲା। ତାର ଲୋଡାନଥିଲା ଫ୍ୟାନ କି ସିଏ ବି ସେମିତି ଗୋଟେ ସେଲିବ୍ରିଟି ଲେଖକ ନୁହେଁ। କେମିତି ଏକଥା ସେ ତପନ ମହାରଣାକୁ

କହିବ ! ତପନ ମହାରଣା ଖରାପ ଭାବି ପାରେ ତାଛଡା ସିଏ ଯଦି ରାଜଶ୍ରୀକୁ କହିଦିଏ ତାହେଲେ ତ କଥାଟା ଆହୁରି ଅଡୁଆ ହେବ। ବିନା କାରଣରେ ଗୋଟେ ଅଯଥା ଟେନସନ ଆଶୁତୋଷର ମଥାକୁ ଭାରାକ୍ରାନ୍ତ କରୁଥିଲା। ବେଳେ ବେଳେ ସେକଥା ଭାବି କି ତାକୁ ବି ଜୋରରେ ହସ ମାଡୁଥିଲା। କାବେରୀ ଏମିତି ଗୁରୁତର ସହ କଥାଟିକୁ କାହିଁକି ନେଇଛି ! ସେ ଭାବୁଥିଲା ଥରେ ଘରକୁ ଡାକି କାବେରୀ ସହ ରାଜଶ୍ରୀର ଭେଟ କରି ଦେବ। ସେମାନେ ପରସ୍ପରକୁ ଦେଖିବେ ଆଉ ଜାଣିବେ। ଜୟଶ୍ରୀ ହିଁ କହିବ କେମିତି ବହିରେ ଗୁଡାହୋଇଥିବା ଖବରକାଗଜରୁ ଲେଖା ପଢି ମୋହାବିଷ୍ଟ ହୋଇଥିଲା। ନିଜ ମନରେ ପ୍ରିୟ ଲେଖକର ଆସନରେ ତାକୁ ବସେଇଥିଲା। ସେମାନଙ୍କର ଭେଟଘାଟ ଥିଲା ଅତ୍ୟନ୍ତ ସୌଜନ୍ୟମୂଳକ। ଏହା ପଛରେ ଅନ୍ୟକୌଣସି ଅଭିସନ୍ଧି ନାହିଁ। ବାସ୍ ଥରେ ନିଜ ପ୍ରିୟଲେଖକକୁ ସ୍ୱଚକ୍ଷୁରେ ଦେଖିବାକୁ ସେ କେମିତି ବହୁଦିନ ଧରି ପ୍ରତୀକ୍ଷା କରି ରହିଥିଲା। ସାମ୍ନାସାମ୍ନି ହୋଇ ଟିକେ ପ୍ରିୟଲେଖକ ଆଗରେ ସେଇ ପୁରୁଣା ପୁଲକକୁ ବ୍ୟକ୍ତ କରିବାକୁ ଚାହିଁଥିଲା।

ନା ଏ ଆଇଡିଆ ମନ୍ଦ ନହେଲେ ବି ସେତିକି ସୁବିଧାଜନକ ନୁହେଁ । ତାହେଲେ କଣ କରିବ ଆଶୁତୋଷ ! କାବେରୀ ତାହେଲେ କଣ ଏଇଭଳି ଗୋଟେ ସନ୍ଦେହର ଦୁନିଆରେ ଘୁରି ବୁଲୁଥିବ। କାବେରୀର ଆଖିରୁ ସନ୍ଦେହର ପରଦା ହଟାଇବାକୁ କଣ ତାହେଲେ କରାଯାଇପାରେ !

ଏ ସମସ୍ୟାର ସମାଧାନ ପାଇଁ କିଛି ଗୋଟେ ବାଟ କରିବାକୁ ହେବ। ନରହରିକୁ ପଚରାଯାଇପାରେ। ନରହରି ଆଶୁତୋଷର କଲେଜ ଦିନର ସାଙ୍ଗ। ଫାର୍ମାସିଷ୍ଟ ପଢିବାପରେ ଖଣ୍ଡେ ଔଷଧ ଦୋକାନ ଦେଇଛି। କଳିଙ୍ଗ ଷ୍ଟାଡିୟମ କଡ ଗଳିକୁ ଲାଗି ନରହରି ଦୋକାନ। ନିଜ ନାଁ ଅନୁଯାୟୀ ଦୋକାନର ନାଁ ରଖିଛି ନରହରି ମେଡିସିନସ। ନାଁ ଯେମିତି ନରହରି, ନିଜ ପାରିବାପଣିଆ ଉପରେ ବି ତାର ଅଖଣ୍ଡ ବିଶ୍ୱାସ। ଆଜିକାଲି ଚିହ୍ନାପର୍ଚ୍ଚ ଲୋକମାନେ ଖାଲି ନରହରି ନଡାକି ତାକୁ ନରହରି ମେଡିସିନସ ଡାକନ୍ତି। ଯେତେ ବଡ଼ ସମସ୍ୟା ହେଉ ସମାଧାନ ପାଇଁ ଆଇଡିଆ ଗୁଡା ନରହରି ମୁଣ୍ଡରେ ଗଜା ମାରେ।

ମନ ଭଲ ନଲାଗିଲେ କେତେବେଳେ କେମିତି ସଞ୍ଜ ବେଳେ ଆଶୁତୋଷ ନରହରି ମେଡିସିନ ଆଡେ ମାଡିଯାଏ। ନରହରି ଅବଶ୍ୟ ବେଞ୍ଚରେ ବସାଇ ହାଫ ଚା'ଟେ ପିଇବାକୁ ଦିଏ, ଭଲମନ୍ଦ ପଚାରେ। ଆଶୁତୋଷ ସେଇଠି ଫିଟିପଡେ,ନିଜର ସବୁ ଭାବନାକୁ ବ୍ୟକ୍ତ କରେ। ଦୁହେଁ ହସାହସି ହୁଅନ୍ତି। ମନ ହାଲକା ହେଇଯାଏ। ନିଜ ବାଇକ୍ ଷ୍ଟାର୍ଟ ମାରି ଆଶୁତୋଷ ଘରକୁ ଫେରେ।

ନରହରି କଣ ସତରେ ତାର ସମସ୍ୟା ସମାଧାନ କରିପାରିବ ! ବହୁ ଦୋଦୋପାଞ୍ଚ ହେଇ ଆଶୁତୋଷ ତା'ଦୋକାନରେ ପହଁଚିଲା। ନରହରି ଔଷଧ ଦୋକାନରେ ଭିଡ଼ ନଥାଏ। ସଞ୍ଜବେଳଟାରେ ବସି ଟିଭି ପରଦା ଉପରେ ଆଖି ବୁଲାଉଥାଏ। ଆଶୁତୋଷ ବାଇକ୍‌କୁ ଗୋଟେ କଡ଼ରେ ଥୋଇ ଖଣ୍ଡିକାଶ ଦେଇ ନରହରିର ଦୃଷ୍ଟି ଆକର୍ଷଣ କଲା। ନରହରି ତଥାପି ଟିଭି ଆଡ଼କୁ ଚାହିଁଥାଏ। ନଚାହିଁବାରୁ ଆଶୁତୋଷ ବଡ଼ପାଟିରେ ରଡ଼ି ଛାଡିଲା ନରହରି...ରି ରି। ନରହରି ଅତର୍କା ଡାକଶୁଣି ଚମକି ପଡ଼ିଲା। ନିଜ ମୋଟା ଚଷମା ତଳୁ ତାକୁ ଗାଡେଇକି ଅନେଇଲା ଆଉ କହିଲା- କଣ ପ୍ରଭୁ ଏତେଦିନ ପରେ ବିଜେ କଲେ।

ନରହରି କଥା କଥାକେ ସମସ୍ତଙ୍କୁ ପ୍ରଭୁ ସମ୍ବୋଧନ କରେ।

ଗ୍ରାହକଙ୍କୁ ପ୍ରଭୁ, ସାଙ୍ଗସାଥୀଙ୍କୁ ପ୍ରଭୁ, ଚିହ୍ନାଅଚିହ୍ନା ସମସ୍ତଙ୍କୁ ପ୍ରଭୁ ! ପ୍ରଭୁ! ଅମକ, ଢମକ, କହେ ନରହରି। ବେଳେ ବେଳେ ନରହରିର ଏହି ପ୍ରଭୁ ଡାକ ଭାରି ବିରକ୍ତିକର ମନେ ହୁଏ। ଆବଶ୍ୟକତାଠାରୁ ଅଧିକ ବକଧାର୍ମିକତା ପାଇଁ ନରହରିକୁ କେହି କେହି ଛିଗୁଲାନ୍ତି।

ନରହରିର ସମ୍ଭାଷଣରେ କୌଣସି ପ୍ରତିକ୍ରିୟା ନରଖି ଆଶୁତୋଷ ଗୁମ୍ ମାରି ବେଞ୍ଚଟା ଉପରେ ବସିଲା।

-କଣ ପ୍ରଭୁ ଭାରି ଟେନସନରେ ଥିଲାଭଳି ଲାଗୁଛ। କଣ ହେଇଚି ? ନରହରି ଦୋହରା ପଚାରିଲା।

ଆଶୁତୋଷ ଏଥରକ ବଖାଣିଲା କାବେରୀର ତାପ୍ରତି ସନ୍ଦେହ ଓ ତାପଛର ଘଟଣା ସମ୍ପର୍କରେ। ବଇଦ ମଲୁର ସମସ୍ୟା ଶୁଣିଲାପରି ନରହରି ସବୁକିଛି ଶୁଣିଲା । ବେକକୁ ଏପଟ ସେପଟ କରି ଅଳସ ଭାଙ୍ଗିଲା। ଏଥରକ ନରହରି କଣ କହିବ ସେଇଆକୁ ଅନିଶା କରିଥାଏ ଆଶୁତୋଷ। ଗୋଟେ ବଡ଼ ସମସ୍ୟାରୁ ମୁକ୍ତି ମିଳିବ। ନିଶ୍ଚୟ ବାହାରିବ କିଛି ଗୋଟେ ସମାଧାନର ବାଟ ।

ନରହରି ଗଳାଝାଡ଼ି କହିଲା,ତମ ଲେଖକ ମାନଙ୍କର ଗୋଟେ ବଡ଼ ସମସ୍ୟା କଣ ଜାଣୁ ?

ଆଶୁତୋଷ କହିଲା, କଣ ?

- କେହି ଯଦି ତମ ଲେଖାକୁ ଟିକେ ପ୍ରଶଂସା କରିଦେଲା ଆଉ ନିଜର ପ୍ରିୟ ଲେଖକ କହିଦେଲା ତାହେଲେ ତମେମାନେ ଅତି ସରଳ ଭାବେ ବିଶ୍ୱାସ କରିନିଅ। ଆଉ ସିଏ ଯଦି ଜଣେ ପାଠିକା ହୋଇଥାଏ ତ ତମମାନଙ୍କର ଖୁସି ଦ୍ୱିଗୁଣିତ ହେଇଯାଏ। ଆଗରୁ ଚିଠିରେ ଚିଠିରେ ଯାହାସବୁ କାଣ୍ଡକାରଖାନା ହେଉଥିଲା। ଆଜିକାଲି

ଫେସବୁକ୍,ହ୍ୱାଟସଆପ୍ ଆସିବାପରେ ସମସ୍ତେ ବେଶି ନିକଟତର ହୋଇଯାଉଛନ୍ତି। ଲେଖକର ଲେଖାକୁ ପଢାଯାଉ। ଲେଖକକୁ ଭେଟି ଅଧିକ ଘନିଷ୍ଠ ହେବାରେ କି ଆବଶ୍ୟକତା ରହିଛି !

ସମାଧାନର ରାସ୍ତା କଣ ଦେଖେଇବ ଓଲଟି ନରହରି ଯେଉଁ ଜ୍ଞାନ ଦେଲା ସେଥିରେ ଆଶୁତୋଷର ମୁଣ୍ଡ ଗରମ। କାନମୁଣ୍ଡ ଆଉଁସି ବାଇକ୍ ଷ୍ଟାର୍ଟମାରି ଘରକୁ ଫେରିବାକୁ ବାହାରିଲା। ଚା'ପିଇବା ପାଇଁ ନରହରି ପଛରୁ ଡାକ ମାରୁଥିଲା, ଶୁଣି ନଶୁଣିଲା ପରି ଚାଲି ଆସିଲା ଆଶୁତୋଷ।

ଫେରିଲା ବେଳେ ଜୟଦେବ ବିହାର ଛକ ନିକଟରେ ଦୁର୍ଘଟଣା ଯୋଗୁ ରାସ୍ତା ଜାମ୍।

ସ୍କୁଟି ଉପରେ ଚଢି ଯାଇଥିଲା ଗୋଟେ ଏସୟୁଭି। ଝିଅଟିର ମୁଣ୍ଡଟା ଛେତରା ହେଇଯାଇଥିଲା। ଝିଅ କାନ୍ଧରେ ଥିଲା ଗୋଟେ ବ୍ୟାଗ୍। ବ୍ୟାଗ୍ ସାଇଡରେ ମୋଡା ହେଇଚି ଗୋଟେ ବାସି ଖବରକାଗଜ।

ଝିଅଟି କେଉଁଠୁ ଫେରୁଥିଲା ? ଅଫିସରୁ ନା କୋଚିଂରୁ ! ଦେଖଣାହାରୀଏ କହୁଥିଲେ ସବୁଭୁଲ ଝିଅଟିର। ଇଣ୍ଡିକେଟର ନଦେଇ ପାସିଂରେ ସଡନ୍ ଟର୍ଣ୍ଣ କରିଥିଲା,ପଛରୁ ଏସୟୁଭିଟା ପିଟି ଦେଲା।

ଝିଅଟିର ମୁହଁ ଏତେ ବୀଭତ୍ସ ହେଇଯାଇଥିଲା ଯେ ଚିହ୍ନି ହେଉନଥିଲା। ଆଶୁତୋଷକୁ ଲାଗିଲା ରାଜଶ୍ରୀର ମୃତଦେହଟା ଯେମିତି ରାସ୍ତା ଉପରେ ଶୋଇଚି। ନା ଇଏ ରାଜଶ୍ରୀ ହୋଇନପାରେ। ରାଜଶ୍ରୀତ କେବେ ସ୍କୁଟି ଚଲାଏନି ! ନୂଆ ନୂଆ ଭୁବନେଶ୍ୱର ଆସିଛି। ତାର ବି ଏତେ ଚିହ୍ନାପର୍ଚ କେହି ନାହାନ୍ତି । ତାକୁ ବି କେହି ଭରସି ସ୍କୁଟି ଦେବେ ନାହିଁ।

ଏଇକିଛି ଦିନ ହେଲାଣି ରାଜଶ୍ରୀ ପ୍ରସଙ୍ଗଟା ଆଶୁତୋଷକୁ କବଳିତ କରି ରଖୁଥିଲା। ଏହାତାର ମନର ଭ୍ରମ ହୋଇପାରେ ! ପୋଲିସ ଗାଡ଼ି ଆସି ପହଁଚିସାରିଥିଲା। କ୍ରମଶଃ ଭିଡ଼ ପତଳାହେବାକୁ ଲାଗିଲା। ଲୋକମାନେ ଯେଯାହା ବାଟରେ ବାହାରିଲେ ଆଉ ଆଶୁତୋଷ ବି।

ଘରେ ପହଁଚିଲାବେଳକୁ ଅନେକତଃ ବିଳମ୍ବ ହେଇସାରିଥିଲା। ଡିନର ପାଇଁ ଡାଇନିଂ ଟେବୁଲରେ କାବେରୀ ପ୍ଲେଟ ସଜାଡୁଥିଲା, ତାକୁ କେମିତି ଗୋଟେ ତେରଛା ନଜରରେ ଚାହିଁଲା। ବାଟରେ ଦେଖିଥିବା ଦୁର୍ଘଟଣା ବିଷୟରେ ଆଶୁତୋଷ ଭାବୁଥିଲା ବଖାଣିବ। କଥା ହେବାକୁ କାବେରୀ ଆଡୁ କୌଣସି ଆଗ୍ରହ ନଦେଖି ସେ ଚୁପ ରହିଲା।

ବାଥରୁମରେ ଫ୍ରେସ ହେଉଥିବାବେଳେ ଆଶୁତୋଷ ସିଦ୍ଧାନ୍ତ ନେଲା, କାବେରୀକୁ ଯେମିତି ବି ହେଉ ପୂର୍ବସ୍ଥିତିକୁ ଆଣିବାକୁ ପଡ଼ିବ। ଏତେ ଗୁଡେ ଦିନ ବିନା କଥାବାର୍ତ୍ତାରେ ଗୋଟେ ଘରେ ଜୀବନ କାଟିବା ଢେର ହେଲା, ଆଉ ସହିବା ସମ୍ଭବ ନୁହେଁ।

ବାଥରୁମରୁ ବାହାରି ହଠାତ କାବେରୀ ଉଦ୍ଦେଶ୍ୟରେ ଚିତ୍କାର ଆରମ୍ଭ କରିଦେଲା ଆଶୁତୋଷ।

'ନିରାଧାର କଥାକୁ ଯେଉଁମାନେ ବିଶ୍ୱାସ କରନ୍ତି ସେମାନଙ୍କୁ ମଣିଷ କି ଉପାୟରେ ବୁଝାଇବ।

ବୁଝିପାରୁନି ଏମିତି ନିରବ ରହିଲେ କଣ ସବୁ ସମସ୍ୟାର ସମାଧାନ ହେଇଯିବ।

ଯଦି ପାରୁଛ ଗାଳିଦିଅ, ଭିତରେ ଭିତରେ ମନ୍ଥି ହେଲେ କଣ ସବୁକିଛି ସମାଧାନ ହେଇଯିବ।'

ତାକଥା ଶୁଣି କାବେରୀ କଇଁ କଇଁ ହୋଇ କାନ୍ଦିଲା।

ସକେଇ ସକେଇ କହିଲା, ତମେ ବି କୋଉ କମ୍ ନିରବ ରହୁଛ ଯେ।

ସେଦିନରୁ ମୁଁ ଚୁପ ରହିଲି ବୋଲି କଣ ତମେ କଥା ହେଇପାରିନଥାନ୍ତ।

ମୁଁ ସଂକଳ୍ପ ନେଇଥିଲି ଆଗ କଥା ନହେବାକୁ। ଆଉ ତମେ ବି ନିଜ ଜିଦରେ ଅଟଳ।

ଶୁଣ ଗୋଟେ କଥା କହିବାକୁ ଭୁଲି ଯାଇଛି।

ତମର ସେ ଫ୍ୟାନ୍ ରାଜଶ୍ରୀ ଆଜି ଠିକଣା ଖୋଜି ଖୋଜି ଘରକୁ ଆସିଥିଲା।

ନୂଆ ସ୍କୁଟି ଗୋଟେ କିଣିଲାତ ମିଠା ଧରିକି ଆସିଥିଲା।

ତମକୁ ସରପ୍ରାଇଜ ଦେବ ବୋଲି ଫୋନ୍ ନକରି ଠିକଣା ଖୋଜି ଖୋଜି ଘରକୁ ଆସିଥିଲା।

ଭଲ ଝିଅଟା, ତାସାଙ୍ଗରେ ମିଶିବାପରେ ଜାଣିଲି। ମୁଁ ସିନା ପରକଥାରେ ପଡ଼ି ତମ ଉପରେ ତୁଛାକୁ ରାଗୁଥିଲି।

କାବେରୀ ଆହୁରି କଣ ସବୁ ପ୍ରଶଂସା କରି ଚାଲିଥାଏ।

ସିଆଡକୁ ଧ୍ୟାନ ନଦେଇ ଫୋନର କଣ୍ଟାକ୍ଟ ଲିଷ୍ଟ ପାଗଳପ୍ରାୟ ଘାଣ୍ଟି ଚାଲିଥାଏ ଆଶୁତୋଷ।

ରାଜଶ୍ରୀର ଫୋନ୍ ନଂ ସିଏ ନିଜେ ଡିଲିଟ କରିଥିଲା ଛଅଦିନ ତଳେ।

ତାପମାତ୍ରା

ସାଙ୍ଗସାଥୀ ସମସ୍ତେ ବାହା ହେଇ ସାରିଥିଲେ। ଖାଲି ଯାହା ସେ ବାକି ଥିଲା।

ଦେଖା ଚାହାଁ ହେଉ କି ଫୋନରେ ଚିହ୍ନାପର୍ଚ ଲୋକ ତାକୁ କେବଳ ଏଇ ପ୍ରଶ୍ନ ହିଁ ପଚାରୁଥିଲେ।

କେବେ ବାହା ହେଉଛ ?ବୟସ କଣ ବସିକି ଅଛି ? ନା କାହା ସହିତ ଆଫେୟାର୍ସ ଅଛି ଅପେକ୍ଷା କରି ରହିଛ? ଏମିତି କେତେ କଣ ଗୁଡେଇ ତୁଡେଇ ପ୍ରଶ୍ନ। ଏସବୁ ପ୍ରଶ୍ନର କୈଫିୟତ ସୁମନସୁଧା ପାଖରେ ନଥିଲା। ବୟସ ବଢି ବଢି ୩୫ ଛୁଇଁଥିଲା ଅଥଚ ସିଏ ବାହା ହେଇ ପାରୁନଥିଲା। ବେଳେ ବେଳେ ତାକୁ ଲାଗୁଥିଲା ଏତେବଡ ଦୁନିଆରେ ତା ପାଇଁ କଣ କେହି ନାହିଁ ! ଯିଏ ଭରସି କରି ତା ହାତ ଧରିବ ତାକୁ ଏକ ପରିପୂର୍ଣ୍ଣ ଜୀବନର ସ୍ୱାଦ ଦେବ।

ତା ରଙ୍ଗହୀନ ଜୀବନରେ ପୁଣି ଥରେ ବିଞ୍ଚିଦେବ କେଇ ମୁଠା ରଙ୍ଗୀନ ଅବିର।

ନା ସେମିତି କିଛି ହବାର ନଥିଲା। ପିଛିଲା କେଇବର୍ଷ ଧରି ପାତ୍ର ସନ୍ଧାନରେ ସିଏ ଲାଗିଥିଲା କିନ୍ତୁ ଯୋଗାଡ ହୋଇପାରୁନଥିଲେ। ସବୁଠୁ ବଡକଥା ହେଲା ତା ବାହାଘର ପାଇଁ ଘରଲୋକ ଆଦୌ ଚିନ୍ତିତ ନଥିଲେ। ଓଲଟି ନିଜ କୋଟରୁ ବଲ୍ ଖସେଇ ତା କୋଟରେ ବଲ୍ ପକେଇ କହୁଥିଲେ, ଦେଖ୍ ତୋପାଇଁ ତୁ ନିଜେ ଖୋଜ। ଯେଉଁଠି ତୋ ମନପସନ୍ଦ ହେବ ସେଇଠି ଆମେ ଛନ୍ଦି ଦେବୁ। ତୋ

ନିଷ୍ପତ୍ତି ତୋର । ଆମେ ଠିକ କରୁଥିବୁ ପୁଣି ତୋର ମନପସନ୍ଦ ହେଉଥିବ କି ନହେଉଥିବ। ପଛରେ ଆମେ କାହିଁକି ଦୋଷୀ ହେବୁ।

ନିଜ ବର ନିଜେ ଖୋଜ । ଏମିତି ଏକ ରୀତିମତ ଟାସ୍କ ଧରି ସୁମନସୁଧା ଗତ କେଇବର୍ଷ ଧରି ଘୁରି ବୁଲୁଥିଲା।

ନା କେହି ମିଳୁଥିଲେ ନା ସିଏ ବାହା ହେଇ ପାରୁଥିଲେ। ବୟସ ବଢିବା ସଙ୍ଗେ ସଙ୍ଗେ ତାର ଅବସାଦର ମାତ୍ରା କ୍ରମଶଃ ବଢି ଚାଲିଥିଲା।

ଆଜି ଯଦି ତାର ମା ଥାଆନ୍ତା ସିଏ କଣ ଏଭଳି ପରିସ୍ଥିତିକୁ ସାମ୍ନା କରୁଥାନ୍ତା। ଆରପାରିକୁ ମା ଯିବାର ୨୦ବର୍ଷ ହେଇଗଲାଣି। ନୂଆମା' ବାପାଙ୍କ ମୁଣ୍ଡଟାକୁ କୋରି ଦେଇଛି। ସେ ଆଉ କଣ ଆଗ ବାପା ହେଇ ଅଛନ୍ତି। ନୂଆମା ଓ ପ୍ରତୀକ(ନୂଆମାଙ୍କ ପୁଅ)କୁ ନେଇ ସେ ବେଶିରୁ ବେଶି ବ୍ୟସ୍ତ ବାକି କେଉଁ କଥାକୁ ତାଙ୍କର ନଜର ବି ନାହିଁ। ନୂଆମା ରୋକଠୋକ ଶୁଣେଇ ଦେଇଛି ଏମାନେ ସବୁ ବଡପିଲା ତାଙ୍କ ନିଷ୍ପତ୍ତି ନିଜେ ନିଅନ୍ତୁ।

ସୁମନସୁଧା ମନେ ମନେ ଭାବେ ଏମିତି ଜୀବନ ନରକଠାରୁ ବି ଆହୁରି ଯନ୍ତ୍ରଣାପ୍ରଦ। ସାନଭଉଣୀ ମୋନିତା ଯାହାହଉ ଭଲ କରିଛି ନିଜେ ପ୍ରେମପ୍ରେମ କରି ବାହା ହେଇଗଲା। ନିଜର ଚାର୍ଟାର୍ଡ ଫାର୍ମ ଆଉ ତାର ବର ଅଭିଷେକକୁ ନେଇ ଏତେ ବ୍ୟସ୍ତ ରହୁଛି ଯେ ତାକଥା ଟିକେ ବି ପଚାରିବାକୁ ତାକୁ ଫୁରସତ ନାହିଁ।

କେହିଜଣେ କହିଥିଲେ ଦୁନିଆରେ ବାପାମାଆ କେବଳ ବାସ୍ତବ ଆଉ ସବୁ ପ୍ରହେଳିକା। ବାପାମାଆ ସବୁସମୟରେ ସାଥ୍ ଦେବେ। ନିଜର ଭାଇଭଉଣୀ ଆଉ ସାଙ୍ଗସାଥୀ ସେମାନେ ବି ଦରକାର ପଡିଲେ ଦୂରେଇ ଯିବେ। ମୋନିତାଠାରୁ ସେ ଅଧିକ ଆଶା କରିପାରେ ନାହିଁ। ସେ ସିନା ନରକ ଜୀବନରେ ଛଟପଟ ହେଉଛି ବିଚାରିକୁ କାହିଁକି ତାଦୁଃଖରେ ସାମିଲ କରେଇବ। ବାହାହେଲାପରେ ସେ ତା ପ୍ରଫେସନ ଆଉ ସଂସାର ଜଞ୍ଜାଳରୁ କେଉଁ ମୁକ୍ତି ପାଉଛି ଯେ ପୁଣି ବଡଭଉଣୀର କଥାରେ ମୁଣ୍ଡ ପୁରେଇବ।

ଯେଉଁଠି ବାପା ନିଜ ଝିଅର ଦାୟିତ୍ୱ ଭୁଲି ଯାଉଛନ୍ତି ସେଠି ସାନଭଉଣୀ ପାଖରୁ ସେ କି ସାହାଯ୍ୟ ଆଶା କରିବ।

ବାପାତ ଆଗରୁ ଏମିତି ନଥିଲେ ସାନମାଆ ଆସିବାପରେ ପୁରାପୁରି ବଦଳି ଗଲେ। ବାପାଙ୍କର କଣ ଦରକାର ଥିଲା ଦରବୁଢା ବୟସରେ ଦ୍ୱିତୀୟ ବିବାହ କରିବା ?

ସବୁ ନାଟର ମନ୍ଥରା ହୀରାମଣି ପିଉସୀ।

ମା ମଲାପରେ ବାହୁନି ବାହୁନି କାନ୍ଦିଲା, "ଏତେ ସମ୍ପତ୍ତି ବାଡି କଣ ହେବ? କିଏ ଦେଖାରଖା କରିବ? ଦିଟାଯାକ ଝିଅ। ଆଜି ଅଛନ୍ତି କାଲି ବାହା ହେଇ ଚାଲିଯିବେ। ଅଭିରାମର ହେଲେ ପୁଅଟେ ଥାଆନ୍ତା!

ତାରି ମୁହଁକୁ ଚାହିଁଚାହିଁ ବାକି ଜୀବନ କାଟିଥାନ୍ତା। ଏଇନେ କଣ କରିବ ଅଭିରାମ। ଚାଲ ଆମ ଅଭିରାମକୁ ଦୁତୀୟ କରିଦେବା।''

ବନ୍ଧୁବାନ୍ଧବ ସମସ୍ତଙ୍କ ଚାପ ଆଗରେ ଶେଷରେ ବାପା ନିଷ୍ପତ୍ତି ନେଲେ ଦ୍ୱିତୀୟ ବିବାହ କରିବେ। ହୀରାମଣି ପିଉସୀ ତାଙ୍କ ଗାଁ ଆଡର ଜଣକୁ ଠିକ କରିଦେଲା ଆଉ ବାପା ବାହା ହେଇପଡିଲେ। ବାପାଙ୍କର ଫିକାମନରେ ସରସ ଆସିଲା । ସେ ଆଶା କଲେ ଯାହା ହେଉ ଝିଅଦିଟାର ଯତ୍ନ ନବାକୁ କେହି ଜଣେ ଆସିଲା। ଏତେବଡ ଘରଟା ଖାଁ ଖାଁ ଲାଗୁଥିଲା ଏଥର ଘରଟା ପୁରିଲା ପୁରିଲା ଲାଗିବ। ମାସ କେତେଟା ଠିକ୍ ଠାକ ଚାଲିଲା ତାପରେ କିନ୍ତୁ ଚିତ୍ର ପୁରାପୁରି ଓଲଟି ଗଲା। ନୂଆମା ଦେଖାଇଲେ ନିଜର ଅସଲରୂପ।କ୍ଲାର ସାବତମା ମାନଙ୍କ ବିଷୟରେ ସେ ବିଭିନ୍ନ ଗପରେ ଯାହା ପଢିଥିଲା ତାହା ସିଏ ବାସ୍ତବ ଜୀବନରେ ଦେଖିଲା।

ନୂଆମା ଘରକୁ ଆସିଲା ବେଳକୁ ତାର ପ୍ଲସଟୁ ଫାଷ୍ଟଇୟର ଆଉ ମୋନିତାର ଅଷ୍ଟମଶ୍ରେଣୀ। ନୂଆ ମା' ତାଠାରୁ ଏମିତି କେତେ ବଡ ହେବ କି ତିନିଚାରି ବର୍ଷ ଖଣ୍ଡେ ହେବ। ଏତେ ଛୋଟଝିଅଟେକୁ ନୂଆମା ଡାକିବାକୁ ତା ଜିଭ ଲେଉଟୁ ନଥିଲା। ଆଜି ବି ନୂଆମା ଆଗରେ ସେ ସହଜ ହୋଇ ପାରେନି।ଆସିଲାଦିନରୁ ନୂଆମା ସହିତ ତାର ସାପନେଉଳ ସମ୍ପର୍କ।

ବାପା କେତେ ଭଲ ଥିଲେ ନୂଆମା ଆସୁ ଆସୁ ବଦଳି ଗଲେ!

ସେ କେବେ ବି ଆଶା କରିନଥିଲା ବାପା ଏତେ ଜଲଦି ବଦଳି ଯିବେ ବୋଲି। ନୂଆମା ବାପାଙ୍କୁ ଏମିତି କାବୁ କରିଦେଇଛି ଯେ ବାପା ଏକପ୍ରକାର ଭୁଲିଯାଇଛନ୍ତି ଯେ ତାଙ୍କର ଆଉ ଦୁଇଟି ଝିଅ ଅଛନ୍ତି।

ମା ଥିଲା ବେଳେ ବାପା ଆଗରୁ କେତେ ଭଲ ଥିଲେ। ସେମାନଙ୍କ ସଂସାର ବେଶ ହସଖୁସିରେ କଟୁଥିଲା। ଜୀବନଟା ଲାଗୁଥିଲା ଆନନ୍ଦମୟ। ଏବେ ତ ସୁମନସୁଧାକୁ ଲାଗେ ଏ ଜୀବନ ଯଦି ଏତେ ଯନ୍ତ୍ରଣାଦାୟକ ତାହେଲେ ଏଜୀବନ ରଖିବାରେ କି ମାନେ ଅଛି !

ସିଏ ଯେନତେନ ପ୍ରକାରେ ଏମସିଏ ପାସ କଲାପରେ ଗୋଟେ ରେସିଡେନସିଆଲ ସ୍କୁଲରେ କମ୍ପ୍ୟୁଟର ଟିଚର ଚାକିରିଟେ ପାଇ ଯାଇଛି। ଚାକିରିଟେ କରିଛି ବୋଲି ତ ବୋଝ ଭଳି ଲାଗୁଥିବା ଜୀବନକୁ ଘୋଷାରିଲା ଭଳି ଆଗକୁ

ଆଗକୁ ଟାଣି ନେଉଛି। କାହା ଉପରେ ଅନ୍ତତଃ ସିଏ ବୋଝ ନୁହେଁ ବୋଲି ଆଶ୍ୱସ୍ତ ଅଛି। ଜାଣିଶୁଣି ସିଏ ଭିଲାଇର ଏକ ରେସିଡେନସିଆଲ ସ୍କୁଲକୁ ଚାକିରି ପାଇଁ ବାଛିଚି। ସେ ବୁଝିଛି ଭୁବନେଶ୍ୱରରୁ ଯେତେ ଦୂରେଇ ରହିବ ସେତେ ତାପାଇଁ ଭଲ।

ଭୁବନେଶ୍ୱର ତାକୁ ଅନେକ କଷଣ ଅନେକ ଦୁଃଖ ଦେଇଛି। ଚିହ୍ନାପର୍ଚି ଲୋକଗୁଡାଙ୍କ ପାଖରେ ରହି ତାକୁ ଅଣନିଶ୍ୱାସୀ ଲାଗୁଥିଲା। ଯେତେବେଳେ ଦେଖ ହିତାକାଂକ୍ଷୀ ନାଁରେ ତାର ପୁରଣା କଥାକୁ ଉଖାରିବେ। କାହିଁ ବାହାଘର ହେଉନି ବୋଲି ବାହୁନିବେ। ନୂଆମାର କ୍ରୂର ଦୃଷ୍ଟି ଆଢୁଆଳରୁ ବି ସେ ଦୂରେଇ ରହିଛି ଭିଲାଇରେ ରହି। ତାଭଳି ଦୁଃଖିନୀ ପାଇଁ ରେସିଡେନସିଆଲ ସ୍କୁଲ ହିଁ ପ୍ରକୃଷ୍ଟ ଯାଗା। ଦିନରାତି ସ୍କୁଲ କ୍ୟାମ୍ପସ ଭିତରେ ପିଲାମାନଙ୍କ ସହ ରହି ତାର ପୁରୁଣାଦିନର କଥା ଆଉ ଦୁଃଖକୁ ତ ଭୁଲି ହେଉଛି। ଆଇଟି କମ୍ପାନୀ ଚାକିରି ଏଇଥିପାଇଁ ସେ ଜାଣି ଜାଣି ଛାଡି ଦେଇଥିଲା। ଆଇଟି ଫାର୍ମର ଚାପ ତାସାଙ୍ଗକୁ ଏକାକୀପଣ ତାର ଜୀବନକୁ ଆହୁରି ବଡ ବୋଝ ବୋହିଲା ଭଳି ଲାଗିଥାନ୍ତା।

ପିଲାଙ୍କ ସହ ପିଲା ହୋଇ ଦିନରାତି ସ୍କୁଲରେ ବିତେଇ ସିଏ ଜୀବନକୁ ଜିଉଁନି ତ ତାର ଅତୀତଠାରୁ ଦୌଡି ପଳାଇବାକୁ ଚେଷ୍ଟା କରୁଛି। ସେ ଛୁଟି ନିଏନି କି ବେଶିରୁ ବେଶି ଅନ୍ୟ ଟିଚରଙ୍କ ପରି ଘରକୁ ଦୌଡେନି। ଆଉ ଯେତେବେଳେ ଲମ୍ବାଛୁଟି ପଡେ ଭୁବନେଶ୍ୱର ନଯାଇ କୋଉ ନୂଆଯାଗାକୁ ବୁଲିବାକୁ ଚାଲିଯାଏ। ନିଜ ଦୁଃଖକୁ ଭୁଲିବାକୁ ଚେଷ୍ଟା କରେ।

ଘରକୁ ସେ ବିଲକୁଲ ଯାଆନ୍ତାନି । ବର୍ଷରେ ଥରେ ଖାଲି ଯାଏ ବାପାଙ୍କ ମୁହଁ ମନେପଡେ ବୋଲି। ବାପା ଆଜିସିନା ବଦଳି ଯାଇଛନ୍ତି କିନ୍ତୁ ଯାହା ହେଲେ ବି ସିଏ ତାର ବାପା ।

ତାର ଘର ସହିତ ଏଇ ଛାଡଛାଡ ଭାବକୁ ଅନେକ ନିନ୍ଦନ୍ତି। ହେଲେ ସେମାନେ ବୁଝନ୍ତିନି ଘରକୁ ଗଲେ ସିଏ କେତେ ଅଣନିଶ୍ୱାସୀ ହୋଇପଡେ। ତାମୁଣ୍ଡ ଭିତରଟା ଭାରି ଭାରି ଲାଗେ।

ବାପା ବହୁବର୍ଷ ତଳୁ ଅନେକ ଥର କହିଲେଣି, 'ସୁମନ ତୁତ ବଡ ହେଇଗଲୁଣି ଏଥର ତୋ ନିଷ୍ପତ୍ତି ତୁ ନେ। ବାହାସାହା ହେଇ ଘରସଂସାର କର। ମୋର କଣ ଆଉ ବଳବୟସ ଅଛି ତୋ ବର ସନ୍ଧାନ କରିବାକୁ।'

ନୂଆମା' ବି ନିଜ ମୁଣ୍ଡରୁ ଦୋଷ ଛଡେଇବାକୁ ଯାଇ କହନ୍ତି, 'ସୁମନ ତମେ ଗୋଟେ ପିଲା ଦେଖ, ଯେଉଁଠି କହିବ ଆମେ ସେଇଠି ଛନ୍ଦିଦେବୁ। ସବୁ ନିଷ୍ପତ୍ତିତ

ତମେ ନିଜେ ନିଜେ ନେଉଛ ଆମେ କାହିଁକି ତମ ଜୀବନର ଏଇ ବଡ଼ ନିଷ୍ପତ୍ତିଟା ନେବୁ। ପରେ ପୁଣି ଆମକୁ ତମେ ଭୁଲ ବୁଝିବ।'

ବେଳେ ବେଳେ ଫୋନ କରି ପଚାରନ୍ତି, 'କିଏ ମିଳିଲେ?, ବୟସ କଣ ଆଉ ବସିକି ରହିଛି?'ସିଏ ମନେ ମନେ ଭାବେ ବରପାତ୍ର କଣ ପରିବା ନା ମାଛ ହେଇଛି ଯେ ବଜାରକୁ ଯିବ ଆଉ ଉଠେଇ ଆଣିବ। ତାଦ୍ୱାରା ପ୍ରେମଫ୍ରେମ ହେଇ ପାରିଲାନି। କଲେଜ ସମୟରେ କେହି କେହି ପିଲା ତାଆଡକୁ ଆକର୍ଷିତ ହୋଇଥିଲେ ହେଲେ ସିଏ ସମସ୍ତଙ୍କୁ ଆଡେଇ ଯାଇଥିଲା।

ମା' ଚାଲିଯିବାର ଦୁଃଖ ଆଉ ଘରେ ନୂଆମା' ଆସିବାପରର ପରିସ୍ଥିତିକୁ ଚାହିଁ କେବଳ ପାଠପଢା ଆଉ ଘର କଣରେ ବସି ଗୁମୁରି ଗୁମୁରି କାନ୍ଦିବା ବ୍ୟତୀତ ଦୁନିଆର ଅନ୍ୟ କୌଣସି କଥା ଭାବିବାକୁ ତାମନରେ ଟିକେ ବି ଆଗ୍ରହ ନଥିଲା। ସେତେବେଳେ ବି କେହି ତାକୁ କହୁନଥିଲେ ତୋ ଜୀବନସାଥୀ ତୁ ନିଜେ ଖୋଜ। ବୟସ ୩୦ ପାର ହେଇ ୩୫ହେଇଗଲା ବେଳକୁ ସମସ୍ତେ ଏତେ ଉଦାର ହୋଇଗଲେ ଯେ ତାକୁ କହୁଛନ୍ତି, ଖୋଜ୍ ସୁମନ ଖୋଜ୍ ତୋ ଜୀବନସାଥୀ ନିଜେ ଖୋଜ୍ ଆଉ ତୋ ଜୀବନ ନିଜେ ଗଢ।

ଛାଡ କାହାକୁ ଦୋଷ ଦେଇ କି ଲାଭ। ସିଏ ବି ଭାବିଥିଲା ଦୁନିଆର ଅନେକ ଝିଅ ବାହାସାହା ନହେଇ ଜୀବନକୁ ଏକାଏକା କାଟି ଦେଉଛନ୍ତି, ସିଏ ବି କାଟି ଦେବ। କିନ୍ତୁ ଜୀବନଟା ଦିନକୁ ଦିନ ତାଉପରେ ଅଜାଡି ହୋଇ ପଡିଲା ଭଳି ଲାଗୁଛି। ଏତେ ବଡ ଜୀବନଟାକୁ ସେ କଣ ଏକାଏକା କାଟି ପାରିବ !

ବରପାତ୍ର ସନ୍ଧାନ କରିବାକୁ ପ୍ରଫେସନାଲ ମଧ୍ୟସ୍ତି ମାନଙ୍କର ସହାୟତା ନିଆଯାଇ ପାରେ! ସୁମନ ସେଇଆ ବି କରିଥିଲା। ପ୍ରଫେସନାଲ ମଧ୍ୟସ୍ତିମାନଙ୍କର ସାହାଯ୍ୟ ନେଇଥିଲା। ସେମାନେ କିନ୍ତୁ ଫଟୋ,ବାୟୋଡାଟା ଆଉ ଟଙ୍କା ନେଇ ତାକୁ ଠକି ଦେଇଛନ୍ତି। ଦିଟାରିଟା ଫଟୋ ଦେଖାଇ ଛୁ ମାରିଛନ୍ତି। ଫୋନ କଲେ ବି ଆଉ ଉଠାଇନାହାନ୍ତି। ଆଜିକାଲି ସମସ୍ତେ ଠକିବାକୁ ବସିଛନ୍ତି। ଆଉତ ଜଣେ ମଧ୍ୟସ୍ତି ତା ମୁହଁ ଉପରେ କହିଲା, 'ବାପା ମା ଥାଉ ଥାଉ ତମେ ନିଜ ବାହାଘର ନିଜେ ଖୋଜୁଛ କଣ? ତମର ତାହେଲେ କିଛି ଲାକୁନା ରହିଛି।' ମଧ୍ୟସ୍ତି ମାନଙ୍କଠାରୁ ଏମିତି ଠୋକର ଖାଇଲାପରେ ସେ ଏଥିରୁ ମୁହଁ ଫେରାଇ ନେଇଥିଲା। କେହି ଲୋକ ଯଦି ପ୍ରସ୍ତାବ ଫ୍ରସ୍ତାବ ବିଷୟରେ ତା ସାଙ୍ଗରେ କଥା ହେବାକୁ କୁହନ୍ତି ସିଏ ରୋକଠୋକ ମନା କରିଦିଏ।

ଏମିତି ପରିସ୍ଥିତିରେ ଅନଲାଇନ ମାଟ୍ରିମୋନିଆଲ ସାଇଟରେ ବର ଖୋଜିବାକୁ

ସିଏ ଅଧିକ ପସନ୍ଦ କରିଥିଲା। ମନଖୋଲା ସ୍ୱାଧୀନତା- ହଜାର ହଜାର ପ୍ରପୋଜାଲ, ନିଜ ଶିକ୍ଷା, ଯୋଗ୍ୟତା ଆଉ ଫିନାନସିଆଲ ଷ୍ଟାଟସକୁ ଚାହିଁ। ପ୍ରତ୍ୟେକ ଦିନ ଗଦା ଗଦା ପ୍ରପୋଜାଲ। ଦେଖ, ପରଖ ଆଉ ଯୋଗାଯୋଗ କର। ପ୍ରଥମେ ପ୍ରଥମେ ମାଟ୍ରିମୋନିଆଲ ସାଇଟରେ ସିଏ ଫ୍ରି ମେମ୍ବରସିପ ନେଇଥିଲା। ସେଥିରେ ଖାଲି ପ୍ରସ୍ତାବ ଦେଖିପାରୁଥିଲା ହେଲେ ଯୋଗାଯୋଗ କରିପାରୁନଥିଲା କି କଥାବାର୍ତ୍ତା ଆଗେଇ ପାରୁନଥିଲା। ଏବେ ସିଏ କିନ୍ତୁ ପେଡ୍ ମେମ୍ବର ହୋଇଯାଇଛି ତାପୁଣି ଡାଇମଣ୍ଡ ମେମ୍ବରସିପ। ଛଅମାସ ପାଇଁ ୮ ହଜାର ଟଙ୍କା। ଗଦାଗଦା ପ୍ରସ୍ତାବ,ଫୋନନମ୍ବର,ଚାଟିଂ ସୁବିଧା। ସିଧାସଳଖ କଥାହୁଅ,ସ୍ପଷ୍ଟ ଦିବାଲୋକରେ ଦେଖାହୁଅ,ଡିଟେଲ୍ସ ବୁଝିବାର ସୁବିଧା।

ପେଡ୍‌ମେମ୍ବରସିପ ନେବାପରେ ସୁମନର ମନରେ ଦେଖାଦେଇଥିଲା ଆଶାର ଆଲୋକ। ଏଥର ପକା ଗୋଟେ ଭଲପାତ୍ର ମିଳିଯିବ। ଆଉ ସିଏ ନୂଆମା'କୁ ଦେଖାଇ ଦେବ ବରପାତ୍ର କେମିତି ଖୋଜାଯାଏ।

ପ୍ରଥମ ଦିମାସ ତ କୌଣସି ପାତ୍ରଙ୍କ ପାଖରୁ ଇନଟ୍ରେଷ୍ଟ ରିକ୍ୱେଷ୍ଟ ସିଏ ପାଇଲାନି। ସେ କିନ୍ତୁ ବହୁଜଣଙ୍କୁ ଇନଟ୍ରେଷ୍ଟ ରିକ୍ୱେଷ୍ଟ ପଠେଇ ସାରିଥିଲା। ଠିକ୍ ତିନିମାସପରେ ଦେଖିବାକୁ ପାଇଥିଲା ଅଦ୍ଭୁତ ପରିବର୍ତ୍ତନ। ବିବାହ ବଜାରରେ ଯେମିତି ନିଆଁ ଲାଗିଯାଇଥିଲା। ଆଗକୁ ନବକଳେବର ପଡୁଥିବାରୁ ତାପୂର୍ବରୁ ବିବାହ କାର୍ଯ୍ୟ ସାରିଦେବାକୁ ଏକପ୍ରକାର ପ୍ରତିଯୋଗିତା ଚାରିଆଡେ ଖେଳିଯାଇଥିଲା। ଯେଉଁ ପରିବାରରେ ବିବାହ ଯୋଗ୍ୟ ପୁଅ ଝିଅ ଥିଲେ ସେମାନଙ୍କ ଘରର ମୁରବୀ ମାନେ ଯେମିତି ହେଉ ବାହାଘର ନବକଳେବର ପୂର୍ବରୁ ସାରି ଦେବାକୁ ଉଛନ୍ନ ହୋଇ ପଡିଥିଲେ। ଶ୍ରୀଜିଉଙ୍କ ନବକଳେବର ପରେ ବର୍ଷେ ତମାମ ବାହାଘର ବାରଣ ଥିଲା। ଏହି ମୌକାରେ ବାହାଘର ବଜାର ବେଶ ଗରମ ଥିଲା। ଏହି ପ୍ରବାହରେ ଗୁଡାଏ ପ୍ରସ୍ତାବ ସୁମନ ପାଖକୁ ଆସିଥିଲା ଅନଲାଇନରେ। ଗୁଡାଏ ଇନଟ୍ରେଷ୍ଟ ରିକ୍ୱେଷ୍ଟ ପାଇ ସୁମନ ଉତଫୁଲ୍ଲିତ ହେଉଥିଲା ତାସହ ଆଶା କରୁଥିଲା ଅନ୍ତତଃ ନବକଳେବର ପୂର୍ବରୁ ସିଏ ହାତକୁ ଦିହାତ ହେଇଯିବ।

ଢେରସାରା ପ୍ରସ୍ତାବ ଭିତରୁ ଅନେକ ଥିଲେ ଇଞ୍ଜିନିୟର, ବିଜନେସମ୍ୟାନ ଆଉ ଟିଚର। ସିଏତ ମୂଳରୁ ମନସ୍ଥ କରିଥିଲା ଟିଚରଙ୍କୁ ବାହା ହେବନି ବୋଲି। ଯେତେ ଭଲ ପିଲା ହେଲେ ବି ଟିଚର ପ୍ରପୋଜାଲକୁ ସିଏ କୋଣ ଠେସା କରି ଦେଉଥିଲା। ଇଞ୍ଜିନିୟର ଆଉ ବିଜନେସମ୍ୟାନ ପ୍ରସ୍ତାବକୁ ଛାଡି ତାପାଖକୁ ଜଣେ ଜର୍ଣ୍ଣାଲିଷ୍ଟ ବି ପ୍ରପୋଜାଲ ଇନଭାଇଟ କରିଥଲେ। ମାଟ୍ରିମୋନିରେ ଜାତିଭେଦର କିଛି

ମାନେ ନଥାଏ। ଓପନ ଫୋରମ ଯିଏ ଯାହାକୁ ପାରିଲା ରିକ୍ୱେଷ୍ଟ ପଠେଇପାରିଲା। ବୟସ, ଜାତି,ଯୋଗ୍ୟତାର କିଛି ବି ମାନେ ନଥାଏ। କିନ୍ତୁ ତା ଭିତରୁ ବାଛିବାର ହିଁ ଅଛି କେଉଁଟା ଭଲ ଆଉ କେଉଁଟା ଭେଲ। ସୁମନକୁ ଯେଉଁ ବିଜନେସମ୍ୟାନ ବାଲା ପ୍ରପୋଜାଲ ସବୁ ଆସୁଥିଲା ସେମାନଙ୍କ ବୟସ ଥିଲା ଢେର ଅଧିକ। ତାଙ୍କ ମଧ୍ୟରୁ କେହି କେହି ସ୍ତ୍ରୀ ଅନ୍ତେ ଦ୍ୱିତୀୟ ବିବାହ କରିବା ଚକ୍କରରେ ପ୍ରସ୍ତାବ ପଠାଇଥିଲେ। ଏମିତିରେ ତାର ବୟସ ୩୫ ପାଖାପାଖି ହୋଇ ଯାଇଥିବାରୁ ଓ ଫଟୋରେ ତାର ବୟସ୍କ ଚେହେରା ଦେଖି ସେମାନେ ସମ୍ଭବତଃ ପ୍ରସ୍ତାବମାନ ପଠାଉଥିବେ। ବାକି ଇଞ୍ଜିନିୟର ବାଲା ଯେଉଁ ପ୍ରସ୍ତାବ ମାନ ଆସିଥିଲା ସେଥିରୁ ଅଧିକାଂଶ ଥିଲେ ଖଡୁସ ନହେଲେ ନୀଚ ଜାତିର।

ଏତେ ସବୁ ପ୍ରସ୍ତାବକୁ ଆଡେଇ ସେ କିନ୍ତୁ ଜର୍ଣ୍ଣାଲିଷ୍ଟ ପ୍ରସ୍ତାବ ଆଡକୁ ମୁହେଁଇଥିଲା। ଏକରେ ପିଲାଟା ହ୍ୟାଣ୍ଡସମ ତାସଙ୍ଗକୁ ନିଜ ପ୍ରୋଫାଇଲରେ ବଢେଇ ଚଢେଇକି ନଲେଖି ନିଜର ବାସ୍ତବସ୍ଥିତି ସମ୍ପର୍କରେ ଲେଖିଥିଲା। ଯେଉଁଦିନ ଟେଲିଫୋନରେ ସେ ପିଲା ସହ ସୁମନ କଥା ହେଲା ତାର ମିଠାସ୍ୱର ସାଙ୍ଗକୁ ଭଦ୍ରୋଚିତ କଥାବାର୍ତ୍ତା ତାକୁ ଆହୁରି ଇମ୍ପ୍ରେସ କରିଥିଲା। ମନେ ମନେ ଭାବିଥିଲା ଇଞ୍ଜିନିୟର, ବିଜନେସମ୍ୟାନଙ୍କର ପୁଳାପୁଳା ପଇସା ହୁଏତ ଅଛି କିନ୍ତୁ ସେମାନଙ୍କ ପାଖରେ ଜୀବନକୁ ନେଇ ସ୍ୱପ୍ନ ନାହିଁ। ତାର ପରିସ୍ଥିତି ଓ ଅତୀତ ଯାହା ଏଇ ପିଲାହିଁ ତାର ପ୍ରକୃତ ଜୀବନସାଥୀ ହେଇପାରିବ। ଅନ୍ୟସବୁ ପ୍ରସ୍ତାବକୁ ଆଡେଇ ସୁମନ ଜର୍ଣ୍ଣାଲିଷ୍ଟବାଲା ପ୍ରସ୍ତାବ ପଛରେ ରୀତିମନ କସରତ ଆରମ୍ଭ କରିଦେଲା। ପିଲାଟିର ନାଁ ଶେଖର ବିଶ୍ୱାଳ। ଭୁବନେଶ୍ୱରର ଗୋଟେ ଟିଭି ଚ୍ୟାନେଲରେ କାମ କରେ। କଥାଗୁଡା ପୁରା ରୋକଠୋକ, ସିଧାସଳଖ କଥା ହେବାକୁ ଭଲ ପାଏ, ଘୁମାଫେରାକୁ ପସନ୍ଦ କରେନା। ସୁମନସୁଧା ଶେଖର ସହ କଥାବାର୍ତ୍ତା କରିବା ପରଠୁ ଏକଦମ ତା ପ୍ରେମରେ ପଡିଗଲା। ଫୋନରେ କଥାବାର୍ତ୍ତା ଆଉ ଚାଟିଂ ପରେ ବି ତାର ମନ ମାନେନା। ଶେଖର କଣ ଦେଖା କରିବାକୁ ଭିଲାଇ ପର୍ଯ୍ୟନ୍ତ ଆସିବ ! କଦାପି ନୁହେଁ। ତାକୁ ହିଁ ଦେଖା କରିବାକୁ ପଡିବ।

ଛୁଟି ନେଇ ଭୁବନେଶ୍ୱର ଯାଉଛି ବୋଲି ସୁମନ ଜଣେଇ ଦେଲା। ଶେଖର ବି ବହୁଦିନରୁ କହିଥିଲା ଗୋଟେ ସାମ୍ନାସାମ୍ନି ମୁଲାକାତ ହେଇଯାଉ। କାରଣ ଦେଖାସାକ୍ଷାତ ନହେଲା ପର୍ଯ୍ୟନ୍ତ ସବୁକିଛି ଅଧପନ୍ତରିଆ ଭାବେ ଅଟକି ରହିଥିଲା। ସୁମନକୁ ଶେଖର ଜଣେଇ ଦେଇଥିଲା ସିଏ ରେଲୱେ ଷ୍ଟେସନକୁ ନିଶ୍ଚୟ ଆସିବ ତାକୁ ରିସିଭ କରିବାକୁ। ସେଇଠି ଦେଖାଚାହାଁ ହେଇଯିବ ଆଉ କଥା ବି ଆଗକୁ

ବଢ଼େଇ ହେବ। ସୁମନ ଦୁର୍ଗ ଏକ୍ସପ୍ରେସରେ ଆସି ଭୁବନେଶ୍ୱର ରେଲଷ୍ଟେସନରେ ଓହ୍ଲେଇଲା ବେଳକୁ ସକାଳ ଛଅଟା ବାଜି ସାରିଥିଲା। ୪ ନଂ ପ୍ଲାଟଫର୍ମରେ ଗୋଟେ ପିଣ୍ଡି ଉପରେ ବସିଥିଲା ଶେଖର। ଫଟୋର ଚେହେରା ଅପେକ୍ଷା ଦିଶୁଥିଲା ଅପେକ୍ଷାକୃତ ସାନ ପିଲାଟେ ଭଳି। ସକାଳୁ ସକାଳୁ ଟିସାର୍ଟଟେ ଗଳେଇ ଚାଲି ଆସିଥିବାରୁ ହୁଏତ ସେମିତି ଦେଖାଯାଉଥିଲା। ସୁମନକୁ ସିଏ ମୋଟରୁ ନଦେଖି କେମିତି କେଜାଣି ତା ଡ୍ରେସରୁ ଚିହ୍ନି ପାରିଲା। କାରଣ ସେଇ ଡ୍ରେସଟା ପିନ୍ଧି ସୁମନ ତାର ପ୍ରୋଫାଇଲ ପିକ୍ ଦିଦିନ ତଳେ ଫେସବୁକରେ ଛାଡି ଥିଲା।

ମଟକାରେ ଚା' ବଢେଇ ଦଉ ଦଉ ଶେଖର କହିଲା, 'ନିଅ ଚା ଆଗ ପିଇନିଅ। ଜର୍ଣ୍ଣିଂର ସବୁ ଥକାପଣ ହଟିଯିବ।'

ସୁମନ ହସିଲା ଆଉ ଷ୍ଟ୍ରଲିକୁ ଗୋଟେ କଡରେ ଥୋଇ ଦେଇ ଚା' ପିଇଲା।

'ମୁଁ ଭାବି ନଥିଲି ଆମର ଦେଖା ହେବ ବୋଲି',ଶେଖର ଚା' ସୋଡକାଏ ମାରି କହିଲା।

'ମୁଁ କିନ୍ତୁ ଜାଣିଥିଲି ଆମର ନିଶ୍ଚୟ ଦେଖା ହେବ',ସୁମନ ଆତ୍ମବିଶ୍ୱାସର ସହ କହିଲା।

'ଏମିତିରେ ଆମେ ପ୍ରେମ କରୁନାହାଁନ୍ତି ବରଂ ଜୀବନ ନେଇ ଗୁରୁତ୍ୱପୂର୍ଣ୍ଣ ନିଷ୍ପତ୍ତି ନେବାକୁ ଯାଉଛନ୍ତି। ସିରିୟସ ହେବାକୁ ପଡିବ ନା', ସିଧାସଳଖ ଶୁଣେଇ ଦେଲା ଶେଖର।

– 'କୁହ କେବେ ତମ ଘରକୁ ଯିବା ?'

ସୁମନ ଚମକି ପଡିଲା ଚା' ପିଉ ପିଉ।

ମନେ ମନେ ଭାବିଲା- ଶେଖର ସହ ଏବେ ଏବେ ଦେଖାସାକ୍ଷାତ ହେଲା, ଘରକୁ ଗଲେ ନୂଆମା ଯେଉଁ ଲୋକ କଣ କହିବେ? ସେତ ଏ ପର୍ଯ୍ୟନ୍ତ ଘରେ ପ୍ରସ୍ତାବ ସମ୍ପର୍କରେ କିଛି ବି କହିନି। କିନ୍ତୁ ସୌଜନ୍ୟ ଦୃଷ୍ଟିରୁ କହିଲା, 'ହଁ ମୁଁ ଏବେ ତ ସାତ ଆଠ ଦିନ ପର୍ଯ୍ୟନ୍ତ ଭୁବନେଶ୍ୱରରେ ଅଛି। ଯେବେ ଚାହିଁବ ଘରକୁ ଆସି ପାରିବ।'

ଶେଖର ତାକୁ ଅଟୋଷ୍ଟାଣ୍ଡ ପର୍ଯ୍ୟନ୍ତ ବଳେଇ ଦେଲା। ସୁମନ ନିଜ ଷ୍ଟ୍ରଲିକୁ ଧରି ଅଟୋରେ ବସିଲା ଆଉ ଆସନ୍ତାକାଲି କେଉଁ ଏକ ରେଷ୍ଟୋରାଁରେ ଦେଖା ହେବ ବୋଲି କହିଲା। କାରଣ ତାପାଇଁ ସବୁଠୁ ବଡ କାମ ଥିଲା ଶେଖରକୁ ପାଖରୁ ଜାଣିବା। ପ୍ରସ୍ତାବଟି ଯେତେବେଳେ ଏତେବାଟ ଆଗେଇ ଗଲାଣି। ସବିଶେଷ ଜାଣି ଖୁବଶୀଘ୍ର ନିଷ୍ପତ୍ତିଟା ତାକୁ ନବାକୁ ହିଁ ହେବ। ତାର ପରିସ୍ଥିତି ଓ ସମସ୍ୟା ସମ୍ପର୍କରେ ଜାଣିସୁଦ୍ଧା ଶେଖର ଏତେବାଟ ଆଗେଇଛି ନହେଲେ ପ୍ରସ୍ତାବଟା ହାତଛଡା ହେଇଯିବ ଯେ !

ପରଦିନ ସନ୍ଧ୍ୟାରେ ରିଜଲିନ ରେଷ୍ଟୋରାଁରେ ବସିଥିଲେ ଦିଜଣ। କଫି ଓ ସ୍ନାକ୍ସ ସହ ଢେର ସମୟ ଧରି ଜମିଥିଲା ସେମାନଙ୍କ ଆଳାପ। ପରସ୍ପର ସମ୍ପର୍କରେ ଯେତେ ସମ୍ଭବ ଇନକ୍ୱାରି କରାଯାଇପାରେ ସେମାନେ କରିଥିଲେ। ସୁମନ କଥାପ୍ରସଙ୍ଗରେ କହିଥିଲା ତାଙ୍କର ଭୁବନେଶ୍ୱରରେ ଦୁଇଟି ଘର। ଗୋଟେ ଫରେଷ୍ଟ ପାର୍କରେ ଆଉ ଗୋଟେ ବରମୁଣ୍ଡାରେ। ଫରେଷ୍ଟପାର୍କ ବାଲା ଘରେ ବାପା ନୂଆମା ଆଉ ଛୋଟଭାଇ ରହନ୍ତି। ବରମୁଣ୍ଡାବାଲା ଘରଟା ଭଡା ଲାଗିଛି। ବାହାଘରଟା ହେଇଗଲେ ସାନଭଉଣୀ ଓ ତା ଭିତରେ ବରମୁଣ୍ଡା ଘରଟା ପାର୍ଟିସନ୍ କରି ଲେଖାପଢା କରେଇ ଦେବେ ବୋଲି କହିଛନ୍ତି ବାପା।

ଶେଖର ସବୁକିଛି ଶୁଣୁଥିଲା ତୁନି ହୋଇ। ହଠାତ ଉଠିଲା ଆଉ କହିଲା, 'ଚାଲ ତମ ଘରକୁ ଯିବା ?'

ଶେଖର ବହୁତ ଜଲବାଜିରେ ଥିଲା। ସୁମନକୁ ଲାଗୁଥିଲା ଅଜବ। ସୁମନ ପଚାରିଲା, 'ଶେଖର ଆର ୟୁ ସିରିୟସ ?'

ଶେଖରର ଏକାଜିଦ୍ ସେଇ ମୁହୂର୍ତ୍ତରେ ହିଁ ସିଏ ସୁମନର ଘରକୁ ଯିବ ଆଉ ତା ବାପାମାଙ୍କ ସହ ବାହାଘର ସମ୍ପର୍କରେ ପକା କରିବ। ଶେଖର ବାଇକରେ ଷ୍ଟାର୍ଟ କଷିଲା। ସୁମନ ଯନ୍ତ୍ରବତ ତା ପଛରେ ବସିଲା। ରାଜଭବନ ପେଟ୍ରୋଲ ପମ୍ପ, ଏଲଆଇସି ଅଫିସ ପାର ହୋଇ ସେମାନେ ପୁରୁଣା ପାସପୋର୍ଟ ଅଫିସ କଡରେ ଥିବା ତାଙ୍କ ଫରେଷ୍ଟପାର୍କ ଘରେ ପହଁଚିଲେ। ଗେଟ ସାମ୍ନାରେ ପହଁଚିଲା ବେଳକୁ ବାଲକୋନୀ ଉପରୁ ନୂଆମା' ସେମାନଙ୍କୁ ଦେଖି ସାରିଥାନ୍ତି। କିନ୍ତୁ ଜାଣି ଜାଣି ଅଭିନୟ କରୁଥାନ୍ତି ନଦେଖିଲା ଭଳି।

ଉପର ଘରକୁ ସେମାନେ ଉଠିଲେ। ଶେଖର ନୂଆମା'ଙ୍କୁ ନମସ୍କାର କଲା, ଚେୟାରଟେ ଭିଡିଆଣି ବସିଲା। ଶେଖର କିଛି କହିବାପୂର୍ବରୁ ସୁମନ କହିଲା, 'ନୂଆମା ଇଏ ମୋ ସାଙ୍ଗ ଶେଖର।'

ଶେଖର କିନ୍ତୁ ଏ ପରିଚୟକୁ ନେଇ ସନ୍ତୁଷ୍ଟ ନଥିଲା। ସିଧା ସିଧା କହିଲା, 'ସତକଥା ହେଉଛି ଆମ ଦିଜଣଙ୍କର ପରିଚୟ ମାଟ୍ରିମୋନି ସାଇଟରୁ ହୋଇଛି। ପ୍ରାୟ ଗୋଟେ ମାସ ହେବ ଆମେ ପରସ୍ପରକୁ ଜାଣୁ। ସୁମନ ଆପଣଙ୍କ ବିଷୟରେ ଓ ପରିବାର ବାବଦରେ ସବୁକିଛି କହିଛନ୍ତି। ମୁଁ ବିବାହ ପ୍ରସ୍ତାବ ନେଇ ଆସିଛି।'

ନୂଆମା' ଟିକେ ହଡବଡେଇ ଗଲେ ଶେଖରର ସିଧାସଳଖ କଥା ଶୁଣି। କିନ୍ତୁ ପରିସ୍ଥିତିକୁ ହାଲକା କରିବାକୁ ଯାଇ କହିଲେ, 'ଇଏ ତ ବହୁତ ଭଲ କଥା। ଆମେ ଚାହୁଁଥିଲୁ ସୁମନ କୌଣସି ପ୍ରସ୍ତାବ ସମ୍ପର୍କରେ ଆମକୁ କହୁ। ଯାହା ହେଉ ଭଲ ହେଲା।'

ଏଇ ସମୟରେ ବାପା ଆସି ପହଁଚି ଥିଲେ। ସୁମନ ସାହସ ଜୁଟାଇ ଆମୂଳଚୂଳ କହିଗଲା।

ଶେଖର ବାପାଙ୍କୁ କହିଲା, 'ଦେଖନ୍ତୁ ମୋର କିଛି କରିବାର ନାହିଁ ଆମର ଦେଖା ଚାହାଁ ସରିଲା ଏଣିକି ଆମଘରର ମୁରବୀଙ୍କ ସହ ଆପଣ କଥାବାର୍ତ୍ତା କରିବାକୁ ଅପେକ୍ଷା। ବାଇ ଦ ୱେ ସୁମନ ଯାହା କହୁଥିଲେ କଣ ସତ। ଆପଣମାନେ ତାକୁ ଉପେକ୍ଷା କରନ୍ତି। ତାର ମା ମରିଗଲା ପରେ ତାକୁ ଏକ ଯନ୍ତ୍ରଣାମୟ ଜୀବନକୁ ଠେଲି ଦେଇଛନ୍ତି। ଏତେବର୍ଷ ବିତି ଯାଇଥିଲେ ବି ତାର ବାହାଘର କରେଇବା ଆପଣଙ୍କର କଣ କର୍ତ୍ତବ୍ୟ ନଥିଲା।'

ଶେଖର ପୁରା ଜର୍ଣ୍ଣାଲିଷ୍ଟ ତରିକାରେ ବାପାଙ୍କ ମୁହଁ ଉପରେ ଏସବୁ ପଚାରି ପକାଇଲା। ବାପା ଲଜ୍ଜିତ ହେଲେ। 'ନା ସେମିତି ନୁହେଁ ସିଏ ବାହା ନହବାକୁ ଆଜିଯାଏ ଜିଦ ଧରି ବସିଥିଲା' କହିଲେ। ଶେଖର ଯାଉ ଯାଉ ନିଜଘରର ଫୋନ ନମ୍ବର ଦେଇଯାଇଥିଲା । ଆଉ ବରମୁଣ୍ଡାରେ କେଉଁଠି ଅନ୍ୟଘରଟି ଅଛି ? କେବେଠୁ ରିଟାର୍ଡ଼ କଲେଣି ? କଣ କେମିତି ବାହାଘର ପ୍ଲାନ ଅଛି ? ସବୁ ଡିଟେଲ୍ସ ବାପାଙ୍କ ପାଖରୁ ବୁଝିଥିଲା।

ବାପରେ ଶେଖରର କଣ ଦରକାର ଥିଲା ଏତେ ସବୁ କହିବା।

ଶେଖର ଯିବାପରେ ପରେ ହିଁ ଫୋନ ନମ୍ବର ଲେଖିଥିବା କାଗଜଟାକୁ ଚିରି ଦେଇଥିଲେ ନୂଆମା'। ନା ତା ଫ୍ୟାମିଲିଲୋକଙ୍କ ସହ କଥା ହେଲେ ନା ଶେଖରକୁ କିଛି ଜଣାଇଲେ ବରଂ ସେ କହିଥିବା କଥାମାନକୁ ମନେପକେଇ ନୂଆମା' ତାକୁ ତାପରଠୁ ଏତେ ଗଞ୍ଜଣା ଦେଇଛନ୍ତି ଯେ ବାହାଘର ହବା ଦୂରକଥା କାନ୍ଦି କାନ୍ଦି ତା ଦିନ ଯାଇଛି। ଶେଖର ଅନେକ ଚେଷ୍ଟା କରିଛି ତାପାଖରୁ ପରବର୍ତୀ ଘଟଣାକ୍ରମ ଜାଣିବା ପାଇଁ କିନ୍ତୁ ଭୟରେ ସେ କିଛି କହିନାହିଁ। ନୂଆମା ଓ ବାପାଙ୍କୁ ଛାଡି ମନ୍ଦିରରେ ବାହା ହେଇଯିବାପାଇଁ ସେ ଶେଖରକୁ କହିଥିଲା ଯେ ହେଲେ ଶେଖରର ଏକା ଜିଦ୍ ବାହା ହେବ ତ ବାଜା ବାଣ ଫୁଟେଇ ପୁଣି ଉଭୟ ପରିବାରର ସମ୍ମତି ଓ ଉପସ୍ଥିତିରେ। ଯେମିତି ଆଡମ୍ବର ହବା କଥା ହେବ ସେଥିରୁ ଗୋଟିଏ ବି କିଛି ଊଣା ହେବନି।

ଶେଖର ପାଖରୁ ଏକଥା ଶୁଣିବାପରେ ସୁମନ ତାକଥା ଉପରେ ଆଉ ଭରସି ପାରିନଥିଲା। କାହିଁକି ତାପାଇଁ ଆଉ ଜଣଙ୍କ ଜୀବନ ମାଟି ହେବ ଏକଥା ସେ ଚାହୁଁନଥିଲା। ନିଜ ଅସହାୟତା ପ୍ରକାଶ କରି କହିଥିଲା, ନା ଏମିତି ସର୍ତାବଳୀରେ ସେ ରାଜି ନୁହେଁ। ତାପରଠୁ ସୁମନ ଅନେକବାର ଚେଷ୍ଟା କରିଛି ଶେଖର ସହ

ଯୋଗାଯୋଗ କରିବାକୁ । ଶେଖର କିନ୍ତୁ ଫୋନ ଉଠାଏନି କି ଚାଟିଂରେ ଜବାବ ଦିଏନି। ଆଉ ଏବେତ ଫେସବୁକରେ ତାକୁ ଅନଫ୍ରେଣ୍ଡ ବି କରିଦେଇଛି।

ଆଜି ଖେଶର ବହୁତ ମନେ ପଡୁଥିଲା। ସୁମନ ସ୍କୁଲ ହଷ୍ଟେଲ ବାଲକୋନୀରୁ ଦୂର ରାସ୍ତାକୁ ଚାହିଁଲା। ରାସ୍ତାରେ ଅନେକ ଲୋକ ଯିବାଆସିବା କରୁଥିଲେ। ସ୍କୁଲ ପଡିଆରୁ ପିଲାଙ୍କ ପାଟି ଶୁଭୁଥିଲା। ଦିନଯାକ ତାତି ବହୁତ ଅଧିକ ଥିଲା। ଗୁଳୁଗୁଳି ଗରମରେ ବେଶ ଛଟପଟ ଲାଗୁଥିଲା। ଦଲକାଏ ଝାଞ୍ଜି ପବନ ତା ଦେହରେ ପୋଡି ହେଇଗଲା।

ସିଏ ନୀଳ ଆକାଶକୁ ଚାହିଁ ରହିଲା। ନୀଳ ଆକାଶର ବାଦଲ ସନ୍ଧିରୁ ଥାଇ ମା ହସୁଥିଲା। ତା ଆଖିରୁ ଦିଟୋପା ଲୁହ ବୋହି ତଳେ ପଡିଲା। କେହି ଜଣେ ତଳୁ କହିଲା, ଅଦିନିଆ ବର୍ଷା ଟୋପା କଣ ! ଦେଖୁନ କେମିତି ଜାମୁକୋଳିଆ ବର୍ଷା ଟୋପା ଦିଟା ମୋ ମୁହଁରେ ପଡିଲା। ସୁମନ ମୁହଁ ଲୁଚେଇ ଧାଇଁଗଲା ନିଜ ରୁମ ଭିତରକୁ। କ୍ରମଶଃ ବଢି ଯାଉଥିଲା ତା ଦେହର ତାପମାତ୍ରା। ରୁମରେ ଫ୍ୟାନ ବୁଲୁଥିଲା, ତାକୁ ଲାଗୁଥିଲା ଇଏ ଝଡ଼ର ପବନ।

ବିଛଣାରେ ମୁହଁମାଡ଼ି ସୁମନ ନିଜ ଜୀବନକୁ ନେଇ ପୁଣି ନିଷ୍ପତ୍ତି ନେବା ଆରମ୍ଭ କଲା।

■

ଭାତବାଲା

ନୂଆ ଚାକିରିରେ ଯୋଗ ଦେବାର ପ୍ରଥମ ଦିନହିଁ ମୋର ସେ ଲୋକଟି ସହ ଭେଟ ହୋଇଥିଲା।

ଉପାନ୍ତ ଜାଗାର ଛୋଟିଆ ବଜାର। ବସ୍ ଷ୍ଟପ୍‌କୁ ଲାଗି ଦଶବାରଟି ଦୋକାନ। ଛକର ଗୋଟିଏ କଣରେ ଛିଡା ହେଇଥିଲା ସେ ଲୋକ। ଚେହେରା ଶୀର୍ଣ୍ଣକାୟ। ଲୁଙ୍ଗି ଓ ହାଓ୍ୱାନି ସାର୍ଟ ପିନ୍ଧି ସେ ରାସ୍ତାରେ ଯାଉଥିବା ଗାଡି ଗୁଡ଼ିକୁ ନିଘା କରୁଥାଏ। ମଝିରେ ମଝିରେ ସୋଡକାଏ ବିଡ଼ିଟାଣି ଶୂନ୍ୟକୁ ପୁଳାଏ ଲେଖା ଧୂଆଁ ଛାଡୁଥାଏ।

ଏଠି ଖାଇବାକୁ ହୋଟେଲ କୋଉଠି ମିଳିବ ?, ପଚାରିଲି।

ଲୋକଟି ମୋ ମୁହଁକୁ ଅନେଇ ପୁଳାଏ ଧୂଆଁ ପୁଣି ଶୂନ୍ୟକୁ ଛାଡ଼ିଲା।

ସେ କିଛି ନକହିବାରୁ ଆଉଥରେ ପଚାରିଲି।

ଲୋକଟି ଅତି ନିର୍ଲିପ୍ତ ଭାବେ ମତେ ଚାହିଁଲା ଓ ଗୋଟିଏ ଗଳି ଆଡକୁ ମତେ ହାତ ଦେଖାଇଲା।

ମୁଁ ସେଇ ଦିଗରେ ଗଲି, ଗୋଟେ ଗଛରେ ବୋର୍ଡଟିଏ ଝୁଲୁଥିଲା।

ବୋର୍ଡରେ ଲେଖାଥିଲା ଭାତ ହୋଟେଲ। ମୁଁ ଏଥରକ ଆଶ୍ୱସ୍ତ ହେଲି ଗଣ୍ଡେ ଭାତ ଖାଇବାକୁ ଅନ୍ତତଃ ମିଳିବ।

ଭିତରେ ଏତେଟା ଗହଳି ଚହଳି ନଥିଲା। ଦିଟି ଟେବୁଲ ଓ ଆଠଟି ପ୍ଲାଷ୍ଟିକ ଚେୟାର ପଡ଼ିଥିଲା।

ଚାରିଟା ଖଣ୍ଡେ ଲୋକ ମୁଣ୍ଡରେ ଠେକା ଭିଡି ମୁହଁକୁ ମାଡି ଖାଉଥିଲେ।

ଗୋଟେ କଳାମଚମଚ ସରୁଆ ପିଲାଟେ ବାହାରି ଆସି ମତେ ପଚାରିଲା, 'ସାଧା ନା ଆଇଁଷ!'

ମୁଁ ସାଧା ମିଲଟେ ବରାଦ କଲି। ଦେଇଥିବା ଖାଦ୍ୟ ଏତେଟା ରୋଚକ ନଥିଲା। କଣଦିଟା ଖାଇଦେଇ ହାତଧୋଇ ହେଲି। କ୍ୟାସ୍ ଟେବୁଲରେ ପଇସା ଦେବାବେଳେ ଜାଣିଲି ସେ ଶୀର୍ଣ୍ଣକାୟ ଲୋକଟି ହୋଟେଲର ମାଲିକ।

ସରକାରୀ ଚାକିରି ପାଇବାପରେ ମୋର ପ୍ରଥମ ପୋଷ୍ଟିଂ ଏଇ ଉପାନ୍ତ ଇଲାକାରେ। ଚାରିଆଡେ ପାହାଡ଼,ଜଙ୍ଗଲ ଓ ଦୂରରେ ଶିଳ୍ପନଗରୀ ଜାମସେଦପୁର। ଏଠି ବ୍ଲକ ଅଛି,ତହସିଲ ଅଛି, ଥାନା ଓ ମେଡିକାଲ ବି ଅଛି। ଝାଡ଼ଖଣ୍ଡ ସୀମାକୁ ଲାଗିଥିବାରୁ ଆଗରୁ ଏଠି ବାଣିଜ୍ୟକର ବିଭାଗର ଗୋଟେ ତନଖି ଫାଟକ ଥିଲା। ଜିଏସଟି ଲାଗୁ ହେବାପରେ ଫାଟକ ଉଠିଯାଇଛି, ତେଣୁ କୋଳାହଳ ନାହିଁ। ଜନଜୀବନକୁ ଲକ୍ଷ୍ୟ କଲେ ଲାଗିବ ଦୁନିଆ ଯେମିତି ଏଠି ଅଟକି ଯାଇଛି। ଚାରିଆଡେ ଦୁନିଆ ବଦଳୁଛି, ଲୋକମାନେ ଦୌଡୁଛନ୍ତି, ଏଠି ଯେମିତି ସବୁ ସ୍ଥିର।

ମଙ୍ଗଳ ଉନ୍ନୟନ ଅଧିକାରୀ ଚାକିରି। ରେଜଲ୍ଟ ବାହାରିଲାପରେ ଯେଉଁ ଖୁସିଥିଲା ଏଠି ପହଞ୍ଚି ସବୁକିଛି ପାଣି ଫୋଟକା ପରି ମିଳେଇଗଲା। ଭୁବନେଶ୍ୱରରେ ଷୋହଳ ବର୍ଷ ବିତେଇଲାପରେ ଏମିତି ଅପନ୍ତରା ଜାଗା ଆଦୌ ଭଲ ଲାଗୁନଥିଲା। ରହିବାକୁ ଭଲ ଘର ନାହିଁ। ଖାଇବାକୁ ଭଲ ହୋଟେଲ ନାହିଁ। ଭାବବିନିମୟ ପାଇଁ ଲୋକଟିଏ ନାହିଁ। ସମାଜ ନାହିଁ କି ସଂସ୍କୃତି ନାହିଁ। ବଡ଼ ଦୁର୍ବିସହ ହେଇପଡୁଥିଲା ଜୀବନ।

ସେଇ ଶୀର୍ଣ୍ଣକାୟ ଲୋକଟି ଭାତ ହୋଟେଲର ମାଲିକ ମୋହନ ମହାନ୍ତ। ଏମିତି ଅପନ୍ତରା ଜାଗାରେ ଦିଓଳି ଖାଇବାକୁ ଦେଇ ମୋର ପ୍ରାଣ ରକ୍ଷାକରୁଥିବାରୁ ମୋର ଚେତନାରେ ସେ ସବାର ରହୁଥିଲା। ମୋହନ କେବେ ହସେ ନାହିଁ। କେବେ ଆଗେ କଥା କହେନାହିଁ। ପଚାରିଲେ କଥାରେ ଖିଅ ଯୋଡେ। ଖଣ୍ଡି କାଶ ମାରେ ଏବଂ ଗଅଁ ଗଅଁ ହେଇ କିଛି କହେ।

: ତମ ହୋଟେଲର କିଛି ନାଁ ନାହିଁ?

ମୁଁ ଦିନେ ମୋହନକୁ ପଚାରିଲି।

: ଭାତ ହୋଟେଲ ଆଜ୍ଞା ଆଉ ପୁଣି କି ନାମ୍। ଆମର ଏଠି ହୋଟେଲ କହିଲେ ବରା,ସିଙ୍ଗଡ଼ା ଦୋକାନକୁ ବୁଝାଏ। ମୁଁ ତ ଭାତ ଲେଖିଛି ସେତିକିରେ ଯିଏ ବୁଝିବାଲୋକ ବୁଝିବେ।

ମୋହନ କିଛି ସମୟ ନିରବ ରହି କହିଲା।

: ଭାତ ନଲେଖି ମୋହନ ହୋଟେଲ ଲେଖିଲେ କେମିତି ହେବ ?

ମୁଁ ତାକୁ ଉସୁକାଇଲି ।

: ହେବ ସାର୍ । କାଇଁ ହେବନି ।

ପରଦିନ ମତେ ଚକିତ କରି ମୋହନ ଗୋଟେ ନୂଆ ସାଇନବୋର୍ଡ ଆଣି ଦେଖାଇଲା ।

ବୋର୍ଡରେ ଲେଖାଯାଇଥିଲା ହାପି ହୋଟେଲ । ବନ୍ଧନୀ ମଧ୍ୟରେ ଭାତ ।

: ହାପି କଣ ତମ ପୁଅର ନାଁ ?

ମୁଁ ପଚାରିଲି ।

: ନାଇଁ ସାର୍ ମୋର ପୁଅ ନାଁ ଘାସିରାମ ।

: ତାହେଲେ ହୋଟେଲର ନାଁ ହାପି ଦେଲଯେ !

ମୁଁ ଆଶ୍ଚର୍ଯ୍ୟ ହେଇ କହିଲି ।

: କାଇଁ ଲାଗି ସାର୍ ନଦେବି । ହାପିର ମାନେ ତ ଖୁସି । ମୁଁ ଆପଣମାନଙ୍କୁ ଖାଇତେ ଦେଇ ଖୁସି ହେଉଛି । ଆପଣମାନେ ମୋପାଖରେ ଖାଇକରି ଖୁସି ହେଉଛନ୍ତି । ତାହେଲେ ହୋଟେଲର ନାଁ ହାପି ହେଲା ନା ନାହିଁ ।

ମୋହନ ତାର ଦର୍ଶନରେ ମତେ ବୁଝେଇଲା ।

ସାଧାରଣତଃ ଦୋକାନର ନାଁ ଲୋକମାନେ ଦେବଦେବୀ କି ପୁଅଝିଅ,ସ୍ତ୍ରୀ,ବାପାମାଙ୍କ ନାଁରେ ଦେଉଥିବାବେଳେ ତାର ଏହି ଯୁକ୍ତି ଯେକୌଣସି ଲୋକଙ୍କୁ ଚମତ୍କୃତ କରିବାକୁ ବାଧ୍ୟ କରିବ ।

ମୋହନର ଜମିଜମା ବହୁତ । ଗୋଟିଏ ପୁଅ । ପୁଅଟି ରାଉରକେଲାରେ ରହି ବ୍ୟାଙ୍କ ଚାକିରି ପାଇଁ ପ୍ରସ୍ତୁତ ହେଉଛି । ଘରେ ଦିପ୍ରାଣୀ କୁଟୁମ୍ବ । ସିଏ ଆଉ ତାର ସ୍ତ୍ରୀ । ଜୀବନର ଅର୍ଦ୍ଧାଧିକ ସମୟ କ୍ୟାରେମ ଓ ତାସ ଖେଳରେ ବିତେଇଦେବା ପରେ ବିରକ୍ତ ହୋଇ କିଛି କରିବା ନ୍ୟାୟରେ ସିଏ ଏ ହୋଟେଲଟି ଖୋଲିଛି । ଯେଉଁ ଘରେ ସେ ହୋଟେଲ କରିଛି ପ୍ରଥମେ ପ୍ରକାଶ ଗୁପ୍ତାକୁ ଭଡ଼ା ଦେଇଥିଲା । ତାର ଖାମଖିଆଲି ମନୋଭାବର ଫାଇଦା ଉଠେଇ ପ୍ରକାଶ ଗୁପ୍ତା ଘରଟିକୁ ନିଜ ନାଁରେ କରିଦେବାକୁ ବସିଥିଲା । ତହସିଲ ଅଫିସରୁ ଜାଣିବାପରେ ଘରଟିକୁ ରକ୍ଷା କରିଥିଲା ମୋହନ । ହୋଟେଲରେ ସ୍ଥିର ହେଇ ବସିପାରେ ନି ସେ । ପ୍ରତି ପନ୍ଦରମିନିଟରେ ଥରେ ସିଏ ଛକ ଆଡେ ଧାଏଁ । ଦିସୋଡ଼କା ବିଡ଼ିଟାଣେ, ବରଗଛ ମୂଳରେ ଚାଲିଥିବା କ୍ୟାରେମ ଖେଳ ଦେଖେ ଓ ପୁଣି ଫେରିଆସେ । ଏମିତି ଦିନରେ କୋଡିଏଥର ଏପଟସେପଟ ସିଏ ହେଉଥାଏ । ପୁରୁଣା ଅଭ୍ୟାସ ଏତେ ସହଜରେ କଣ ଛାଡ଼ି ହେବ ?

ଅସଲ କଥା ହେଲା, ଡାକ୍ତର ଟିପିରିଆ ହୋଟେଲ ସମ୍ଭାଳି ନେଉଥିବାରୁ ମୋହନ ଏମିତି ଢିଲା ମାରେ। ତା ହୋଟେଲରେ ରୋଷେଇବାସ କରୁଥିବା ସେଇ କଳାନହକା ପିଲାଟିର ନାଁ ଡାକ୍ତର ଟିପିରିଆ। ତାର ଏମିତି ନାଁ ପଛର କାରଣଟି ହେଲା ସେ ଡାକ୍ତରଖାନାରେ ଜନ୍ମ ହେଇଥିଲା। ଡାକ୍ତରବାବୁଙ୍କ ହାତରେ ଜନ୍ମ ହୋଇଥିବାରୁ ତାର ଜେଜେବାପା ନାଁ ରଖିଥିଲା ଡାକ୍ତର।

ଡାକ୍ତରକୁ ପୂର୍ଣ୍ଣ ସ୍ୱାଧୀନତା ଦେଇଛି ମୋହନ। ସକାଳୁ ଆସି ହୋଟେଲର ଚାବି ଖୋଲିବାଠାରୁ ରୋଷେଇ ଓ ଟଙ୍କାରଖା କାମ ବି କରେ ଡାକ୍ତର। ଯନ୍ତ୍ରବତ ସିଏ କାମ କରେ କିଛି ପ୍ରଶ୍ନ ପଚାରିଲେ ବିଗିଡିଯାଏ। ମୋହନ କୁଆଡେ ଗଲାକି ପଚାରିଲେ ସିଏ ବେଶି ବିରକ୍ତ ହୁଏ। କାରଣ ସିଏ ଜାଣିଛି ମୋହନ ଦଣ୍ଡେ ବି ସ୍ଥିର ହୋଇ ହୋଟେଲରେ ବସେନି। ତାକୁ ସବୁକାମ କରିବାକୁ ହୁଏ। ତାପରେ ବି ମୋହନ ସଂପର୍କରେ କିଏ ପଚାରିଲେ ବିରକ୍ତ ହେବନି ତ ଆଉ କଣ କରିବ।

ପ୍ରଥମେ ଅମୂଲ୍ୟ ବୋଲି ଗୋଟେ ରୋଷେୟା ମୋହନ ହୋଟେଲରେ କାମ କରୁଥିଲା। ତାର ହେଲପର ଥିଲା ଡାକ୍ତର। ଅମୂଲ୍ୟ ଛାଡିକି ପଳେଇଲା ଆଉ ତାପରଠୁ ଡାକ୍ତର ହେଇଯାଇଛି ସର୍ବେସର୍ବା। ବଗଭଳି ଗୋଡ଼ରେ ଡଗଡଗ ହେଇ ଚାଲୁଥିବ,ଲୋକଙ୍କୁ ପରଷିବା, ପତ୍ର ଉଠେଇବା, ପଇସା ରଖିବା ସବୁକିଛି ବିନା ବିରାମରେ କରିଚାଲିଥିବ ଡାକ୍ତର। ସିଏ ନଥିଲେ ହୋଟେଲରେ କେବେଠୁ ତାଲା ପଡନ୍ତାଣି। ସେଥିପାଇଁ ଡାକ୍ତରକୁ କେବେ କିଛି ଜୋର କରି ମୋହନ କହେନି। ବରଂ ଡାକ୍ତର ବେଳେବେଳେ ମୋହନକୁ ଚଢିକି କଥା କହେ। ସେତେବେଳେ ଲାଗେ ହୋଟେଲର ମାଲିକ ମୋହନ ନୁହେଁ ଡାକ୍ତର।

ମୋହନ ଲୋକଟା ଆଦୌ ବେପାରୀ ନୁହେଁ। ମୁନାଫା ଆଶାରେ ସିଏ ହୋଟେଲ କରିଥିବା ଲାଗେନି। ଗୋଟେ ଅନ୍ୟମନସ୍କ ଛାତ୍ର କ୍ଲାସରେ ବସିବାପରି ସିଏ ହୋଟେଲଟେ କରିଛି। ବେପାର ବଢିବା କି ଛିଣ୍ଡିବାରେ ତାର କୌଣସି ଚିନ୍ତା ନଥାଏ। ଲାଭ ପ୍ରତି ସେ ସଂପୂର୍ଣ୍ଣ ଉଦାସୀନ। ମୋହନ ମଦ ପିଏ ନାହିଁ କି ଖଇନି ଖାଏ ନାହିଁ। ତାର ଖାଲି ଗୋଟେ ଦୁର୍ବଳତା ବିଡ଼ି। ପ୍ରତି ଦଶମିନିଟରେ ତାର ମନ ଚିଟା ହେଇଯାଏ ଆଉ ପକେଟରୁ ବିଡ଼ି କାଢି ସୋଡ଼କାଏ ଟାଣିଦିଏ।

ମୋହନ କହେ ତା ମୁଣ୍ଡରେ ପାଣି ଜମିଯାଇଛି। ବିଡ଼ି ଟାଣିଦେଲେ ପାଣି ବାହାରିଯାଏ ଓ ତା ମୁଣ୍ଡ ହାଲକା ହେଇଯାଏ। ଏଇ ବିଡ଼ି ଟଣା ଅଭ୍ୟାସଟା ତାର ଅଷ୍ଟମଶ୍ରେଣୀରୁ। ବିଡ଼ିଟଣାରେ ତାର ଆଦ୍ୟ ଗୁରୁ ହପନ୍ନା ହାଁସଦା। ଖାଇବାଛୁଟି ବେଳେ ସ୍କୁଲ ପଛପଟ ବୁଦାରେ ହପନ୍ନା ଆଉ ସିଏ ବିଡ଼ି ଟାଣନ୍ତି। ପାଟି ବାସିବ ବୋଲି

ତୁଳସୀପତ୍ର ପୁଳାଏ ଲେଖା ଚୋବେଇ କ୍ଲାସକୁ ଯାଆନ୍ତି। ହପନ୍ନା ଶିଖେଇଥିବା ବିଡ଼ିଟଣାକୁ ସିଏ ଆଜି ପର୍ଯ୍ୟନ୍ତ ଛାଡ଼ି ପାରିନି।

ପ୍ରଥମେ ସିଏ ଟାଣୁଥିଲା ପଲ୍ଲୀ ବିଡ଼ି, ତାପରେ ମଲ୍ଲୀ ବିଡ଼ି ଆଉ ଏବେ ମେଘନା ବିଡ଼ି। ଆଗଭଳି ବିଡ଼ି ଆଉ ମିଳୁନି। ଗୋଟେ ସୋଡ଼୍କାରେ ମୁଣ୍ଡ ଅନ୍ଧାର ହେଇଯାଉଥିଲା। ଏଇନେ ବିଡ଼ିଗୁଡ଼ା ପୁରା ଛୋଟ ଆଉ କଡ଼ା ବି ଲାଗୁନି। ମୋହନ ଏଇକଥା ସବୁବେଳେ ବଡ଼ କ୍ଷୋଭର ସହ କହେ। ଭଲ ବିଡ଼ି ସନ୍ଧାନରେ ବେଳେ ବେଳେ ମୋହନ ଚାଏଁବସା ପଳାଏ। ସେଠୁ ଏକାଥରେ ଗୁଡାଏ ବିଡ଼ି ଧରିକି ଆସେ। ନିଜେ ଟାଣେ ଆଉ କିଛି ଛକର ପାନ ଦୋକାନୀଙ୍କୁ ବିକ୍ରି ପାଇଁ ଦିଏ। ବିଡ଼ିବିନା ଜୀବନ ବ୍ୟର୍ଥ। ଯେ ନଖାଏ ବିଡ଼ି ଧୂଆଁ ତା ବଉଁଶ ଘୋଡ଼ାମୁହାଁ ଆପ୍ତବାକ୍ୟକୁ ଅକ୍ଷରେ ଅକ୍ଷରେ ପାଳନ କରେ ମୋହନ। ବିଡ଼ି ନଟାଣିବାକୁ ତା ସ୍ତ୍ରୀ ଦ୍ରୋପଦୀ ଅନେକଥର କହେ। ଦ୍ରୋପଦୀର କଥାକୁ କର୍ଣ୍ଣପାତ କରେନି ମୋହନ।

ମୋହନର ଶ୍ୱଶୁର ଘର ହଳଦୀପୋଖରୀରେ। ହଳଦୀପୋଖରୀ ହାଟକୁ ଦିନେ ଯାଇଥିବାବେଳେ ଦ୍ରୋପଦୀକୁ ସିଏ ପ୍ରଥମେ ଦେଖିଥିଲା। ଦ୍ରୋପଦୀ ସବୁହାଟପାଳିରେ କାନ୍ଦୁଲ ବିକି ଆସେ। ସେଇଠି ଦେଖାସାକ୍ଷାତରୁ ତାକୁ ଭଲ ପାଇ ବସିଲା ମୋହନ।

ଗୋଟେ ମୁହଁ ସଞ୍ଜରେ ଦ୍ରୋପଦୀକୁ ମୋହନ କହିଲା, 'ମୋ ସାଙ୍ଗରେ ଯିବୁ'।

ଦ୍ରୋପଦୀ ପ୍ରଥମେ କହିଲା, 'ନାଇଁ ଗୋ ବାପାମା ଛୋଟ ଭାଇଭଉଣୀଙ୍କୁ ଛାଡ଼ି ତୋସାଙ୍ଗେ କେଆଡେ ଯିମି'।

ମୋହନ ବହୁତ ବୁଝେଇଲା। ଦ୍ରୋପଦୀ ଜମା ରାଜି ହେଉନଥିଲା। ମୋହନ ହାଟଭାଙ୍ଗିବା ଯାଏ ଛକିକି ରହିଲା। ଦ୍ରୋପଦୀ ଘରକୁ ଯିବା ରାସ୍ତାରେ ତାକୁ ଉଠେଇ ଆଣିଲା। ଦ୍ରୋପଦୀର ବାପା ଖବର ପାଇ ଝିଅକୁ ବହୁ ଖୋଜାଖୋଜି କରି ମୋହନ ଘରେ ଆସି ପହଞ୍ଚିଲା। ଗାଁ ଲୋକ ଫଇସଲା କଲେ ଦ୍ରୋପଦୀ ଯେହେତୁ ରୋଜଗାର କରି ଘରକୁ ସାହାଯ୍ୟ କରୁଥିଲା ପ୍ରତିମାସରେ କିଛିକିଛି ଟଙ୍କା ଶ୍ୱଶୁର ଘରକୁ ମୋହନ ଦେବ। ସେଇଆ ହିଁ ହେଲା ଓ ଦୁହିଁଙ୍କର ବାହାଘର ହେଲା। ମୋହନର ଶଳାଶାଳୀ ବାହାସାହା ହେଲେଣି। ଶ୍ୱଶୁର ବୁଢା ଓ ଶାଶୁ ବୁଢୀ ଆରପାରିକୁ ଚାଲି ଗଲେଣି। ଏବେ ମୋହନକୁ ଆଉ ପ୍ରତିମାସରେ ଟଙ୍କା ଦେବାକୁ ପଡେନି।

ଦ୍ରୋପଦୀ ମୋହନ ପାଇଁ ଲକ୍ଷ୍ମୀମନ୍ତ। ସିଏ ଘରକୁ ଆସିଲାପରେ ତାର ଧନ ବଢିଛି। ଦାରିଦ୍ର୍ୟ ଦୂର ହେଇଛି। ପୁଅଟିଏ ପାଇଛି। ଘରକୁ ଚଳେଇବାରେ ଦ୍ରୋପଦୀ ମୁଣ୍ଡ ଖଟାଏ। ମୋହନକୁ କିଛି ଚିନ୍ତା କରିବାକୁ ପଡ଼େନି। ହୋଟେଲ ଖୋଲିବା ପଛରେ ଦ୍ରୋପଦୀର ହାତ। କେତେ ମିଲ ପଡ଼ିବ। ସଉଦା ଓ ପରିବା ପାଇଁ କେତେ

ଖର୍ଚ୍ଚ କରାଯିବ ସବୁ କିଛି ପଛରୁ ଥାଇ ଦ୍ରୋପଦୀ ବୁଝିଥାଏ। ମୋହନ ବେଳେବେଳେ ଭାବେ ଦ୍ରୋପଦୀ ତା ଜୀବନରେ ନଆସିଥିଲେ ସିଏ କିଛି ବି କରିପାରିନଥାନ୍ତା।

ବିଡ଼ିକୁ ବଂଶୀ ଭାବି ସବୁବେଳେ ଫୁଙ୍କୁଥାଏ ମୋହନ। ଥରେ ଜର ହେଲା ଯେ ବିଲକୁଲ ଛାଡ଼ିଲାନି। କାଶି କାଶି ସିଏ ବେଦମ ହେଇଗଲା। ପାଟିରୁ ଖାଲି କଫ ପଡିଲା, କଫରେ ମୁଣ୍ଡା ମୁଣ୍ଡା ରକ୍ତ। ରାତିରେ ଦେହରୁ ଖାଲି ଗମଗମ ଝାଳ ବୋହିଲା। ଦେହର ଓଜନ କମି କମି ଆସିଲା। ଉଠିଲେ ବସିଲେ ସିଏ ଖାଲି ଧଇଁସଇଁ ହେଲା। ମୋହନର ଏଭଳି ଅବସ୍ଥାରେ ଦ୍ରୋପଦୀ କଣ କରିବ କିଛି ଜାଣି ପାରିଲାନି। ଭୀମ ମହାନ୍ତ କହିଲା ମୋହନକୁ କିଏ ଗୁଣି କରିଦେଇଛି। ନହେଲେ ଭଲମଣିଷଟାର ଅବସ୍ଥା କଣ ଏମିତି ହୁଏ। ସାଇପଡ଼ିଶା ଲୋକ କହିଲେ ଗୁଣି ନିଶ୍ଚୟ କିଏ କରିଛି ନହେଲେ କଣ ରକ୍ତ ପଡ଼ନ୍ତା।

ଲାଖାଇ ମୁର୍ମୁ ପଣ୍ଡୁପାଣିରୁ ନଳକନ୍ଦ ଗୁଣିଆକୁ ଡାକି ଆଣିଲା। ମୋହନ ଖାଲି ବରଡ଼ାପତ୍ର ଭଳି ଥରୁଥାଏ। ତା ଦେହରୁ ବହି ଯାଉଥାଏ ଗମଗମ ଝାଳ। ନଳକନ୍ଦ କାଟପାଣି ଦେଲା। ବହୁ ଝଡ଼ାଫୁଙ୍କା କଲା ହେଲେ ମୋହନର ଅବସ୍ଥାରେ ଟିକେ ବି ସୁଧାର ଆସିଲାନି। ମୋହନର ପୁଅ ଘାସିରାମ ଶିକ୍ଷିତ ପିଲା। ଏମିତି ହରକତ ଦେଖି ସମସ୍ତଙ୍କୁ ପରସ୍ତେ ଶୋଧିଲା ଆଉ ବାପାକୁ ଧରି ଡାକ୍ତରଖାନା ନେଇଗଲା। ମୋହନର ରକ୍ତ, କଫ ପରୀକ୍ଷା ହେଲା, ଛାତି ଏକ୍ସରେ କଲାରୁ ଜଣାପଡ଼ିଲା ଯକ୍ଷ୍ମା ହେଇଛି। ଲୋକ କହିଲେ, ବିଡ଼ି ଟାଣିଲାଭଳିଆ ଟାଣୁଥିଲା, ନାମ ନବନି ତ କିଏ ନବ । ମୋହନ ବହୁତ କଷ୍ଟ ପାଇଲା। ହାଇଡୋଜ ମେଡିସିନ ଖାଇଲା,ପୁଷ୍ଟିକର ଖାଦ୍ୟ ଖାଇଲା, ଘର କଣରେ ପଡ଼ି ରହି ବିଶ୍ରାମ ନେଲା।

ଆଳୁ ଥିଲେ ଡାଲିନାହିଁ, ହଳଦୀ ଥିଲେ ତେଲ ନାହିଁ। ମାଲିକ ବିନା ଡାକ୍ତର ଟିପିରିଆ କେତେ ଆଉ ଆଡଜଷ୍ଟ କରିବ। ମାସେକାଳ ବନ୍ଦ ହେଇଗଲା ହୋଟେଲ। ନିୟମିତ ଖାଉଥିବା ଲୋକେ ବିକଳ୍ପ ବ୍ୟବସ୍ଥା କଲେ। ଝରାଚିହି ଢାବାରୁ ଆମ ପିଅନ ରଘୁ ଖାଇବା ଆଣି ଦେଲା। ଯା ଭିତରେ କାମର ଚାପ ଆଉ ଖାଦ୍ୟ ସମସ୍ୟା ସମାଧାନ ହୋଇଯିବାରୁ ମୋହନ କଥା ପାଶୋରି ଯାଇଥିଲି। ଧୁଣ୍ଡୁ ଚା'ଦୋକାନରେ ବି କେହି ମୋହନ କଥା ଚର୍ଚ୍ଚା କରୁନଥିଲେ। ଆଉ ଜଣେ କିଏ ନୂଆ ହୋଟେଲଟେ କରିବ ବୋଲି ଛକରେ ଲୋକେ କଥା ହେଉଥିଲେ।

ଦିନେ ହଠାତ ଛକରେ ଭେଟ ହେଲା ମୋହନ।

ହାଇଡୋଜ୍ ମେଡିସିନ ପ୍ରଭାବରେ ତାର କେମିତି ଗୋଟେ ଘୁମେଇଲା ଭଳି ଅବସ୍ଥା।

ନମସ୍କାର ମାରି ତୁନି ହୋଇ ମୋ ପାଖରେ ଛିଡ଼ା ହେଲା

କଣ ଦେହ ଭଲ ହେଲାଣି, ମୁଁ ତାକୁ ପଚାରିଲି ।

ହଁ କି ନା ସିଏ କିଛି କହିଲାନି।

:ହୋଟେଲ ଆଉ ଖୋଲିବ କି ନାହିଁ ?

ତଥାପି କିଛି ନକହି ସିଏ ନିରବ ରହିଲା

ମୁଁ ଅପେକ୍ଷା କଲି ଆଗଭଳି ଭାବି ଭାବି ସିଏ କାଳେ କିଛି ଦାର୍ଶନିକ ସୁଲଭ ଜବାବ ଫେରେଇବ।

ମୋହନ ତଥାପି କିଛି ପ୍ରତିକ୍ରିୟା ଦେଖାଇଲାନି।

ଲୋକଟା କଣ ମୁକ ପାଲଟିଗଲା ନା କାଲ ହେଇଗଲା!

ମୋହନ ସେମିତି ନିର୍ବିକାର ଭାବେ ମୋପାଖରେ ଠିଆ ହେଇ ରାସ୍ତାକୁ ଚାହିଁଥିଲା।

ଗୋଟେ ବାଲିବୋଝେଇ ଟ୍ରକ କଳାଧୂଆଁ ଉଡେଇ ତାଆଗରେ ଚାଲିଗଲା।

ମୁଁ ମୋହନକୁ ନିବିଷ୍ଟ ନୟନରେ ଚାହିଁ ରହିଲି।

ମୋହନ ଦିଶୁଥିଲା ଘସାମଜା ଅପେକ୍ଷାରେ ଥିବା ଏକ ଭାତହାଣ୍ଡି ଭଳି।

■

ଘର

ଭେଣ୍ଡାପୁଅ ମୋହନର ମୃତ୍ୟୁକୁ ଆଜି ତେରଦିନ ହେଲା। ସମସ୍ତ କ୍ରିୟାକର୍ମପରେ ଗୌରହରି ଅବଶ ହୋଇପଡ଼ିଥିଲେ। ଶୁଦ୍ଧିକ୍ରିୟାପରେ ସବୁ ବନ୍ଧୁବାନ୍ଧବ ଘରକୁ ଯିବା ଆରମ୍ଭ କରିଦେଇଥିଲେ। ସାନ୍ତ୍ୱନା ଦେଇ ସମସ୍ତେ ଜଣ ଜଣ କରି ବିଦା ହେଉଥିଲେ।

ଦୁଃଖରେ ସାନ୍ତ୍ୱନା ଦେବା ଓ ଶୋକପ୍ରକାଶ କରିବା ଦୁନିଆର ରୀତି, କିନ୍ତୁ ଦୁଃଖ ଏତେ ସହଜରେ ଭୁଲି ହୁଏନା। ନିଜର ଏକମାତ୍ର ପୁଅକୁ ହରାଇ ଗୌରହରି ଭାଙ୍ଗି ପଡ଼ିଥିଲେ। ମୋହନର ବାହାଘର ଆଠବର୍ଷ ହେଲା ହୋଇଥିଲା। ତାର ଛଅବର୍ଷର ଶିଶୁପୁତ୍ର ଓ ସ୍ତ୍ରୀ ସୁନିତାର ଭବିଷ୍ୟତ ଚିନ୍ତାରେ ସେ ମ୍ରିୟମାଣ ହୋଇପଡୁଥିଲେ।

ପୁଅକୁ ହରାଇବା ଖାଲି ପୀଡ଼ାଦାୟକ ନୁହେଁ ଏକ ଶକ୍ତ ଧକ୍କା। ଏହି ଦୁଃଖକୁ ସହିବା ଭାରି କଷ୍ଟ ଥିଲା। ଶୋଇବା ବସିବା ସବୁ ସମାନ, ଖାଲି ପୁଅର ଚେହେରା ଆଖି ଆଗରେ ନାଚି ଯାଉଥିଲା। ଯଦିଓ ସେ ଜାଣିଥିଲେ ମୋହନ ଆଉ କେବେ ଫେରିବନି। ଦୁର୍ବଳ ଦେହ, ଜୀବନଯାତ୍ରାରେ ଥକି ପଡ଼ିଥବା ମନ ଓ ବାର୍ଦ୍ଧକ୍ୟଜନିତ ରୋଗ ଯନ୍ତ୍ରଣାରେ ତାଙ୍କୁ ଲାଗୁଥିଲା ମୋର ବି ସମୟ ଆସିଗଲାଣି ବିଦାୟ ନେବାର। ଛଅବର୍ଷ ତଳେ ପତ୍ନୀ ଅନ୍ନପୂର୍ଣ୍ଣା ଚାଲିଯାଇଥିଲେ ଆଉ ଏବେ ମୋହନ। ପତ୍ନୀ ଓ ପୁତ୍ରହରା ହୋଇ ସେ କେବଳ ବଞ୍ଚି ରହିଥିଲେ ବାକି ଜୀବନ କାନ୍ଦି କାନ୍ଦି ଜିଇଁବାକୁ।

ଅନ୍ନପୂର୍ଣ୍ଣା ଥଲେ ହୁଏତ ଏହି ଦୁଃଖର ସମୟକୁ ସେ ମିଶିକି କଟାଇଥାନ୍ତେ। ଦୁହେଁ ଦୁହିଁଙ୍କ ମୁହଁକୁ ଚାହିଁ ସବୁ ପ୍ରତିକୂଳ ପରିସ୍ଥିତିକୁ

ଭୋଗିଥାନ୍ତେ । ହେଲେ ମୋହନର ଅକାଳ ମୃତ୍ୟୁକୁ କଣ ଅନ୍ନପୂର୍ଣ୍ଣା ସହିପାରିଥାନ୍ତେ ! କେଉଁ ମା' ନିଜର ଭେଣ୍ଡାପୁଅର ମୃତ୍ୟୁକୁ ନିର୍ବିକାର ଭାବେ ସହିପାରିବ । ସେଇଥିପାଇଁ ତ ସେ ଆଗରୁ ଚାଲିଯାଇନାହାନ୍ତି ଯେ ତରି ଯାଇଛନ୍ତି । ମୋହନ ତାଙ୍କୁ ଯେ ଭଲପାଉନଥିଲା ତାନୁହେଁ କିନ୍ତୁ ମା'ପ୍ରତି ତାର ଦୁର୍ବଳତା ଥିଲା ଅଧିକ । କୁଆଡେ ଯଦି ଯାଇଥିବ ଘରେ ପହଞ୍ଚି ମା' ମା' କମ୍ପାଇବ । ମା' ଭାତ ବାଢ଼ିଲେ ଯାଇ ସେ ଖାଇବ । ବୁଢ଼ା ହେଲା ପର୍ଯ୍ୟନ୍ତ ମା'କୋଳରେ ଟିକେ ନଶୋଇଲେ ତାର ନିଦ ହୁଏନି । ସବୁକଥା ମା'କୁ ପଚାରି କରୁଥିଲା । ମା'ର ସବୁକଥା ରେ ତାର ହଁ । ମା'ର ପ୍ରତିଟି କଥାକୁ ମାନିବାକୁ ପତ୍ନୀ ସୁନିତାକୁ ବି ବାଧ୍ୟ କରୁଥିଲା । ମୋହନର ଅତ୍ୟଧିକ ମା'ପ୍ରୀତି ସୁନିତା ପାଇଁ ଅସହ୍ୟ ହେଲେ ବି ସେ କିଛି କହିପାରେନି । ମା'ର ମୃତ୍ୟୁରେ ବହୁତ ଭାଙ୍ଗିପଡ଼ିଥିଲା ଆଉ ଏବେ ତାଙ୍କୁ ଛାଡ଼ି ମା'ପାଖକୁ ଚାଲିଗଲା । ଚଣ୍ଡାଳ ଟିକେ ଭାବିଲାନାହିଁ ଯେ ବୁଢ଼ାବାପଟା ତାବିନା କେମିତ ରହିବ ।

ପତ୍ନୀ ଚାଲିଯିବାପରେ ବୋହୂ ସୁନିତା ତାଙ୍କର ଦେଖାରଖା କରୁଥିଲା । ସ୍ୱାମୀ ଅଗରେ ଯଦିଓ ଭଲେଇ ହେଉଥିଲା ହେଲେ ତାର ଅନୁପସ୍ଥିତିରେ ଶଶୁରକୁ ଭାରି ହୀନସ୍ତା କରୁଥିଲା । ପ୍ରତି କଥାରେ ଝିଂଘାସ କରୁଥିଲା ।

ଏତେସବୁ ପରେ ବି ସେ କେବେ ପୁଅ ଆଗରେ ବୋହୂ ନାଁରେ ଫେରାଦ ହୋଇନାହାନ୍ତି । ସେ ଜାଣିଥିଲେ ବୋହୂ ତାଙ୍କୁ ଅନାଦର କରୁଥିବା ପୁଅ ଆଗରେ କହିଲେ,ସେମାନଙ୍କର ଅଯଥାରେ ଝଗଡ଼ା ହେବ । ସେ ଚାହୁଁନଥିଲେ ପୁଅ-ବୋହୂଙ୍କ ଦାମ୍ପତ୍ୟ ଜୀବନରେ ଅଯଥା ଝଡ଼ ସୃଷ୍ଟି ହେଉ ।

ଏକୁଟିଆ ହୋଇପଡ଼ିଥିବା ଗୌରହରିଙ୍କ ମନରେ ଏଣୁତେଣୁ କଥାସବୁ ମୁଣ୍ଡଟେକୁଥିଲା । ଏହିସମୟରେ ବୋହୂ ସୁନିତାର ରୁମ୍‌ରୁ ସମୁଦି ନିରାକାରବାବୁ ଝିଅକୁ କହୁଥିବାର ଶୁଣାଗଲା ।

'ଆଉ ଏ ଘରେ କଣ ଅଛି । ତୋର ବି ବୟସ କେତେ ? ଏ ପର୍ବତ ପ୍ରମାଣ ଜୀବନ ତୁ କାହା ସାହାରାରେ କାଟିବୁ ମା' ? ଆଜିସିନା ତତେ ଜଣାପଡୁନି, ଏକାଏକା ଜୀବନ କାଟିବା କେତେ ମୁସ୍କିଲ ତୁ ଜାଣି ପାରିବୁନି । ଚାଲ ମୋ ସହ ଘରକୁ ଚାଲ । ମୁଁ ତତେ ଭଲପାତ୍ର ଦେଖି ଆଉଥରେ ବାହା କରିଦେବି । ତୋର ଅନ୍ଧକାରମୟ ଭବିଷ୍ୟତ ଦେଖି ମୁଁ ସହି ପାରୁନି ।'

'ବାପା ଏମିତି କଣ ଗୋଟେ କହୁଛ । ତାଙ୍କର ମୃତ୍ୟୁର ମାସେ ବି ହେଇନି । ମୋର ପୁଅଟିଏ ଅଛି । ଲୋକ ଏକଥା ଶୁଣିଲେ କଣ କହିବେ । ମୁଁ ଏଇଠି ରହିବି । ବାକି ଜୀବନ ମୋପୁଅ ମୁହଁକୁ ଦେଖି ମୁଁ ବଞ୍ଚିଯାଇପାରିବି ।' ସୁନିତା କହୁଥିବାର ଶୁଣାଗଲା ।

'ମା ଏବେ ସିନା ଭାବପ୍ରବଣ ହେଇ ଏଭଳି ନିଷ୍ପତ୍ତି ନେଉଛୁ ହେଲେ ଜାଣିଛୁ ଏକୁଟିଆ ଗୋଟେ ନାରୀ ଜୀବନ କାଟିବା କେତେ କଷ୍ଟ। ଆବେଗ ଛାଡ ବାସ୍ତବତାକୁ ଦେଖ। ମୁଁ ଥାଉ ଥାଉ ଏକଥା କରେଇ ଦେବିନି। ମୋ ସାଙ୍ଗ ବନବିହାରୀର ପୁଅର ତୋଭଳି ସମାନ ଅବସ୍ଥା। ପତ୍ନୀହରା ହେଇ ବିଚାରା ଜୀବନ କାଟୁଛି। ବନବିହାରୀ ଚାହୁଁଛି ତାପୁଅସହ ତୋର ମୁଁ ବାହାଘର କରାଏ। ଦୁଇଟି ଜୀବନ ଏଭଳି ଦୁସ୍ଥିତିରୁ ତ ମୁକୁଳିଯାଇପାରିବ। ଦେଖିବୁ ତୋ ସଂସାର ପୁଣି ହସଖୁସିରେ ଭରିଯିବ। ଆସ୍ତେ ଆସ୍ତେ ସବୁ ଦୁଃଖ ତୁ ଭୁଲିଯିବୁ। ବିଟୁର ଚିନ୍ତା କରନା ସେ ନିଜପୁଅ ଭଳି ତାର ଲାଳନପାଳନ କରିବ। ପାଠପଢାଇବ,ମଣିଷ କରିବ। କେବେ ବି ହତାଦର କରିବନି। ଚାଲ ଆଗ ମୋ ସାଙ୍ଗରେ ଘରକୁ ଚାଲ।'

ସମୁଦି ନିରାକାରବାବୁ ବୁଝାଉଥିବାର ଶୁଣାଗଲା।

ସୁନିତା ନିଜବାପାଙ୍କର କଥାକୁ ଟାଳି ପାରୁନଥିଲା। କିଛିଦିନ ବାପଘର ଆଡୁ ବୁଲି ଆସିଲେ ମନ ହାଲକା ହେଇଯିବ। ନିଜ ନିଷ୍ପତ୍ତି ସେ ନିଜେ ନେବ। ସେ ଆଉ ଛୋଟ ଝିଅ ହେଇନି ଯେ କାହାର ନିଷ୍ପତ୍ତିକୁ ମାନି ନେବ। ବାପଘରକୁ ଯିବାକୁ ସୁନିତା ପ୍ରସ୍ତୁତି ଆରମ୍ଭ କଲା।

ସମୁଦି ଓ ବୋହୁର କଥା ଶୁଣିବାପରେ ଗୌରହରି କଣ ଯେ ସେମାନଙ୍କୁ କହିବେ ଜାଣି ପାରୁନଥିଲେ। ପୁଅର ମୃତ୍ୟୁକୁ ମାସଟେ ପୂରିନି ମଣିଷ କେତେ ସ୍ୱାର୍ଥପର ହେଇପାରନ୍ତି। ପୁଅ ତ ଗଲା ନାତି ବିଟୁର ମୁହଁକୁ ଚାହିଁ ବାକି ଜୀବନ କାଟିଦେବାକୁ ସେ ଚାହୁଁଥିଲେ। ମାତ୍ର ଏ ମନ୍ତ୍ରଣା ଶୁଣି ସେ ମ୍ରିୟମାଣ ହୋଇ ପଡୁଥିଲେ।

ଏମିତିରେ ସେ ବି ନାଚାର। ନିଜର ବାକି ଜୀବନକୁ ନେଇ ଭରସା ନାହିଁ। ସେ ଗୋଟିଏ ଶୁଖିଲା ପତର କେତେବେଳେ ଯେ ଖସିଯିବେ କିଏ କହିବ। ନାତି ବିଟୁକୁ ପାଖରେ ରଖି ବୋହୁକୁ ତା ଭବିଷ୍ୟତ ଗଢିବାକୁ ଛାଡ଼ି ଦେଇ ପାରନ୍ତେ। ହେଲେ ସେ ବା କେତେ ଦିନର ମଣିଷ। ନାତିଟୋକାର ଦେଖାରଖା କରିବାକୁ ଇଛା ଅଛି ହେଲେ ସାମର୍ଥ୍ୟ ନାହିଁ। କଣ ଯେ ସେ କରିବେ କିଛି ଜାଣି ପାରୁନଥାନ୍ତି।

ସୁନୀତା ବାପଘରକୁ ଯିବା ପାଇଁ ପ୍ରସ୍ତୁତ ହୋଇ ଆସି ତାଙ୍କ ଆଗରେ ଛିଡ଼ା ହେଲା। ସାଙ୍ଗରେ ବି ବିଟୁକୁ ମୁଣ୍ଡ କୁଣ୍ଡାଇ,ନୂଆ ଡ୍ରେସ୍ ପିନ୍ଧାଇ ଆଣି ପାଖରେ ଛିଡ଼ା କରାଇଛି। ଦିଟା ଷ୍ଟ୍ରଲି ବ୍ୟାଗରେ ତାର ଜିନିଷ ପତ୍ରକୁ ପୂରାଇଛି। ସୁନୀତାର ଚେହେରା ଗମ୍ଭୀର ଓ ବେପରବାୟ ଜଣା ପଡୁଥାଏ। ଯେମିତି ତା ମନରେ ଟିକେ ଭାବାନ୍ତର ନାହିଁ। ଶ୍ୱଶୁର ନାମକ ଅସହାୟ ବୃଦ୍ଧଟି ପ୍ରତି ତିଳେ ବି ସମ୍ବେଦନା ନାହିଁ। ଯଦିଓ ଯିବା

ପାଇଁ ଅନୁମତିର ଆବଶ୍ୟକତା ତାପାଇଁ ନଥିଲା ତଥାପି ବିଦାୟ ନେବା ପୂର୍ବରୁ ଜଣେଇ ଦେବାକୁ ଚାହୁଁଥିଲା ଯେ ଆଜିଠାରୁ ତାପାଇଁ ଏ ଘରର କିଛି ମୂଲ୍ୟ ନାହିଁ।

ବିଟୁ ବାରମ୍ବାର ନିଜ ମାକୁ ପଚାରୁଥିଲା, 'ମାମା ଜେଜେଙ୍କ ପାଖକୁ ଆମେ କେବେ ଫେରିବା ? ମାମା କହୁନୁ କାହିଁକି ?'

'ଓହୋ ଚୁପ୍ କର। ମୋ ମୁଣ୍ଡଟା ଖରାପ କରିଦବୁ ମୁଁ ଦେଖୁଛି।' ସୁନିତା ଜୋରରେ ଛୁଆଟିକୁ ଧମକେଇଲା।

ବିଟୁ ଦୌଡ଼ି ଆସି ତାଙ୍କୁ କୁଣ୍ଢେଇ ପକେଇଲା। ଗୌରହରି ନଇଁପଡି ତାକୁ ନିଜ ଗଳାରେ ଲଗାଇଲେ। ନାତିକୁ ନିଜଠାରୁ ଅଲଗା କରିବାକୁ ଆଦୌ ସେ ଚାହୁଁନଥିଲେ। ବିଟୁ ବି ସେମତି ତାଙ୍କୁ ଜାବୁଡି ଧରି ଥାଏ। ଆଦୌ ଛାଡୁ ନଥାଏ।

ତାର ଅଜା ତାକୁ ବହଲେଇ ଫୁସୁଲେଇ କହିଲେ, 'ଚାଲରେ ବାବୁ ଆଠ ଦଶଦିନ ପରେ ଜେଜେଙ୍କ ପାଖକୁ ପୁଣି ପଳେଇଆସିବା। ତୋ ମାମାର ମନ ଭଲ ଲାଗୁନି ତ ସେଥିପାଇଁ ଆଈ ପାଖକୁ ଯାଉଛି। ଆଈ ତତେ ବହୁତ ଗପ କହିବ, ବହୁତ ଖେଳନା ସେଠି ରଖିଛି। ଆମର ବି ଗୋଟେ କୁକୁର ଛୁଆ ଅଛି ତୁ ତା ସାଙ୍ଗରେ ଖେଳିବୁନା।'

'ଗୌରହରି ବାବୁ ଆମେ ତାହେଲେ ଆସୁଛୁ ନିଜ ଦେହପା ଜଗିକି ଚଳୁଥିବେ'। ନିରାକାର ବାବୁ ଏତକ କହି ବିଦାୟ ନେବାକୁ ବସିଲେ। ଯେମିତି ତାଙ୍କର ଯୋଜନା ବିଷୟରେ ଗୌରହରିଙ୍କୁ କିଛି ଜଣା ନାହିଁ।

'ବାପା ମୁଁ ତାହେଲେ ଆସୁଛି।' ମୁଣ୍ଡରେ ଓଢଣା ଟାଣି ତାଙ୍କୁ ମୁଣ୍ଡିଆ ମାରି ସୁନିତା କହିଲା।

ମନ ଭିତରେ ଉଠୁଥିବା କୋହକୁ ନିଜ ଭିତରେ ଚାପି ରଖି ଯେମିତି ହଉ ଗୌରହରି ବୋହୁକୁ ବିଦାୟ ଜଣାଇଲେ।

ଯା ବୋହୁ ନିଜର ଆଉ ବିଟୁର ଯତ୍ନ ନେବୁ। ତତେ ରୋକିବାକୁ ମୁଁ ବା କିଏ ? ଏକଥା କହିବାକୁ ଚାହୁଁଥିଲେ ବି କିଛି ନକହି ଅଶ୍ରୁପୂର୍ଣ୍ଣ ନୟନରେ କେବଳ ଚାହିଁ ରହିଲେ।

ନିରାକାର ବାବୁ ବିଟୁର ହାତକୁ ଜାବୁଡ଼ି ଧରି ଚାଲିଥାନ୍ତି। ସୁନିତା ତାଙ୍କ ପଛେ ପଛେ ବିନା ଦ୍ୱିଧାରେ ବାହାରିଗଲା। ବିଟୁ ବାରମ୍ବାର ପଛକୁ ଅନାଇ ତାଙ୍କୁ ଦେଖୁଥାଏ। ହେଲେ ସେ କିଛି ବି କରିପାରୁନଥାନ୍ତି। କେବଳ ଦୁଃଖରେ ମ୍ରିୟମାଣ ହୋଇ ଚାହିଁବା ଛଡା।

ସେମାନଙ୍କ ଯିବା ପରେ ସାରା ଘରଟା ଶୁନଶାନ ଲାଗୁଥିଲା। ପୁଅର ମୃତ୍ୟୁକୁ ମାସେ ବି ହୋଇନି ବୋହୁ ନିଜର ଛୋଟ ପୁଅକୁ ଧରି ନୂଆ ଘର ବସାଇବାକୁ ଚାଲିଗଲା। ସେ ଖାଲି ଏକାକୀ ନୁହେଁ ବେସାହାରା ହୋଇଗଲେ। ସମୟ

କେତେବେଳେ କାହାକୁ କେଉଁ ମୋଡରେ ଠିଆ କରାଇବ ଏହା କିଏ ଜାଣେ। ଖାଲି ଏଇ କଥା ସେ ଭାବୁଥାନ୍ତି।

ସୁନିତା ବାପଘରକୁ ଆସିବାର ଦୁଇଦିନ ହେଇନି ବନବିହାରୀ ବାବୁ ପୁଅ ବିକ୍ରମକୁ ଧରି ତାକୁ ଦେଖିବାକୁ ଆସି ପହଞ୍ଚି ଗଲେ। ସୁନିତାକୁ ତେତିଶ ବର୍ଷ ହେଲାଣି କିନ୍ତୁ ତାର ସୌନ୍ଦର୍ଯ୍ୟ ଓ ଯୌବନ ଟିକେ ବି ଫିକା ପଡ଼ିନି। ଯେ କୌଣସି ପୁରୁଷ ତାକୁ ଦେଖି ନିଶ୍ଚୟ ଆକର୍ଷିତ ହେବ। ସୁନିତାକୁ ଦେଖିବା ମାତ୍ରେ ବିକ୍ରମ କ୍ଷେତ୍ରରେ ସେଇଆ ହିଁ ଘଟିଲା। କିନ୍ତୁ ବିକ୍ରମର ରୂପ,ଢଙ୍ଗଢାଙ୍ଗ ଆଉ ଲଫଙ୍ଗା ସ୍ୱାଭାବ ସୁନିତାକୁ ଆଦୌ ପସନ୍ଦ ଲାଗୁନଥାଏ। ଏଭଳି ଲୋକକୁ ବାହାହେବା ତ ଦୂର ଭାବିବା ପାଇଁ ବି ତାର ଆଗ୍ରହ ନଥିଲା। ସେମାନେ କିନ୍ତୁ ସୁନିତାକୁ ଯେମିତି ହେଉ ବୋହୂ କରିବାପାଇଁ ଲାଗି ପଡିଥାନ୍ତି।

ତାର ବାପା ଯେ ବନ୍ଧୁତା ଖାତିରରେ ଓ କେଇ ଲକ୍ଷ ଟଙ୍କା ଲୋଭରେ ଧନୀବାପର ଲଫଙ୍ଗା ପୁଅ ସହ ତାକୁ ବାହା କରିବାକୁ ବସିଛନ୍ତି ଏକଥା ଜାଣିବାକୁ ଆଉ ବାକି ନଥାଏ। ତାର ନୂଆ ଜୀବନ ଗଢିବା ସ୍ୱପ୍ନରେ ଯେମିତି କିଏ ପାଣି ଛାଟି ଦେଲା। ସୁନିତା ନିଜକୁ ଧିକ୍କାର କଲା। ଶ୍ୱଶୁରଙ୍କୁ ଅସହାୟ ଅବସ୍ଥାରେ ନିଜର ସ୍ୱାର୍ଥ ପାଇଁ ଛାଡି ଆସି ସେ ବହୁତ ବଡ଼ ଭୁଲ କରିଛି। ଶ୍ୱଶୁରଙ୍କ କରୁଣ ମୁହଁ ତା ଆଖି ଆଗରେ ନାଚି ଉଠୁଥାଏ। ଏଇ ସମୟରେ ଶ୍ୱଶୁରଙ୍କର ଫୋନ କଲ୍ ଆସିଲା। କୋହଭରା କଣ୍ଠରେ ନାତିଟୋକାକୁ ଦେଖିବାକୁ ତାଙ୍କ ମନ ଉଛନ୍ନ ହେଉଥିବା ସେ କହୁଥାଆନ୍ତି। ବସିବା ଜାଗାରୁ ଉଠି ବ୍ୟାଗ୍ ସଜାଡିଲା ଏବଂ ଝଡ ବେଗରେ ନିଜ ପୁଅକୁ ଧରି ଘରୁ ବାହାରି ଆସିଲା ସୁନିତା। ପଛେ ପଛେ ବାପା ଦୌଡିଥାଆନ୍ତି। ଅଟୋରେ ବସି ନେଣ୍ଡାଏ ଛେପ ନିଜ ଘର ଉଦ୍ଦେଶ୍ୟରେ ପକାଇ ଚାଲିଆସିଲା।

ଶ୍ୱଶୁର ଘରେ ପହଞ୍ଚି ଦେଖେତ ଘର ଅଗଣାରେ ବହୁ ଲୋକ ଜମା ହୋଇଛନ୍ତି। ଏତେ ଲୋକଙ୍କ ଭିଡ଼ ଦେଖି ସୁନିତା ଅଜଣା ଆଶଙ୍କାରେ ଶିହରି ଉଠିଲା। ଆସୁଆସୁ ଶ୍ୱଶୁରଙ୍କର କିଛି ହେଇ ଯାଇନି ତ ! ଆରାମ ଚେୟାରରେ ଶ୍ୱଶୁର ବସି ଥିବାର ଦେଖି ସେ ପ୍ରକୃତିସ୍ଥ ହେଲା।

ଶ୍ୱଶୁରଙ୍କୁ ସାଷ୍ଟାଙ୍ଗ ପ୍ରଣିପାତ କରି କାକୁସ୍ଥ ସ୍ୱରରେ ପଚାରିଲା, 'ବାପା ଆମ ଘରେ ଏତେ ଲୋକ କାହିଁକି ଜମା ହେଇଛନ୍ତି ?'

'ମାରେ ମୁଁ ତୋ ବାପାର ସବୁକଥା ସେଦିନ ଶୁଣି ନେଇଥିଲି। ବନବିହାରୀ ବାବୁଙ୍କ ପୁଅ ସାଙ୍ଗରେ ତୋ ବାହାଘର ଯୋଜନା ବି ଜାଣିଛି। ସେ ଭଲ ପିଲା ନୁହଁରେ ମା। ଆଉ ଭଲପାତ୍ର ଦେଖି ତତେ ମୁଁ ବାହା ଦେବି। ତୋ ସାମ୍ନାରେ ଜୀବନର ଲମ୍ବା ରାସ୍ତା ପଡିଛି।'

ଗୌରହରି ଏତକ କହି ଗାମୁଛାରେ ଆଖିର ଲୁହ ପୋଛିଲେ।

'ବାପା ମୁଁ ଘର ଛାଡିକି ଯାଇ ବହୁତ ବଡ଼ ଭୁଲ କରିଦେଇଛି ତମର ଏ ଝିଅକୁ କ୍ଷମା ଦେବନି।' ଅନୁତାପ ଭରା ସ୍ୱରରେ ସୁନିତା କହୁଥାଏ।

'ନାରେ ମା ତୁ କିଛି ଭୁଲ କରିନୁ ଏ ବୁଢାବାପାଟା ତୋ ପାଇଁ କିଛି କରିପାରିଲାନି।',କୋହଭରା କଣ୍ଠରେ ଗୌରହରି ବୋହୁକୁ ପ୍ରବୋଧନା ଦେଲେ।

'ବାପା ଆମ ଘରେ ଏତେ ଲୋକ କଣପାଇଁ ଜମା ହେଇଛନ୍ତି ତ କହିଲେନି।', ଆତୁରତାର ସହ ସୁନିତା ପଚାରିଲା।

'ତୁ ଯିବାପରେ ଭାବିଲି ଏ ଘରଦ୍ୱାର, ଆସବାପତ୍ର ମୋର କଣ ହେବ। ବିକ୍ରି କରିଦେବି ଶୁଣି ଏଲୋକ ମାନେ ଜମା ହୋଇଛନ୍ତି। ଯାକୁ ସବୁ ବିକ୍ରି କରି ଯାହା ଟଙ୍କା ମିଳିଥାନ୍ତା ତତେ ଦେଇଆସିଥାନ୍ତି। କମସେ କମ ବିଟୁର ଦେଖାରଖା ଆଉ ପାଠପଢା ପାଇଁ ତତେ ଯେମିତି କଷ୍ଟ ନହୁଏ।' ଏତକ କହି ଗୌରହରି ସୁନିତା ମୁହଁକୁ ଚାହିଁଲେ।

'ସବୁକିଛି ବିକ୍ରି କରିଦେଇ ଆପଣ ଯିବେ କୁଆଡେ? ରହିବେ କେଉଁଠି ?',ସୁନିତାର ଆତୁର ପ୍ରଶ୍ନ।

'ଗୋପାଳପୁର। ଶୁଣିଛି ସେଠି ଗୋଟେ ଜରାନିବାସ ଅଛି। ବାକି ଜୀବନ ସେଇଠି ରହି ସମୁଦ୍ରବେଳାରେ ସୂର୍ଯ୍ୟୋଦୟ ଆଉ ସୂର୍ଯ୍ୟାସ୍ତ ଦେଖି କାଟିଦେବି। ଆଉ ବା କେତେଟା ଦିନ।'

ଜମା ହେଇଥିବା ଲୋକଙ୍କୁ ହାତଯୋଡି ସୁନିତା କହିଲା ଆପଣମାନେ ଦୟାକରି ଯାଆନ୍ତୁ। ସମସ୍ତେ ଚାଲିଗଲେ।

'ବୋହୁ ସବୁ ଲୋକଙ୍କୁ କାହିଁକି ଫେରାଇ ଦେଲୁ? ସେମାନେ ବିକ୍ରି ଖବର ପାଇ ତ ଆସିଥିଲେ।',ଗୌରହରିଙ୍କ ପ୍ରଶ୍ନ।

'ଘରଡିହ,ଆସବାପତ୍ର କଣ ଘରର ଗୋଟେ ଇଟା ବି ବିକ୍ରି କରିବାକୁ ଦେବିନି। ଆପଣଙ୍କ ପୁଅ ସିନା ଚାଲିଯାଇଛି, ବିଟୁ ତ ଅଛି। ମୁଁ କୁଆଡେ ଯିବିନି। ଆମେ ସମସ୍ତେ ଏଇଠି ରହିବା ବାପା।'

ସୁନିତାର କଥାଶୁଣି ଗୌରହରିଙ୍କ ଆଖିରେ ଲୁହ ଜକେଇ ଆସିଲା, ଆନନ୍ଦର ଲୁହ।

ବୋହୁ ଓ ନାତିକୁ ନିଜର ଶିରାଳ ହାତରେ କୁଣ୍ଢାଇ ଧରିଥିଲେ ଗୌରହରି।

ଭାଙ୍ଗିବାକୁ ଯାଉଥିବା ଘର ପୁଣି ଗଢି ହେଇଯାଉଥିଲା।

■

ସମୟର ଆରପାଖ

ସୋନୋଗ୍ରାଫି ଟେଷ୍ଟରୁ ଜଣାପଡ଼ିଲା ପେଟରେ କୌଣସି ପିଲା ନାହିଁ। ଯାହାଅଛି ତାହା ଏକ ମୃତ ମାଂସପିଣ୍ଡୁଳା।

ହୃଦକ୍ରିୟା ହୋଇନପାରି ବିକଶିତ ହେବାଆଗରୁ ପେଟ ଭିତରେ ମରିଯାଇଛି କଅଁଳ କଢି।

ରିପୋର୍ଟ ପଢିସାରି ଆଦୌ ବିଶ୍ୱାସ କରିପାରୁନଥିଲା ଅଧିଷ୍ଠାନ।

ଅନସୂୟା ତା ମୁହଁକୁ କରୁଣ ଭାବରେ ଚାହିଁ ରହିଥିଲା।

'ଏ ରିପୋର୍ଟ ହୁଏତ ଭୁଲ ଆଉଥରେ ଦେଖନ୍ତୁ ମ୍ୟାଡାମ। ଏମିତି ତ ହେବାକଥା ନୁହେଁ।', ଗାଇନେକୋଲୋଜିର ପ୍ରଖ୍ୟାତ ଡାକ୍ତର ସଂଘମିତ୍ରା ମିଶ୍ରଙ୍କୁ ବ୍ୟାକୁଳତାର ସହ ଅଧିଷ୍ଠାନ ପଚାରୁଥିଲା।

:ଦେଖନ୍ତୁ ସୋନୋଗ୍ରାଫି ରିପୋର୍ଟ କେବେ ବି ଭୁଲ ହେବନି। ଆପଣଙ୍କର ଯଦି ସନ୍ଦେହ ହେଉଛି ସାତଦିନ ଛାଡି ଆଉ କେଉଁଠି ଟେଷ୍ଟ କରିନିଅନ୍ତୁ। ଆପଣ ମାନନ୍ତୁ କି ନମାନନ୍ତୁ ପିଲା ନାହିଁ,ଅଛି ଗୋଟିଏ ମୃତ ମାଂସପିଣ୍ଡୁଳା।

ତାକୁ ପେଟରୁ ଯେତେ ଶୀଘ୍ର ବାହାର କରିଦେବେ ସେତେ ମଙ୍ଗଳ। ନହେଲେ ବହୁତ ସମସ୍ୟା ହୋଇପାରେ। ହଁ ପ୍ରେଗନାନ୍ସି ପୂର୍ବରୁ ଡାଇବେଟିସ କି ଥାଇରଏଡ ଥିଲା କି? ପିଲା ନରହିବାର ଏହା ବଡ଼ କାରଣ ହୋଇପାରେ। ଡାକ୍ତର ସଂଘମିତ୍ରା ଅଧିଷ୍ଠାନକୁ ବୁଝାଇଲେ।

:ମ୍ୟାଡାମ ସେମିତି କିଛି ବି ଅସୁବିଧା ଥିବା ମୋ ନଜରରେ ନାହିଁ। ଅନସୂୟା ତ ପୁରାପୁରି ଫିଟ୍। ଏମିତି କେମିତି ହେବ।

:ଦେଖନ୍ତୁ ଖାଲି କହିଦେଲେ ହେବନି, ରକ୍ତ ପରୀକ୍ଷା କରନ୍ତୁ।

ସେଥିରେ ଥାଇରଏଡ, ଡାଇବେଟିସ ସବୁ ଦେଖିନେବେ। ତାପରେ ଆପଣ ବଳେ ବୁଝିପାରିବେ କେଉଁ କାରଣରୁ ଇସ୍ୟୁ ଅସଫଳ ହେଲା।

ଏସବୁ ଶୁଣି ଅଧିଷ୍ଠାନର ମୁଣ୍ଡ କିଛି କାମ କରୁନଥିଲା। କ୍ଲିନିକ ବାଲାଙ୍କୁ ବହେ ମନେ ମନେ ଶୋଧି ଅନସୂୟାକୁ ଧରି ସେ ଚାଲିଆସିଲା। ତା ମନ ଜମାରୁ ମାନୁନଥିଲା। ଏମିତି କେମିତି ହେବ। ପେଗା ନ୍ୟୁଜରେ ପଜିଟିଭ ରିପୋର୍ଟ ଦେଖିବାପରଠାରୁ ସିଏ କେତେ କଣ ଭାବିନେଇଥିଲା। ଅନସୂୟା ବି ମା ହେବାର ଖୁସିରେ ଆତ୍ମହରା ଥିଲା। ସୋନୋଗ୍ରାଫି ରିପୋର୍ଟ ଯେମିତି ସେମାନଙ୍କ ଖୁସିରେ ପାଣି ଛାଟି ଦେଲା।

ବାହାଘରକୁ ତିନିବର୍ଷ ପୁରି ଚାରିବର୍ଷ ଚାଲିବାକୁ ବସିଲାଣି। କୋଳକୁ ସନ୍ତାନଟିଏ ନଆସିବାର କଷ୍ଟରେ ଛଟପଟ ହେଉଥିଲା ଅନସୂୟା। ଅଧିଷ୍ଠାନ ସାମ୍ବାଦିକତାରେ ଏମିତି ବୁଡ଼ି ରହୁଥିଲା ଯେ ସେମାନଙ୍କର ପିଲାଟିଏ ହେଉ ଏକଥା ଯେମିତି ଭୁଲି ଯାଇଥିଲା। ସବୁବେଳେ ନାଇଟ ସିଫ୍ଟ, ସପ୍ତାହକୁ ଗୋଟିଏ ଦିନ ଛୁଟି, ଯାରି ଭିତରେ ପରସ୍ପରର ସାନିଧ୍ୟ ବେଶ୍ କଷ୍ଟକର ହେଇପଡୁଥିଲା। ତାରି ଭିତରେ ସେମାନେ ସମୟ କାଢି ଥରେ ବୁଲିବାକୁ ଯାଇଥିଲେ ମେଘାଳୟ। ଚେରାପୁଞ୍ଜି, ସିଲଂରେ ବୁଲାବୁଲି କରି ଗୌହାଟୀରେ କାମାକ୍ଷାଙ୍କ ଦର୍ଶନ ସାରି ଫେରିଥିଲେ। ସେଠୁ ଫେରିବାର ମାସକପରେ ଅନସୂୟା ଦେଇଥିଲା ଖୁସି ଖବର।

ଅନସୂୟାର ଗର୍ଭଧାରଣ ଅଧିଷ୍ଠାନକୁ ଆତ୍ମହରା କରିଦେଇଥିଲା। ସନ୍ତାନଟିଏ କୋଳକୁ ନଆସିବାରୁ ତିନିବର୍ଷ ହେଲା ପରିଜନ,ଚିହ୍ନାଲୋକଙ୍କଠାରୁ ସେ କିଛି କମ କଥା ଶୁଣିନାହିଁ। ତାକୁ କିଛି ଫରକ ପଡୁନଥିଲା ହେଲେ ଅନସୂୟା ସହଜରେ ଏସବୁ କଥାକୁ ହଜମ କରିପାରୁନଥିଲା। ଏହି ଖୁସି ଖବର ଆଠ ସପ୍ତାହ ଏକୋଇଶ ଦିନପରେ ଏମିତି ଏକ ଭୟଙ୍କର ମୋଡ଼ ନେବ ଏହା ସେମାନେ କେବେ ବି ଭାବି ନଥିଲେ। ରିପୋର୍ଟ ପାଇବାପରେ ହଜିଯାଇଥିଲା ସେମାନଙ୍କ ମୁହଁରୁ ହସ। ସନ୍ତାନଟିଏ ଆସିବାର ଖୁସିରେ ମତୁଆଲାଥିବା ଦୁଇଟି ମନ ଗଭୀର ବିଷାଦବୋଧରେ ଛଟପଟ ହେଉଥିଲା।

ଅଧିଷ୍ଠାନ ନିଷ୍ପତ୍ତି ନେଲା ଆଉ ଏକ କ୍ଲିନିକକୁ ଯିବ, ଅନସୂୟାର ଚେକଅପ ସେଠି କରିବ। ଗୋଟେ ରିପୋର୍ଟରେ ସେ ମାନିଯିବା ଲୋକ ନୁହେଁ। ଦରକାର ପଡିଲେ ବାରମ୍ବାର ସୋନୋଗ୍ରାଫି କରିବ ବିଭିନ୍ନ ଜାଗାରେ। ତା ଅଫିସ୍‌ର ସହକର୍ମୀ ଲଳିତ ପଲେଇ ପରାମର୍ଶ ଦେଲା, ଜୟଦେବ ବିହାରରେ ଗୋଟେ ଭଲ କ୍ଲିନିକ ଅଛି। ଡାକ୍ତର ସୁରେନ୍ଦ୍ର ଅଧିକାରୀଙ୍କର ଭଲ ହାତ। ସେଇଠି ଯାଇ ଦେଖାଅ। ନିଶ୍ଚୟ କିଛି ନା କିଛି ବାଟ ତ ବାହାରିବ।

ହେଲେ ସେଠି ପହଁଚି ବଡ଼ ବିଚିତ୍ର ଅବସ୍ଥାକୁ ସାମ୍ନା କଲା ସେ। ସୁରେନ୍ଦ୍ର

ଅଧିକାରୀ ବଡ଼ ଡହରା ଡାକ୍ତର। ମନଖୁସି କଲା ଭଳି କଥା କହିବ, ନାନା ଔଷଧ ଲେଖିବ, ବାରଜାତିଆ ଟେଷ୍ଟ କରିବ ଆଉ ଶେଷରେ ହାତ ଟେକିଦେବ। ଏକଥା ସେଠି କି ଗଲାପରେ ଅଧିଷ୍ଠାନ ଜାଣିପାରିଲା। ସେଠି ବି ଦୁଇଥର ସୋନୋଗ୍ରାଫି ପରେ ସେଇ ପୁରୁଣାକଥା ହିଁ ଜଣାପଡିଲା। ତୁଚ୍ଛାରେ ଯାହା ଡାକ୍ତର ଅଧିକାରୀ ଘେରା ବୁଲାଉଥିଲା।

ଯାହା ହେଲେ ବି ସତକୁ ମାନିବାକୁ ପଡ଼ିବ। ପେଟରେ ପିଲା ନୁହେଁ ରହିଛି ନିର୍ଜୀବ ପିଣ୍ଡ। ଯେତେଶୀଘ୍ର ତାହାକୁ ପେଟରୁ କଢାଯାଇପାରିବ ଅନସୂୟା ପାଇଁ ମଙ୍ଗଳ। ଯାଭିତରେ ଅନସୂୟାର ବିଫଳ ଗର୍ଭଧାରଣ ସଂପର୍କରେ ଜ୍ଞାତିପରିଜନ ଜାଣିସାରିଥାନ୍ତି। ସେମାନଙ୍କ ମୁଣ୍ଡରେ ଗୋଟେ କଥା ପଶିଯାଇଥାଏ ଯେ ତିନିମାସବେଳେ ଟିକେ ସତର୍କତା ଲୋଡା। କାହାକଥା ନମାନି ଗାଡ଼ିରେ ବସି ବେଶି ଗୋଟେ ବୁଲାବୁଲି କରିବାଦ୍ୱାରା ଗର୍ଭନଷ୍ଟ ହେଇଗଲା। କାହାକୁ କଣ କହି ବୁଝେଇବ ଅନସୂୟା ଜାଣିପାରୁନଥାଏ।

ଗର୍ଭପାତ କରିବାକୁ ହେବ ତାହା ପୁଣି ତୁରନ୍ତ। ଅନସୂୟାର ମାଉସୀ ପ୍ରସ୍ତାବ ଦେଲେ ଏବାବଦରେ ଭଲ ସୁବିଧା କରିପାରିବେ ଡାକ୍ତର ଯୁଗଳ ମହାପାତ୍ର। ୟୁନିଟ-୩ କ୍ଲିନିକକୁ ଗଲେ ସେ ସୁରୁଖୁରୁରେ ଗର୍ଭପାତ କରିଦେବେ କିଛି ବି ଜଣାପଡିବନି। ସତକୁ ସତ ବେଶି କିଛି କରିବାକୁ ପଡିଲାନି। ଡାକ୍ତର ମହାପାତ୍ର ବାସ୍ କିଛି ଔଷଧ ଲେଖିଦେଲେ। ସବୁକିଛି ଠିକ ହେଇଯିବ ବୋଲି କହିଲେ।

ଓଃ ସେଦିନ ରାତିରେ ଅନସୂୟାର ଯେଉଁ ଯନ୍ତ୍ରଣା ତାକୁ ଦେଖି ଅଧିଷ୍ଠାନ ସମ୍ଭାଳି ହେଇ ପାରୁନଥାଏ। ଗର୍ଭ ଭିତରୁ ସେ ଅବାଞ୍ଛିତ ଜିନିଷଟା ବାହାରି ପରିଷ୍କାର ହେଇଗଲା। ବିପଦ ଟଳି ଯାଇଥିବାରୁ ଆଶ୍ୱସ୍ତ ହେଇଥିଲା ଅଧିଷ୍ଠାନ।

ଗର୍ଭଧାରଣ ବିଫଳ ହେବାର କାରଣ କଣ ହେଇପାରେ! କିଛିଦିନ ପରେ ଜାଣିବାପାଇଁ ଚେଷ୍ଟା କଲା ଅଧିଷ୍ଠାନ। ଅନସୂୟାର ୟୁରିନ,ରକ୍ତ ପରୀକ୍ଷା ପରେ ଜଣାପଡିଲା ସେ ଟାଇପ୍ ଟୁ ଡାଇବେଟିସରେ ଆକ୍ରାନ୍ତ। ଖାଇବା ପୂର୍ବରୁ ବ୍ଲଡ ସୁଗାର ଲେଭେଲ ତିନିଶହ ଏବଂ ଖାଇସାରିବା ପରେ ତିନିଶହ ନବେ। ଏମିତି ହାଇ ବ୍ଲଡ ସୁଗାର ଥିବା ଡାଇବେଟିସ ରୋଗୀଙ୍କ ପାଇଁ ଗର୍ଭ ଧାରଣ ବିପଦପୂର୍ଣ୍ଣ। ଯଦି ବି ଗର୍ଭସଞ୍ଚାର ହୋଇଥାଏ ଧାରଣ କରିରଖିବା କାଠିକର ପାଠ। ଆଉ କୌଣସିମତେ ଯଦି ରହିଯାଏ ଉଭୟ ମା ଓ ଶିଶୁଙ୍କ ଯତ୍ନ ସତର୍କତାର ସହ କରିବାକୁ ହେବ ନହେଲେ ପ୍ରତି ପାଦେ ପାଦେ ବିପଦ।

ସନ୍ତାନଟିଏ ପାଇବାକୁ ଦ୍ୱିତୀୟଥର ପାଇଁ ଯୋଜନା କରିବା ଅପେକ୍ଷା ଅଧିଷ୍ଠାନ

ଆଗରେ ସବୁଠୁ ବଡ଼ ଆହ୍ୱାନ ଥିଲା ଅନସୂୟାର ରୋଗକୁ ନିୟନ୍ତ୍ରଣ କରିବା। ସେହି କ୍ରମରେ ସେ ଯାଇ ପହଞ୍ଚିଥିଲା ସହିଦନଗରସ୍ଥିତ ଡାକ୍ତର ବିକେ ମିଶ୍ରଙ୍କ କ୍ଲିନିକରେ। ବିକେ ମିଶ୍ରଙ୍କ କ୍ଲିନିକର ଠିକଣା ସେ ପାଇନଥାନ୍ତା ଯଦି ଜଗବନ୍ଧୁ ମେଡିସିନ ଷ୍ଟୋରର ଜଗବନ୍ଧୁ ଦାଦା ଦେଇନଥାନ୍ତେ। ସେ ହିଁ ବତେଇଥିଲେ ମହର୍ଷି ରୋଡ଼ର ଶେଷମୁଣ୍ଡ ଲେଭେଲ କ୍ରସିଂ ପାଖ ଶେଷ ଗଳିରେ ବିକେ ମିଶ୍ରଙ୍କ କ୍ଲିନିକ। ଏଣ୍ଡୋକ୍ରାଇନଲୋଜିଷ୍ଟ ନହେଲେ ବି ମେଡିସିନ ସ୍ପେଶାଲିଷ୍ଟ ଭାବେ ଡାକ୍ତର ମିଶ୍ରଙ୍କର ବେଶ୍ ଭଲ ହାତ। ହଜାର ହଜାର ଡାଇବେଟିସ ରୋଗୀଙ୍କ ସଫଳ ଚିକିତ୍ସା ସେ କରାଇଛନ୍ତି। ଅତି ଅମାୟିକ ଲୋକ। କଥାବାର୍ତ୍ତାରେ ଡାକ୍ତର କମ୍ ଅଭିଭାବକ ଭଳି ବେଶି ଲାଗନ୍ତି।

ଅନସୂୟାକୁ ଦେଖି ସେ ତ ବାପ ଝିଅକୁ କହିଲାଭଳି କହିଲେ, 'ମା ରେ ମନ କଷ୍ଟ କରନି। ଯାହା ହେବା ତ ହେଲା। କେମିତି ତୋ ଦେହକୁ କବଳିତ କରିଥିବା ଏ ରୋଗକୁ ନିୟନ୍ତ୍ରଣ କରି ମାତୃତ୍ୱ ଲାଭ କରିବୁ ଆଜିଠୁ ସେଥିପାଇଁ ଲାଗ। ଡାଇବେଟିସ ରୋଗୀଙ୍କ ପାଇଁ ଗର୍ଭଧାରଣ ଏତେ ସହଜ ନୁହେଁ। ତତେ ଏଥରକ ଦ୍ୱିତୀୟ ଓ ଚୂଡ଼ାନ୍ତ ଭାବେ ପିଲାପିଲି ପାଇଁ ଯୋଜନା କରିବାକୁ ପଡ଼ିବ। କିନ୍ତୁ ତାପୂର୍ବରୁ ତୋର ବଢିଚାଲିଥିବା ସୁଗାରକୁ ନିୟନ୍ତ୍ରଣ କରିବାକୁ ପଡିବ। ସୁଗାର ନିୟନ୍ତ୍ରଣ ନହେଲେ ଯଥା ପୂର୍ବଂ ତଥା ପରଂ ଅବସ୍ଥା। ଯେହେତୁ ସୁଗାର ମାତ୍ରା ଅଧିକ ଅଛି ତତେ ଇନସୁଲିନ ନେବାକୁ ହେବ। ବଟିକା ଗିଳିବା ଆଦୌ ନିରାପଦ ନୁହେଁ। ଇନସୁଲିନ ନେଲେ ଯାଇ ତମେ ପିଲାପିଲି ପାଇଁ ପ୍ଲାନ କରିବ। ବିନା ଇନସୁଲିନରେ ଏସବୁ ପାଇଁ ଆଗେଇବା ଆଦୌ ବୁଦ୍ଧିମାନର କାର୍ଯ୍ୟ ହେବନି।'

ଇନ୍‌ସୁଲିନ ! ଅନସୂୟା ଛୁଞ୍ଚି ଫୋଡା କଥାଶୁଣି ଚମକି ଉଠିଲା।

ଅଧିଷ୍ଠାନ ବୁଝେଇବାକୁ ଚେଷ୍ଟା କଲା, ଦେଖ ଇନସୁଲିନ ନନେଇ ଆମ ପାଖରେ ଚାରା ନାହିଁ। କନସିପ ପାଇଁ ଇନସୁଲିନ ନେବା ନିହାତି ଜରୁରୀ। ନହେଲେ ଜାଣିଜାଣି ବିପଦକୁ ମୁଁ ବରଣ କରିପାରିବିନି।

-ଦେଖ ହ୍ୟୁମାନ ମିକ୍ସାର୍ଡ ଥାର୍ଟି ଇନସୁଲିନ ମୁଁ ଲେଖୁଛି। ଭାଏଲରୁ ସିରିଞ୍ଜରେ ନେବା ଦରକାର ନାହିଁ। ଏବେ ଇନସୁଲିନ ପେନ୍ ଆକାରରେ ବାହାରିଲାଣି। ଏହାକୁ ଦେହରେ ନେବା ଭାରି ସହଜ। ଦିନକୁ ତିନିଥର ଖାଇବା ପୂର୍ବରୁ ନିଅ। ପ୍ରତି ପନ୍ଦରଦିନ ପରେ ସୁଗାର ଟେଷ୍ଟ କରି ମତେ ଜଣାଅ। ତାପରେ ପିଲାପିଲି ପ୍ଲାନ କଥା ଦେଖିବା,ଅନସୂୟାର ସନ୍ଦେହ ଦୂର କରିବାକୁ ଡାକ୍ତର ମିଶ୍ର ବୁଝେଇ କହିଲେ।

କ୍ଲିନିକର ସେ ପିଲାଟି ଇନସୁଲିନ ପେନ୍ ଦେଖେଇ ଗୋଟେ ଡେମୋ ଦେଲା ଅନସୂୟା ଆଗରେ। କେମିତି ନାହିର ଚାରିଆଙ୍ଗୁଳି ଛାଡି ଛୁଞ୍ଚି ଫୋଡିବ। ଯେତିକି

ପରିମାଣର ନେବାକଥା ଆଗ ମୋଡିକରି ପେନକୁ ସେଟ୍ କରିବ। ପଛପଟରୁ ପେନକୁ ହାଲକା ଜାବଦେଲେ ଭିତରକୁ ଚାଲିଯିବ ଇନସୁଲିନ।

ତଥାପି ଭରସି ପାରୁନଥିଲା ସେ। ନାନା ଥତମତ ହେବାପରେ ଇନସୁଲିନ ନେବାକୁ ନିଷ୍ପତ୍ତି ନେଲା ଅନସୂୟା। ନିୟମିତ ଇନସୁଲିନ, ସନ୍ତୁଳିତ ଆହାର,ରକ୍ତ ପରୀକ୍ଷା ଓ ଡାକ୍ତର ମିଶ୍ରଙ୍କ ପରାମର୍ଶରେ ଅନସୂୟାର ସ୍ୱାସ୍ଥ୍ୟରେ ସୁଧାର ଆସୁଥାଏ।

ଅନସୂୟାର ମନରେ ଆଶଙ୍କା ସେ କଣ ଆଉ ଗର୍ଭଧାରଣ କରିପାରିବନି! ଯେତେ ଜଲଦି ହେବ ଇସ୍ୟୁ ପାଇଁ ପ୍ଲାନିଂ କରିବାକୁ ସେ ବାରମ୍ୱାର କହୁଥାଏ। ଅନସୂୟାର ଜିଦ ଆଗରେ ଅଧିଷ୍ଠାନ ଅସହାୟ। ତାର ଏକା ଜିଦ ସେ ମା ହେବ। ସନ୍ତାନଟିଏ କୋଳରେ ନଧରିଲା ଯାଏ ତାର ଯେମିତି ନିସ୍ତାର ନାହିଁ।

ଦ୍ୱିତୀୟଥର ଅନସୂୟାର ଗର୍ଭସଞ୍ଚାର ପରେ ଅଧିଷ୍ଠାନ ବେଶ୍ ସତର୍କ ହୋଇ ପଡୁଥିଲା। କଥାରେ ଅଛି ଯାହା ପୁଅକୁ ସାପ କାମୁଡିଥାଏ ତା ମା ପାଳ ଦଉଡି ଦେଖିଲେ ବି ଡରେ। ଅଧିଷ୍ଠାନର ଅବସ୍ଥା ଠିକ୍ ସେହିଭଳି। ସେ ଏଥରକ ଟିକେ ଅଧିକ ଯତ୍ନଶୀଳ ହୋଇପଡୁଥିଲା। ପ୍ରଥମ ତିନିମାସ ତ ଡାକ୍ତରଙ୍କ ପାଖକୁ ଯିବା ବ୍ୟତିତ ଅନ୍ୟ କୁଆଡେ ବି ଅନସୂୟାକୁ ସେ ଛାଡ଼ିଦେଇନଥିଲା। ଡାଇବେଟିସ ରୋଗୀଙ୍କ ପାଇଁ ଡାଏଟିସିଆନ ପ୍ରସ୍ତୁତ କରିଥିବା ଖାଦ୍ୟ ସାରଣୀ ଅନୁଯାୟୀ କେବଳ ସେଇ ସେଇ ଖାଦ୍ୟ ଖାଇବା, ନିୟମିତ ଇନସୁଲିନ ନେବା,ସକାଳୁ ହାଲକା ଚଲାବୁଲା, ଯଥେଚ୍ଛା ବିଶ୍ରାମ କରିବା ଉପରେ ଅନସୂୟା ଧ୍ୟାନ ଦେଉଥିଲା। ପ୍ରତ୍ୟକ୍ଷ ଭାବରେ ଏସବୁ ତଦାରଖ କରୁଥିଲା ଅଧିଷ୍ଠାନ।

ଏଥରକ ସୋନୋଗ୍ରାଫି ଟେଷ୍ଟରେ ପେଟରେ ବଢୁଥିବା ପିଲାର ସ୍ଥିତି ବେଶ ଭଲଥିବା ଜାଣିବାପରେ ଅଧିଷ୍ଠାନ ଆଶ୍ୱସ୍ତ ହେଇଥିଲା। ଅନସୂୟାର ମନରେ ଆଶଙ୍କା ବଦଳରେ ଦମ୍ଭ ଆସୁଥିଲା, ଚାରିମାସରେ ପିଲାର ସ୍ଥିତି ବେଶ ଭଲ ଅଛି ମାନେ ଆଗକୁ ଭଲ ରହିବ। ମନେ ମନେ ଠାକୁରଙ୍କୁ ସେ ଡାକୁଥିଲା, ପ୍ରଭୁ ହେ ଏହା ମୋର ପ୍ରଥମ ଓ ଶେଷ। ଯାକୁ ଶଙ୍ଖରେ ପୁରେଇ ଚକ୍ର ଉହାଡେଇ ରଖ।

ପୁଅ ହେବ ନା ଝିଅ। ଯାହା ବି ହେଉ ପିଲାଟି କାୟିକ ମାନସିକ ସୁସ୍ଥତା ସମ୍ପନ୍ନ ହେଇଥାଉ। ଅନସୂୟାର ପ୍ରଥମ ଗର୍ଭ ନଷ୍ଟ ପରେ ତାମନରେ ସବୁବେଳେ ଏକ ଅଜଣା ଭୟ ମାଡିପଡୁଥିଲା। ଠାକୁରଙ୍କୁ ଶୟନେ ସପନେ ଜାଗରଣେ ଆକୁଳ ଭାବରେ ଅଧିଷ୍ଠାନ ଡାକିଛି, ଏଥର ଯେମିତି କିଛି ଅଘଟଣ ନଘଟୁ। ସେ ଆହ୍ଲାବାଦ ସଙ୍ଗମସ୍ଥଳରେ ଶ୍ୱଶୁରଙ୍କ ଅସ୍ଥି ବିସର୍ଜନ କରିବାକୁ ଯାଇଥିଲାବେଳେ ବାରଣାସୀ ବୁଲିବାକୁ ଯାଇଥିଲା। ସେଠି କାଶୀ ବିଶ୍ୱନାଥଙ୍କ ଦର୍ଶନ ପାଇଁ ଦୀର୍ଘ ଛଅ ଘଣ୍ଟା କାଳ

ଲମ୍ବାଲାଇନରେ ରହିଥିଲା ସେ। ଦୀର୍ଘ ପ୍ରତୀକ୍ଷା ପରେ ବିଶ୍ୱନାଥଙ୍କ ବିଜେ ସ୍ଥଳରେ ପହଞ୍ଚି ତାର ଆଖିରୁ ଧାର ଧାର ଲୁହ ନିଗିଡି ପଡିଥିଲା। ଅନସୂୟା ସନ୍ତାନବତୀ ହେଉ,ସୁରୁଖୁରୁରେ ପିଲାଟି ଜନ୍ମ ହେଉ ଏହାହିଁ ପ୍ରାର୍ଥନା କରିଥିଲା। ଯେତେବେଳେ ବି ସିଏ କୌଣସି ମନ୍ଦିର ଯାଏ ଠାକୁରଙ୍କୁ ଦର୍ଶନ କରେ ସତ କିଛି ମାଗେ ନାହିଁ। ସେଇ ପ୍ରଥମଥର ସିଏ କାହିଁକି କେଜାଣି ଗୁହାରି କରିଥିଲା ଅତି କାକୁସ୍ଥ ଭାବରେ। ବାବା ବିଶ୍ୱନାଥଙ୍କ କୃପା ହେଲେ ସବୁ ବିପଦ ଟଳିଯିବ ଏ ଭରସା ତାରଥିଲା।

ଚୂଡ଼ାନ୍ତ ସୋନୋଗ୍ରାଫି ଟେଷ୍ଟରେ ପେଟ ଭିତରେ ପିଲାଟି ସ୍ୱାଭାବିକ ଥିବା ଜାଣି ସେମାନେ ଆଶ୍ୱସ୍ତ ହେଇଥିଲେ। ଡପଲର ଟେଷ୍ଟରେ ବି ବାହାରିଥିଲା ସନ୍ତୋଷଜନକ ରିପୋର୍ଟ। ଡାକ୍ତର ଶୁଭ୍ରଜିତ ସ୍ୱାଇଁ ପ୍ରତିଟି ଚେକଅପରେ ସେମାନଙ୍କୁ ମାନସିକ ବଳ ଦେବାକୁ ଯାଇ କହୁଥିଲେ, ବ୍ୟସ୍ତ ହେବାର କିଛି କାରଣ ନାହିଁ। ଡାଇବେଟିସ କେମିତି ନିୟନ୍ତ୍ରଣରେ ରହିବ ସେନେଇ ଯତ୍ନନିଅ। ନିୟମିତ ବ୍ଲଡ ସୁଗାର ଲେଭେଲ ମନିଟରିଂ କର। ବୁଝେଇଥିଲେ, ପିଲାଟି ସ୍ୱାଭାବିକ ଆକାରଠାରୁ ଟିକେ ଅଧିକ ବଡ଼ ଅଛି। ପ୍ରସବ ତାରିଖର ମାସେ ଆଗରୁ ଅର୍ଥାତ ୩୬ ସପ୍ତାହ ବେଳକୁ ପିଲାକୁ ବାହାର କରିବାକୁ ପଡ଼ିବ। ନହେଲେ ମାପାଇଁ ପିଲାପାଇଁ ବିପଦ ହୋଇପାରେ। ଡାକ୍ତର ସ୍ୱାଇଁଙ୍କର ସବୁକଥାକୁ ମାନି ଚଳୁଥିଲା ଅନସୂୟା।

ନିୟମିତ ଅନ୍ତରରେ ଅନସୂୟାର ବ୍ଲଡ ସୁଗାର ଲେଭେଲ ଟେଷ୍ଟ ଚାଲିଥିଲା। ଗ୍ଲୁକୋମିଟରରେ ଟେଷ୍ଟ ପରେ ଏକ ଡାଏରୀରେ ବ୍ଲଡ ସୁଗାର ଲେଭେଲ ଟିପି ରଖେ ଅଧିଷ୍ଠାନ। ସପ୍ତାହକୁ ଥରେ ଖାଇବା ପୂର୍ବରୁ ଏଫବିଏସ, ଖାଇବାର ଦିଘଣ୍ଟା ପରେ ପିପିବିଏସ ଟେଷ୍ଟ ଜାରି ରହିଥିଲା। ତିନିମାସ ଅନ୍ତରରେ ଏଚବିଏୱାନସି ଟେଷ୍ଟ ଭଲ ଲାବରୋଟୋରିରେ କରାଇନେଉଥିଲା। ହଠାତ ପ୍ରସବ ତାରିଖର ମାସେ ପୂର୍ବରୁ ଅନସୂୟାର ବ୍ଲଡ ସୁଗାର ଲେଭେଲ ଅତିରିକ୍ତ ଭାବେ ବଢିଗଲା। ଏଫବିଏସ ଦୁଇଶହ କୋଡିଏ, ପିପିବିଏସ ତିନିଶହ ଚାଳିଶ। ଏଚବିଏୱାନସି ଲେଭେଲ ଯାହା ଡାଇବେଟିକ ରୋଗୀ ପାଇଁ ୬.୫% ରହିବାକଥା ତାହା ବଢି ୧୦.୦% ହେଇଯାଇଥିଲା। ଏହା ଖାଲି ଅନସୂୟା କି ଅଧିଷ୍ଠାନ ନୁହେଁ ନିୟମିତ ଚେକଅପ କରୁଥିବା ଡାକ୍ତରଙ୍କର ମୁଣ୍ଡବ୍ୟଥାର କାରଣ ପାଲଟିଥିଲା।

ଡାକ୍ତର ସ୍ୱାଇଁ ତ ସିଧାସଳଖ କହିଲେ, ଏତେ ବ୍ଲଡ ସୁଗାର ରହିବା ବିପଦପୂର୍ଣ୍ଣ। ଡେଲିଭରି କରିବାର ରିସ୍କ ମୁଁ ନେଇପାରିବିନି। ଡାଇବେଟିସ ଟ୍ରିଟମେଣ୍ଟ ଭଲ କି କର ନହେଲେ ମା ଓ ଛୁଆ ପାଇଁ ଆଦୌ ମଙ୍ଗଳକର ନୁହେଁ। ଯାହାଙ୍କ ପାଖେ ଡାଇବେଟିସ ଚେକଅପ ଚାଲିଛି ସେ ଏଣ୍ଡୋକ୍ରାଇନଲୋଜିଷ୍ଟ ନୁହନ୍ତି ଜଣେ ଭଲ

ଏଣ୍ଡୋକ୍ରାଇନଲୋଜିଷ୍ଟ ଙ୍କୁ ଦେଖାଅ। ଆଉ ପାରୁଛ ଯଦି ମେଡିକାଲରେ ଆଡମିଟ ହେଇ ନିୟମିତ ମନିଟରିଂରେ ରହି ବ୍ଲଡ ସୁଗାର ଲେଭେଲକୁ ନିୟନ୍ତ୍ରଣ କରାଅ।

ଡାକ୍ତର ସ୍ୱାଇଁଙ୍କ କଥାଶୁଣି ମୁଣ୍ଡରେ ହାତ ଦେଲା ଅଧିଷ୍ଠାନ। ସବୁକିଛି ଠିକ ଚାଲିଥିଲା ଚୂଡ଼ାନ୍ତ ରୂପରେଖ ବେଳକୁ ଏମିତି ବିଘ୍ନ ଘଟିବା ବିଘ୍ନିତ ଭାଗ୍ୟ ନୁହେଁ ତ ଆଉ କଣ। ଏତେଦିନ ଧରି ଡାଇବେଟିସ ପାଇଁ ପରାମର୍ଶ ଲୋଡ଼ିଆସୁଥିବା ଡାକ୍ତର ବିକେ ମିଶ୍ରଙ୍କ ଉପରେ ତାର ସନ୍ଦେହ ହେଲା। ମୂଳରୁ ଜଣେ ଏଣ୍ଡୋକ୍ରାଇନଲୋଜିଷ୍ଟଙ୍କୁ ନଦେଖେଇ ସେ କାହିଁକି ଡାକ୍ତର ମିଶ୍ରଙ୍କ ପାଖକୁ ଯାଉଥିଲା। ଅସଲବେଳରେ ତ ସବୁକିଛି ଗଡବଡ। ଅଧିଷ୍ଠାନ ଚିନ୍ତା କଲା, ଯାହାତ ହେବା କଥା ହେଲାଣି ଜଣେ ଭଲ ଏଣ୍ଡୋକ୍ରାଇନଲୋଜିଷ୍ଟଙ୍କୁ ଦେଖଇବ ଆଉ ଅନସୂୟାକୁ ଏ ବିପଦରୁ ରକ୍ଷା କରିବ। ତାର ଜଣେ ଦୂରସଂପର୍କିୟ ଭାଇ କହିଲା, ଭୁବନେଶ୍ୱର ନୟାପଲ୍ଲୀ ସ୍ୱପ୍ନେଶ୍ୱର ମନ୍ଦିର ପାଖରେ ଅଛନ୍ତି ଜଣେ ଭଲ ଏଣ୍ଡୋକ୍ରାଇନଲୋଜିଷ୍ଟ, ଡାକ୍ତର ସୁବ୍ରତ ଦାସ। ତାଙ୍କ ପାଖରେ ଚିକିତ୍ସିତ ହେଇ ମହା ମହା ଡାଇବେଟିକ ରୋଗୀ ଭଲ ହେଇଛନ୍ତି। ସେଇଠି ଦେଖା।

ଅଧିଷ୍ଠାନ ଆଉ କିଛି ଲୋକଙ୍କୁ ବି ପଚାରି ବୁଝିଲା ସୁବ୍ରତ ଦାସ ଜଣେ ଭଲ ଡାକ୍ତର। ଖାଲି ଭଲ ଚିକିତ୍ସା ନୁହେଁ ଡାଇବେଟିସ କୁ ନେଇ ତାଙ୍କର ବହୁ ରିସର୍ଚ୍ଚ ପେପର ଆନ୍ତର୍ଜାତିକ ଜର୍ଣ୍ଣାଲରେ ପ୍ରକାଶ ପାଇଛି। ଫିସ ସିନା ଅଧିକ ହେଲେ ଡାଇବେଟିକ ରୋଗୀଙ୍କୁ ଯଥାର୍ଥ ଚିକିତ୍ସା ଦେଇ ଭଲ କରିବାର ଦାୟିତ୍ୱ ସେ ସଂପୂର୍ଣ୍ଣ ରୂପେ ନେଇଥାନ୍ତି। ଶେଷରେ ବହୁ ଭାବିଚିନ୍ତି ଡାକ୍ତର ଦାସଙ୍କ କ୍ଲିନିକରେ ଅନସୂୟାକୁ ଧରି ପହଞ୍ଚିଲା ସେ।

ଡାକ୍ତର ସୁବ୍ରତ ଦାସଙ୍କ କ୍ଲିନିକରେ ଭରପୁର ରୋଗୀ। ଦିଘଣ୍ଟାର ଅପେକ୍ଷା ପରେ ପାଳି ପଡିଲା।

ଡାକ୍ତର ଦାସ ଅନସୂୟାକୁ ଦେଖି କି ପଚାରିଲେ, ଡାଇବେଟିସ ଆଗରୁ ନା ପ୍ରେଗନାନ୍ସି ପରେ ?

-ପ୍ରେଗନାନ୍ସି ଆଗରୁ।

-ଆଗରୁ ଯଦି ଥିଲା ନିୟନ୍ତ୍ରଣକୁ ଆସିବା ପରେ ଇସ୍ୟୁ ପ୍ଲାନ କରିବା କଥା। ପ୍ରେଗନାନ୍ସି ବେଳେ ସୁଗାର ଲେଭେଲ ଟିକେ ଅଧିକ ରହେ। ତେବେ ବ୍ୟସ୍ତ ହେବାର କିଛି ନାହିଁ। ଯେଉଁ ମିକ୍ସାର୍ଡ ଥାର୍ଟି ଇନସୁଲିନ ଚାଲିଛି ତାକୁ ମୁଁ ବଦଳେଇ ଦେଉଛି। ସୁଗାର ଲେଭେଲ ବେଶି ଥିଲେ ଏହା କାମ କରେ ନାହିଁ। ଏହା ବଦଳରେ ଲାନଟସ ଦିନରେ ଥରେ ଆକ୍ଟ ରାପିଡ ଇନସୁଲିନ ଦିନକୁ ତିଥର କେତେ ମାତ୍ରାରେ ନିଆଯିବ

ଲେଖିଦେଉଛି। ନବା ଆରମ୍ଭ କର, ପନ୍ଦର ଦିନ ପରେ ସୁଗାର ଲେଭେଲ ଟେଷ୍ଟ କରି ଦେଖିବା।

ଡାକ୍ତର ଦାସଙ୍କ ପରାମର୍ଶ ବେଶ ଫଳପ୍ରଦ ହେଲା। ଅପେକ୍ଷାକୃତ ଭାବେ କମିଥିଲା ସୁଗାର ଲେଭେଲ। ସିଜରିଆନ ଡେଲିଭରି ପାଇଁ କୌଣସି ସମସ୍ୟା ନଥିବାର ଭରସା ଦେଲେ ଡାକ୍ତର ଦାସ। ଆଶ୍ୱସ୍ତ ହେଇଥିଲେ ଦିହେଁ।

ଛତିଶ ସପ୍ତାହ ବିତି ସାରିଥିଲା। ଅନସୂୟାର ସବୁ ରିପୋର୍ଟ ଦେଖିବା ପରେ ଡାକ୍ତର ଶୁଭ୍ରଜିତ ସ୍ୱାଇଁ ଡେଲିଭରି ପାଇଁ ତାରିଖ ସ୍ଥିର କଲେ।

ସେଦିନ ଯେତେ ପାଖେଇ ଆସୁଥିଲା ଉଦ୍ଦୀପନା ଓ ଆଶଙ୍କାରେ ଜଡସଡ ହୋଇଉଠୁଥିଲା ଅଧିଷ୍ଠାନ। କିଛି ଅସୁବିଧା ହେବନି ତ। ଶେଷ ପର୍ଯ୍ୟାୟରେ ପହଞ୍ଚିବାକୁ ତାକୁ କିଛି କମ କସରତ କରିବାକୁ ପଡିନି। ସମସ୍ତେ ଭାବନ୍ତି ପିଲାଟିଏ ଜନ୍ମ ପାଇଁ ନାରୀଟିଏ ବହୁ କଷ୍ଟ ସହେ। କିନ୍ତୁ ପୁରୁଷଟିଏର ଶ୍ରମକୁ କେହି ବି ନଜର କରନ୍ତିନି। ଗତ କିଛିମାସ ଧରି ସିଏ ଯେଉଁ ସଂଘର୍ଷ ଭିତରେ ଗଳଦଘର୍ମ ହେଉଛି ତାହା କେବଳ ଅନୁଭବୀ ହିଁ ଜାଣେ।

ସେଦିନ ହୁଇଲଡ ଷ୍ଟ୍ରେଚରରେ ଶୋଇ ରହିଥିଲା ଅନସୂୟା। ତାର ମୁହଁକୁ ଆଉଥରେ ଭଲ କରି ଦେଖିବା ଆଗରୁ ସେମାନେ ତାକୁ ଅପରେସନ ଥିଏଟର ଭିତରକୁ ନେଇଗଲେ। କବାଟ ପଡିଗଲା, ଜଳିଉଠିଲା ବାହାରର ନାଲି ବଲବ।

ବାହାରେ ଅଧିଷ୍ଠାନ ଶୂନ୍ୟକୁ ହାତଯୋଡି ନମସ୍କାର କଲା ଅଦୃଶ୍ୟ ଶକ୍ତିଙ୍କ ଉଦ୍ଦେଶ୍ୟରେ। ସେଇ ତିରିଶ ମିନିଟ ଲାଗୁଥାଏ ତାକୁ ଅନନ୍ତ କାଳ ପରି। ଯେମିତି ଏ ସମୟ ସରିବ ନାହିଁ। ସେ ଆଉ ଫେରିପାରିବ ନାହିଁ। ସେ ବିଚରଣ କରୁଥାଏ ଏକ ଭିନ୍ନ ଜଗତରେ। ଯେଉଁ ଦୁନିଆରେ ସମସ୍ୟା ନାହିଁ, ପ୍ରତିବନ୍ଧକ ନାହିଁ। ଏସବୁ ନଥାଇ ଯାହା ଅଛି ସେ ଦେଖିପାରୁନାହିଁ।

କେହି ଜଣେ ତା ପିଠିରେ ହାତ ମାରି କହିଲା, ଅଭିନନ୍ଦନ ! ଆପଣଙ୍କର ପୁଅ ହେଇଛି।

■

ପଜଲ୍

ଗୁଳୁଗୁଳି ସାଂଘାତିକ ହେଉଥିଲା ।

ଏଥରର ଖରାଦିନ ତ ପୂର୍ବର ସବୁ ରେକର୍ଡକୁ କାଟି ଦେବ । ସିଏ ନିଜ ହାତ ଘଣ୍ଟାକୁ ଚାହିଁଲା । ଦିନ ୨ଟା ବାଜି ସାରିଥିଲା ।

ଭୁବନେଶ୍ୱର ଉପକଣ୍ଠର ଏକ ଜନବସତି ପାଖରେ ସେ ନିଜର ବାଇକଟିକୁ ଧରି ଛିଡା ହୋଇଥିଲା । ଚାରିଆଡ ପରିବେଶ ଥିଲା ଖାଁ ଖାଁ ।

ଧୁ ଧୁ ଦ୍ୱିପ୍ରହରଟାରେ କୋଉଠି କେହି ବି ଦେଖା ହେଉନଥିଲେ । ଗଭୀର ଅଶ୍ୱସ୍ତିବୋଧରେ ସେ ନିଜକୁ ନିଜେ ବିଡ୍ ବିଡ୍ ହେଲା ।

ଶଃ ମଣିଷ କଥା ତ ଛାଡ ଗୋଟେ କୁକୁରର ବି ଦେଖା ନାହିଁ ।

ହଁ କିଏ ବା କାହିଁକି ଏ ଗରମରେ ପଦାକୁ ବାହାରିବ । କାହାର ଗୁଳୁଗୁଳି ଗରମକୁ ଏତେ ସୁଖ !

ଛାଇତଳ ଛାଡି ଟାଁଇଟାଁଇଆ ଖରାରେ ବୁଲିବ ।

ପ୍ରାଇଭେଟ ବ୍ୟାଙ୍କର ଫିଲ୍ଡ ଏଜେନ୍ଟ ଚାକିରି ଠାରୁ ଶଃ ବୁଲା କୁକୁର ଜୀବନ ଆହୁରି ଭଲ ।

ଖରା, ବର୍ଷା, ଶୀତ କୋଉଦିନରେ ବି ମଣିଷ ଛାଡ ପାଇଲାନି ।

ଟିଓ୍ୱେଲ ମୂଳେ ପାଣିକାଦୁଅରେ ସାଟୁବାଟୁ ହେଉଥିବା ଚମଡାଛଡା କୁକୁରଟା ତା ରୁମକୁ ଛାଟି ତାଆଡକୁ ବିଦ୍ରୁପ କଲାଭଳି ଅନେଇଲା ।

ଏଇକିଛିଦିନ ହେବ ଗଢି ଉଠିଥିବା ଏ ଜନବସତି ଅଞ୍ଚଳଟି ସବୁଦୃଷ୍ଟିରୁ ଥିଲା ଅସଂପୂର୍ଣ୍ଣ।

ନୂଆ କରି ଘର ଗୁଡିକ ଗଢା ଚାଲିଥିଲା। କଚାରାସ୍ତା ଉପରେ ଅଜାଡି ହୋଇ ପଡିଥିଲା ଘର ତିଆରି ସାମାନ।

କଂକ୍ରିଟ, ଇଟା, ପଥର, ବାଲି, ବାଉଁଶ, କାଠପଟା।

ବଜାରଘାଟତ ଦୂରର କଥା ମାମୁଲି ଚା କି ପାନଦୋକାନ ଟେ ବି ସେ ଅଞ୍ଚଳରେ ଦେଖିବାକୁ ମିଳୁନଥିଲା। ନହେଲେ ସିଏ ଦୋକାନୀକୁ ପଚାରି ଖୋଜୁଥିବା ଘରଟିକୁ ପାଇଯାଇଥାନ୍ତା।

ଖରା ପ୍ରଚଣ୍ଡଥିବାରୁ କେଉଁଠି ନୂଆ ଘର ତିଆରି କି, ମଜୁରିଆ, ମିସ୍ତ୍ରୀଙ୍କୁ ଦେଖିବାକୁ ମିଳୁନଥିଲା।

ସାରାପରିବେଶରେ ଜାରି ରହିଥିଲା ଅଘୋଷିତ କର୍ଫ୍ୟୁ। ଖୋଜୁଥିବା ଘରର ଠିକଣା ନପାଇ ସେ କ୍ରମଶଃ ବିବ୍ରତ ହୋଇ ପଡୁଥିଲା।

ସିଏ ପୁଣିଥରେ ଗାଡି ଡିକି ଭିତରୁ କାଗଜପତ୍ର ବାହାର କଲା ଓ ଭଲ ଭାବରେ ପ୍ଲଟ ନଂ ଉପରେ ଆଉଥରେ ନଜର ପକାଇଲା।

ମନକୁ ମନ ପ୍ଲଟ ନଂକୁ ଘୋଷିବାକୁ ଲାଗିଲା।

ଏଇ ସମୟରେ ଶୁଭିଲା ଏକ ସାଇକେଲ ଆସିବାର ଶବ୍ଦ; ସର୍ ସର୍...ଟୁଣ୍ ଟୁଣ୍...।

ସତର୍କତାର ସହ ସିଏ ସେଇ ଆଡକୁ କାନ ଡେରିଲା।

କିଛି ସମୟପରେ ସାଇକେଲ ଚଢି ଗୋଟେ ଟିକିପିଲା ତାକଡ ଦେଇ ଚାଲିଗଲା।

ବୁଡିଯାଉଥିବାଲୋକଟି କୁଟାଖିଅକୁ ଆଶ୍ରା କଲାପରି ସେ ପଛରୁ ଡାକିଲା ହେଇ...ହେଇ...।

ପିଲାଟି ସାଇକେଲଟାକୁ ୟୁଟର୍ଣ୍ଣ କଲା।

ବୋଧେ ବାପାମା ଶୋଇଥିବାବେଳେ ସାଇକେଲ ଚଳାଇବାକୁ ଖରାବେଳେ ଖସି ଆସିଛି ସେ । ପିଲାଟି ବଡ ବିସ୍ମୟରେ ଅନେଇଲା।

ସେ ଭରସି କରି ପିଲାଟିକୁ ପଚାରିଲା, 'ଆଛା ଏ କଲୋନୀରେ ପ୍ଲଟ ନଂ ୨୩/୩୦୫ କେଉଁଠି କହି ପାରିବ?'

'ଏଇଠୁ ସିଧା ଯାଇ ଡାହାଣକୁ ମୋଡିବେ, ସେଠୁ ବାଁକୁ କିଛି ବାଟ ଯାଇ ପୁଣି ଡାହାଣକୁ ମୋଡିବେ। ଗୋଟେ ଫାଙ୍କା ଜାଗା ପଡିବ। ସେଇଠି ତିନିଟା ନୂଆଘର

ତିଆରି ହେଉଛି। ତା ଆଗର ଘରଆଗରେ ଖୁମ୍ବରେ ଲେଖାହେଇଛି ୨୩/୩୦୫। ବୋଧେ ସେଇଟା..।', ପିଲାଟି ବିନା ବିରାମରେ ଏତକ କହିଲା।

ତଥାପି ତାକୁ ପୂରା ଭରସା ଦେଇପାରିଲାନି। ଦିସ୍ ଓ୍ୱାନ .. ବଟ ଆଇ ଆମ୍ ନଟ୍ ସିଓର ଭଳି।

ଆଉକିଛି କହିବାପୂର୍ବରୁ ପିଲାଟି ଟୁଙ୍ଗୁ ଟୁଙ୍ଗୁ ହୋଇ ସାଇକେଲଟି ଧରି କୁଆଡେ ଅପସରି ଗଲା।

ସମ୍ଭାବ୍ୟ ଠିକଣା ପାଇଲାପରେ ସେ ଟିକେ ଆଶ୍ୱସ୍ତ ହେଲା।

ପକେଟରୁ ପାନିଆ କଢି ପାଲିସ କରି ମୁଣ୍ଡ କୁଣ୍ଡେଇଲା।

ପିଲାଟି କହିବା ଅନୁଯାୟୀ ଆଗେଇ ଚାଲିଲା।

ଘର ଗୁଡିକ ବହୁ ବ୍ୟବଧାନରେ ତିଆରି ହୋଇଥିଲେ।

ସେ ଠିକ ମଝିବାଲା ଘର ଆଗରେ ଗାଡି ଷ୍ଟାର୍ଟ ବନ୍ଦ କଲା।

ଗେଟ ଆଡେଇ ଭିତରକୁ ପଶିଲା। କଲିଂବେଲ ଚିପିଲା।

ଏଥର କେହିଜଣେ କବାଟ ଖୋଲିବାକୁ ଆସୁଥିବାର ଜାଣିପାରିଲା। କାରଣ ଚୁଡି ଆଉ ପାଉଁଜିର ଶବ୍ଦ ସେ ସ୍ପଷ୍ଟ ଶୁଣିପାରିଲା। ସେ ଆଉଥରେ ମୁଣ୍ଡ କୁଣ୍ଡାଇ ସାର୍ଟର ଇନକୁ ସଜାଡି ପକାଇଲା।

ମୁହଁରେ ଏକ ସ୍ମିତହାସ୍ୟ ଆଣୁଆଣୁ କବାଟଟି ମେଲେଇ ଗଲା।

ସାମ୍ନାରେ ଶାଢି ପରିହିତା ଜଣେ ସୁନ୍ଦରୀ ସ୍ତ୍ରୀଲୋକ ଠିଆ ହୋଇଥିଲେ। ସାମ୍ନାରେ ସୁନ୍ଦରୀ ଜଣଙ୍କୁ ଦେଖି ତାର ବିରକ୍ତି କୁଆଡେ ଉଭେଇ ଗଲା।

'କୁହନ୍ତୁ କଣ କାମ ଥିଲା ?', ମହିଳାଜଣକ ଅପେକ୍ଷାକୃତ ମିଠା ସ୍ୱରରେ ପଚାରିଲେ।

ଏ ପ୍ରଶ୍ନର ଉତର ଦେବାପୂର୍ବରୁ ତା ପାଟି ଖନି ମାରି ଯାଉଥିଲା।

ହଁ... ମୁଁ.. କଥା କଣକି ଆଦି ଉପସର୍ଗ ମୂଳକ ଶବ୍ଦ ଯୋଡି ବହୁସମୟ ଧକେଇ ହେବାପରେ ସେ କହିଲା ଯେ ନିର୍ବାଚିତା ମହାନ୍ତିଙ୍କୁ ଦେଖା କରିବାକୁ ଆସିଛି।

ହିଳା ଜଣକ କହିଲେ,ସେ ହିଁ ନିଜେ ନିର୍ବାଚିତା ମହାନ୍ତି।

ପରିସ୍ଥିତିକୁ ଆଉଟିକେ ସହଜ କରିବାକୁ ସେ କହିଲା,କଥା କଣକି ମ୍ୟାଡାମ ମୁଁ ବ୍ୟାଙ୍କରୁ ଆସିଥିଲି ହୋମ୍ ଲୋନ ପାଇଁ ଆପଣଙ୍କର ଆପ୍ଲିକେଶନ ଆମେ ପାଇଥିଲୁ। ଫିଲ୍ଡ ଭେରିଫିକେଶନ ପାଇଁ ଆସିଥିଲି। ଟିକେ ଯଦି ସମୟ ଦିଅନ୍ତେ କିଛି କଥା ବୁଝି ଚାଲିଯାଆନ୍ତି।

ଏତକ କହିସାରି ସିଏ ଘରଭିତର ସାରା ନିଜର ନଜର ପହଁରେଇ ଦେଲା।

କିଙ୍ଗ ସାଇଜ ଡ୍ରଇଂରୁମର ସାଜସଜା ବେଶ୍ ଆଭିଜାତ୍ୟ ଭରା ଥିଲା।

ଅତି ସୁନ୍ଦର ଭାବେ ସଜା ହୋଇଥିଲା ସୋଫାସେଟ,ଟିପୟ,ଡିଭାନ,ଫୁଲକୁଣ୍ଡ,ବହିଥାକ ସବୁକିଛି।

ଘରର ଗୋଟିଏ କଣକୁ ଲାଗିଥିଲା ଏକ ବଡ ପରଦାବାଲା ଏଲଇଡି ଟିଭି।

ଆସନ୍ତୁ ଭିତରକୁ ...ଭଦ୍ରମହିଳା ଜଣକ ସୌଜନ୍ୟ ପୂର୍ବକ ଡାକିଲେ।

ସିଏ ଭିତରକୁ ଯାଇ ସୋଫା ଉପରେ ସଂଭ୍ରମତାର ସହ ବସିଲା।

ବ୍ୟାଗରୁ ନିଜ ଡାଏରୀ ଓ ମହିଳା ଜଣକ ଆପ୍ଲାଏ କରିଥିବା ଲୋନ ପେପର ବାହାର କଲା।

ଲୋନ ପେପରରେ ତାଙ୍କର ବୟସ ଲେଖାଥିଲା ୪୫। କିନ୍ତୁ ମହିଳାଜଣକ ୪୫ବର୍ଷିୟା ବୋଲି ଜଣାପଡୁନଥିଲେ।

ମହିଳା ଜଣକ କଥା ହେଉ ହେଉ ଘର ଭିତରକୁ ଚାଲିଗଲେ।

ପାଖଘରୁ ଶୁଭୁଥିବା ଶବ୍ଦରୁ ସେ ଆନ୍ଦାଜ ଲଗାଇଲା ସମ୍ଭବତଃ ମହିଳା ଜଣକ ତାପାଇଁ ଥଣ୍ଡା ସରବତ ଧରି ଆସୁଛନ୍ତି।

ସତକୁ ସତ ସର୍ବତ ଗ୍ଲାସଟିଏ ତା ହାତରେ ମହିଳା ଜଣକ ଧରାଇଦେଇ କହିଲେ, 'ନିଅନ୍ତୁ ଗରମ ଜୋର ହେଉଛି, ଟିକେ ପିଇ ନିଅନ୍ତୁ। ତାପରେ କଥା ହେବା ।'

କଡ ସୋଫାରେ ମହିଳା ଜଣକ ବସି ପଡିଲେ।

ସିଏ ସର୍ବତ ଗ୍ଲାସଟିକୁ ବିରାମ ନଦେଇ ଏକାଥରେ ପିଇଦେଲା।

ଏଥର ଆନୁଷ୍ଠାନିକ କଥାବାର୍ତ୍ତା ଆରମ୍ଭ କରିଦେଲା।

ସେ ପଚାରୁଥାଏ।

ମହିଳାଜଣକ ଉତର ଦେଉଥାଆନ୍ତି।

ପଚାରିବାବେଳେ ସିଏ ମହିଳାଙ୍କ ସର୍ବାଙ୍ଗକୁ ଦେଖୁଥାଏ।

କଥା କହିଲାବେଳେ ମହିଳାଜଣଙ୍କର ଓଠ ଗୋଲାପର ପାଖୁଡା ଭଳି ମେଲି ପୁଣି ମୁଦି ହୋଇଯାଉଥାଏ। ମହିଳାଜଣଙ୍କ ଶରୀରରେ ସୌନ୍ଦର୍ଯ୍ୟ ଖୁନ୍ଦି ହୋଇ ରହିଥିଲେ ବି କେଉଁଠି ନା କେଉଁଠି ଗଭୀର ଉଦାସୀଭାବ ଛପି ରହିଥିଲା।

ନାନାକଥା ପଚାରିବାଭିତରେ ସେ ମହିଳାଜଣଙ୍କୁ ପଚାରି ବସିଲା, ଆପଣଙ୍କ ଘରେ ଆଉ କେହି ନାହାଁନ୍ତି କି ମାନେ ପରିବାରର ଆଉ କେହି ?

ବହୁ ସମୟ ଧରି ମହିଳାଙ୍କଠାରୁ ଏ ପ୍ରଶ୍ନର ଉତର ମିଳିଲାନାହିଁ।

ସେ ଭାବିଲା ବୋଧେ ମହିଳାଜଣକ ତା ପ୍ରଶ୍ନ ଠିକରେ ଶୁଣିପାରିଲେନି।।

ତେଣୁ ସିଏ ଆଉଥରେ ବଡଜୋରରେ ପଚାରିଲା,ମ୍ୟାଡାମ ଫ୍ୟାମେଲି ମେମ୍ବର ?

ଏହି ପ୍ରଶ୍ନ ଆଉଥରେ ଶୁଣି ମହିଳାଜଣଙ୍କ ଚେହେରାରେ ଯେମିତି ଦୁଃଖର କଳାବାଦଲ ଘୋଟି ଆସିଲା।

ତାଙ୍କର ସୁନ୍ଦର ଦୁଇ ଆଖିରେ ଲୁହ ଜକେଇ ଆସିଥିବାର ସେ ଠଉରେଇ ପାରିଲା।

ସେ ବୁଝିପାରିଲା ନି ଯେ ଫ୍ୟମିଲି ମେମ୍ବର ଭଳି ଏକ ଅକାରଣ ପ୍ରଶ୍ନ ଶୁଣି ମହିଳା ଜଣକ ଏତେ ବ୍ୟତିବ୍ୟସ୍ତ କାହିଁକି ଜଣାଯାଉଛନ୍ତି।

କିଛି ସମୟ ନିରବ ରହି ମହିଳା ଜଣକ କହିଲେ, କଣ ଆଉ କହିବି।

ସେ ଦେଖିଲା ମହିଳା ଜଣଙ୍କ ଆଖିରୁ ଲୁହ ଦିଟୋପା ଗଡି ପଡିଲା।

ସେ ପୁରାପୁରି କୋହାସକ୍ତ ହୋଇପଡିଲେ।

ସେ କିନ୍ତୁ ତଥାପି ଜାଣିପାରୁନଥିଲା ଏମିତି ଏକ ସାଧାରଣ କଥାରେ ମହିଳା ଜଣକ କାହିଁକି କାନ୍ଦି ପକାଇଲେ।

-ଆପଣ ଏମିତି କାନ୍ଦୁଛନ୍ତି ?

-କଣ କିଛି ଅସୁବିଧା ହେଲାକି ?

ମହିଳା ଜଣକ କହିଲେ, ନା ନା ସେମିତି କିଛି ନୁହେଁ। ମୋ ପରିବାର ସଦସ୍ୟଙ୍କ କଥା ମନେପକାଇଲେ ତ ମୁଁ ଟିକେ ଭାବପ୍ରବଣ ହୋଇ ପଡିଲି। ମହିଳା ଜଣକ ଆଖିରୁ ଲୁହ ପୋଛିଲେ।

ମ୍ୟାଡାମ ମୁଁ ବୁଝି ପାରୁନାହିଁ ଏମିତି କଣ ଅଛି ଯେ ଏ ପ୍ରଶ୍ନ ପଚାରୁ ପଚାରୁ ଆପଣ ଅପ୍ରସ୍ତୁତ ହୋଇ ପଡୁଛନ୍ତି।

ନମ୍ରତା ରକ୍ଷା କରି ସେ ପଚାରିଲା।

ଏ କଥାଶୁଣି ମହିଳାଜଣକ ପୁଣି କାନ୍ଦିଲେ ଆଉ ଏଥରକ ପ୍ରକୃତିସ୍ଥ ହୋଇ କହିଲେ, ଆମଘରେ ଆମେ ମୋଟ ୩ ଜଣ।

ମୁଁ,ମୋ ସ୍ୱାମୀ ଆଉ ଚାକରାଣୀ ମିତା।

ଏବେ କିନ୍ତୁ ସେ ଦିଜଣ ନାହାଁନ୍ତି କାଲି କି ମୁଁ ବି ନଥିବି।

ଏଥର ସେ ଉତ୍ସୁକତାର ସହ ପଚାରିଲା, କାଇଁ ଆର ଦିଜଣ କୁଆଡେ ଗଲେ କି ?

ଆଉ ଆପଣ କାଲି କୁଆଡେ ଯିବେ କି ?

ମହିଳା ଜଣକ ଉତର ଫେରାଇଲେ-

-ସେମାନେ ଯୁଆଡେ ଯାଇଛନ୍ତି ଆଉ ଫେରିବେନି।

- ଫେରିବାକୁ ଚାହିଁଲେ ବି ଆଉ ଫେରି ପାରିବେନି।

-ତାଛଡା ସେମାନେ ତ ଫେରିବା ପାଇଁ ଯାଇ ନାହାଁନ୍ତି।

ମହିଳାଙ୍କ କଥା କିଛି ବି ସେ ବୁଝି ପାରିଲାନି।

କୌତୁହଳି ହୋଇ ସେ ପଚାରିଲା, ସେମାନେ ଏମିତି କୁଆଡେ ଯାଇଛନ୍ତି କି ଆଉ ଫେରିବେନି।

ସେମାନେ କଣ କେବେ ବି ଫେରିବାକୁ ଚାହିଁବେନି ମ୍ୟାଡାମ !

ମହିଳାଜଣକ କିଛି ନକହି ତା ହାତଧରି ଗୋଟେ ଶୋଇବାଘର ଭିତରକୁ ଟାଣି ନେଲେ।

ଖଟ ପାଖକୁ ଭିଡି ନେଇ କହିଲେ,ଟିକେ ସାହାଯ୍ୟ କରିବେ।

ସିଏ ମହିଳାଙ୍କ ଢଙ୍ଗରଙ୍ଗ ଦେଖି କିଛି ହଠାତ ବୁଝି ପାରିଲାନି।

ମହିଳା ଜଣକ କଥାକୁ ସହଜ କରିବାକୁ ଯାଇ କହିଲେ, ଖଟ ତଳେ ଦିଟା ଦସ୍ତା ବାକ୍ସ ଅଛି ବାହାର କରିବାରେ ମତେ ସାହାଯ୍ୟ କରିବେ।

ହଁ କାହିଁକି ନୁହେଁ, ସେ କହିଲା।

ଦିଜଣଙ୍କ ସହାୟତାରେ ଦିଟାଯାକ ଦସ୍ତାବାକ୍ସ ବାହାରକୁ ବାହାରିଲା।

ଦୁଇଟିବାକ୍ସର ଚାବି ଖୋଲି ଏଥର ଏକାବେଳକେ ମହିଳାଚଜଣକ ଦିଟା ବାକ୍ସର ଢାଙ୍କୁଣି ଖୋଲି ଦେଲେ।

ବାକ୍ସ ଭିତର ଦେଖିବାପରେ ତାର ମୁଣ୍ଡ ଘୂରେଇ ଦେଲା।

ସେ କଚାଡି ହୋଇ ପଡିଯାଉ ଯାଉ ଚଟାଣରେ ବସି ପଡିଲା।

ବାକ୍ସ ଭିତରେ ଥିଲା ଦିଟା ଲାସ୍‌ର ଖଣ୍ଡ ବିଖଣ୍ଡିତ ଅଂଶ ଜରି ଗୁଡା ହୋଇ।

କେମିକାଲ ପ୍ରୟୋଗ କରାଯାଇ ଏତେ ବାଗରେ ରଖା ଯାଇଥିଲା ଯେ ମୋଟରୁ ଗନ୍ଧ ବି ହେଉନଥିଲା।

ମହିଳା ଜଣକ ବଡ ସ୍ୱାଭାବିକ ଭାବେ କହିଲେ,ଏମାନଙ୍କୁ ମୁଁ ୪ଦିନ ହେଲା ଶେଷ କରି ଦେଇଛି।

କେହି ଜାଣି ନାହାଁନ୍ତି ଆପଣ ହେଉଛନ୍ତି ପ୍ରଥମ ଲୋକ ଯିଏ ଏ ବାବଦରେ ଜାଣିଲେ।

ସହରଠାରୁ ଦୂର ଆମର ଏ ଘରକୁ କେହି ଆସନ୍ତିନି।

ଆମର ବି କୌଣସି ଲୋକ କି ବନ୍ଧୁବାନ୍ଧବଙ୍କ ସହ ସୁସମ୍ପର୍କ ନାହିଁ।

ଯଦି ବି ଅସନ୍ତି ପେପର ବାଲା କି କ୍ଷୀରବାଲା। ସେମାନେ ଦୁଆରୁ ଦୁଆରୁ ଫେରି ଯାଆନ୍ତି।

ମୁଁ ଏମାନଙ୍କୁ କତଲ କରିଦେଇଛି।

ମୋର କିନ୍ତୁ ଟିକେ ବି ଦୁଃଖ ନାହିଁ।

ଆପଣ ହୁଏତ ପଚାରିବେ କାହିଁକି କତଲ କଲି ?

ଆପଣଙ୍କୁ କୈଫିୟତ ଦେଇ ମୋର ଲାଭ କଣ ତାଛଡା ଆପଣ ଏସବୁ ଜାଣି ବି କି ଲାଭ ପାଇବେ।

ମୁଁ ସେମାନଙ୍କୁ ପଠେଇ ଦେଇଛି ବହୁତ ଦୂର ଯାଗାକୁ ସେମାନେ ଆଉ କେବେ ବି ଫେରିପାରିବେନି ବାସ୍।

ସେମାନେ ମିଶି ଯାଇଥିଲେ। ମତେ ଏକୁଟିଆ କରିଦେଇ ଥିଲେ। ସେମାନଙ୍କ ସବୁ ପ୍ଲାନକୁ ମୁଁ ଚପଟ କରିଦେଲି। ମୁଁ ବି ରହିବାକୁ ଚାହୁଁନି, ସବୁଦିନ ପାଇଁ ଚାଲି ଯିବାକୁ ଚାହେଁ।

ଏମିତି ପରିସ୍ଥିତିରେ ସେ ଗୋଟାପୁଣି ଝାଳେଇ ଗଲା। ଏକପ୍ରକାର ନିର୍ବାକ ହେବାକୁ ବସିଥିଲା।

ମହିଳା ଜଣକ ହୋ ହୋ ହୋଇ ହସି ଉଠିଲେ ଉନ୍ମାଦିନୀ ଭଳି। ଯନ୍ତାରେ ସେ ପଡି ସାରିଥିଲା।ହଠାତ ଏଭଳି ପରିସ୍ଥିତିକୁ ଦେଖି ତାମୁଣ୍ଡ କାମ କରୁନଥିଲା।

ମହିଳା ଜଣକ ଏକ ଆକର୍ଷଣୀୟ କାମର ପ୍ରସ୍ତାବ ଦେଲା ଭଳି ତାକୁ କହିଲେ, ଆପଣ ମତେ କତଲ କରି ପାରିବେ ?

ଏମିତି ଏକ ଅଜବ ପ୍ରଶ୍ନରେ ତା ମୁଣ୍ଡ ଘିରଘିରେଇଲା।

ସେ ବେଶିକାଳ ଚୁପ ରହି ନପାରି କହିଲା, ଆପଣଙ୍କ ମୁଣ୍ଡ ଠିକଠାକ ଅଛି ତ ?

ଏ ପ୍ରଶ୍ନର ଉତର ନଦେଇ ମହିଳା ଜଣକ କହିଲେ, ଦେଖନ୍ତୁ ମୁଁ ମରିପାରୁନାହିଁ।

ଟ୍ରେନଲାଇନ,ନଈପୋଖରୀ,ବିଷପାନ,ଛୁରୀଭୁଷା,ଫ୍ୟାନଝୁଲା କିଛି ବି ମୁଁ କରିପାରୁନି।

ସବୁଥିରୁ ବିଫଳ ହୋଇଛି।

ମୁଁ ଚାହେଁ ମୃତ୍ୟୁର ଶୀତଳ ଆଲିଙ୍ଗନ।

ମୃତ୍ୟୁକୁ ଏନଜ୍ଞୟେ କରିବାକୁ ଚାହେଁ।

ଜୀବନଠାରୁ ମୃତ୍ୟୁକୁ ମୁଁ ଅଧିକ ଭଲପାଏ। ପିଲାଟିଦିନରୁ ମୁଁ ଖୋଜି ଆସିଛି ମୃତ୍ୟୁର ବିଭୀଷିକା।

କେବଳ ମୃତ୍ୟୁ...ମୃତ୍ୟୁ ଆଉ ମୃତ୍ୟୁ।

ସିଏ ଗୋଟିଏ ଜାଗାରେ ସ୍ଥାଣୁ ହୋଇଠିଆ ହୋଇଥାଏ। ଚାହିଁଲେ ବି ସେ ସ୍ଥାନଛାଡି ଆସି ପାରୁନଥାଏ।

ମହିଳାଜଣକ ତାକୁ ଏକପ୍ରକାର ସମ୍ମୋହନ କରିଦେଲା ଭଳି ସେ ସେମିତି ଛିଡା ହୋଇରହିଥାଏ।

ସମ୍ମୋହନ ବିଦ୍ୟା ଜାଣନ୍ତି କି ମହିଳା !

ମହିଳାଜଣକ ଆଲମାରୀରୁ ସୁନାଗହଣା,ଟଙ୍କାଟୋକର ଆଣି ଟିପୟ ଉପରେ ଥୋଇଲେ।

ତାସାଙ୍ଗକୁ ଚକଚକ କରୁଥିବା ଗୋଟେ ଚାଇନିଜ ଚାପଡ।

ଚାପଡଟାକୁ କୁଆଡେ ସିଏ ଅନଲାଇନରେ ଗୋଟେ ସପିଙ୍ଗ ସାଇଟରୁ କିଣିଥିଲେ ନିଜକୁ ହତ୍ୟା କରିବାପାଇଁ।

ସେ ଚାପଡଟାକୁ ତାହାତକୁ ବଢେଇ ଦେଲେ ଆଉ କହିଲେ, ଏ ଗହଣାଗାଣ୍ଠି ଆଉଟଙ୍କାଟୋକର ସବୁ ତୁମର ମତେ ଏଥର କତଲ କର। କିଛି ବି ଅସୁବିଧା ହେବନି ଏଇ ଦେଖ ମୁଁ ସୁଇସାଇଡାଲ ନୋଟ ଲେଖିଦେଇଛି । ସାମ୍ନାରେ ବି ଦସ୍ତଖତ କରି ଦେଉଛି।

ଫିଙ୍ଗର ପ୍ରିନ୍‌ଟକୁ ଡରୁଛ ଯଦି ଏଇ ଗ୍ଲୋବସ ପିନ୍ଧିନିଅ। ଚାପଡଟା ଏଠି ଛାଡିବନି କୋଉ ନୂଆ ଘରର ଫ୍ଲୋରିଂ କାମ ଚାଲୁଥିବ। ତଳେ ପୋତିଦେବ। ତାଉପରେ ଫ୍ଲୋରିଂ ହେଇଯିବ ଯେ କେହି ଜାଣିବେନି।

ହଁ ଯିବାପୂର୍ବରୁ ବାହାରପଟୁ ଘର ତାଲା ପକାଇଦେବ।

ମୋ ଘରେ କି ଆଖପାଖ ଏରିଆରେ କୋଉଠି ବି ସିସିଟିଭି ନାହିଁ। ସିସିଟିଭି ଫୁଟେଜରୁ ଧରାପଡିବାର ଭୟ ବି ନାହିଁ।

ବେଶି ଗୋଟେ ଡେରି କରନିମ ଏବେ ଖାଁ ଖାଁ ଦ୍ୱିପ୍ରହର। କେହି କୁଆଡେ ନାହାଁନ୍ତି। କାମ ବଢେଇ ଦିଅ।

ଯଦି ନର୍ଭସ ଲାଗୁଛି ଗୋଟେ କାମ କର।

ହୁଇସ୍କି ବୋତଲଟା ସେପଟେ ଥୁଆ ହେଇଛି। ଦି ପେଗ୍ ଚଢେଇ ଦିଅ। ଆଉ ଆରାମରେ କତଲ କର।

କତଲ ପାଇଁ ପ୍ରଫେସନାଲିଜିମ ନୁହେଁ କଲିଜା ଦରକାର କଲିଜା।ଛାତିର କଲିଜାକୁ ଟାଣ କର।

ତାଛଡା ଈଶ୍ୱରଙ୍କ ଦରବାରରେ ତମେ ବି ଦୋଷୀ ନୁହଁ। ମୋ ସହମତିରେ ତମେ ମତେ କତଲ କରୁଛ। ଏଥିରେ ପାପଫାପ କିଛି ନାହିଁ।

ସିଏ ଚାପଡଟାକୁ ହାତରେ ଧରିଥିଲା। କିନ୍ତୁ ତାର ସର୍ବାଙ୍ଗ ଶରୀର ଥରୁଥିଲା ବରଡାପତ୍ର ପରି।

ମହିଳାଜଣକ ତାକୁ ଧକ୍କାଟେ ପକେଇ ଚାପଡଟା ଛଡେଇ ନେଲେ ଆଉ ବେକରେ ଲଗେଇଦେଲେ ।

ଦି ସେକେଣ୍ଡ ଭିତରେ ଗଣ୍ଡିମୁଣ୍ଡ ଅଲଗା । ଚଟାଣରେ ଲୋଟି ପଡିଲା ଅସାଡ ଦେହ । ଘରସାରା ପିଚ୍ ପିଚ୍ ରକ୍ତ ।

ଖଣ୍ଡେଦୂରରେ ଛିନ୍ନମୁଣ୍ଡଟି ଜୀବନକୁ ଜୟ କରି ମୃତ୍ୟୁକୁ ଉପଭୋଗ କରୁଥିଲା ।

ସିଏ ଅତିସନ୍ତର୍ପଣରେ ବାହାରି କବାଟରେ ତାଲା ପକେଇଲା ।

ବାଇକରେ ଷ୍ଟାର୍ଟ କଷି ଆଗକୁ ବଢିଲା ।

ବାଇକ୍ ଆଗଦେଇ ଚାଲିଗଲା ଗୋଟେ ଭୁଆ ବିଲେଇ ।

■

ଅବଶିଷ୍ଟ ପୃଥିବୀ

ବିଶାଳ ଏ ବିଶ୍ୱରେ ଛୋଟ ଗୋଟେ ଜାଗା ତିରିଂ। ସେଇ ଛୋଟ ଜାଗାରେ ଗୋଟେ ଛୋଟିଆ ଦୋକାନ ଆଉ ତା ଭିତରେ ବସିଥାଏ ପଞ୍ଚବତୀ ବାସ୍କେ।

ଦୋକାନ ଭିତର ଓ ତା ସାମ୍ନା ଭାଗରେ ଯେତିକି ଭୂଖଣ୍ଡ ଦିଶେ ସେତିକି ହିଁ ତାର ଦୁନିଆ। ସେତିକି ପରିଧି ଭିତରେ ତାର ଆତଜାତ, ଜୀବନ ଜୀବିକା। ସ୍ୱପ୍ନ,ସମ୍ଭାବନା ଓ ସବୁକିଛି।

ପଞ୍ଚବତୀ ପ୍ରଚଣ୍ଡ ଭାବେ ଜୀବନକୁ ବୁଝେ। ତା ଅନୁଭବରେ ଜୀବନ କହିଲେ ହରେଇଦେବା ଓ ପାଇବାର ସଂଘର୍ଷ। ସବୁକିଛି ହରେଇଦେଇ କେମିତି ଏକାଏକା ଜୀବନକୁ ଜିଇଁ ହୁଏ ତାଠାରୁ କିଏ ବା ଅଧିକ ବୁଝିଛି ? ଛୋଟ ଦୋକାନଟା ତାର ସାହସ ଓ ସମ୍ବଳ। ସେଇ ଗୁମୁଟି ଭିତରେ ଥାଏ ହରେକ ରକମ ଜିନିଷ, ଚାପତିରୁ ଚାବିକାଠି ଯାଏ।

ପଞ୍ଚବତୀ ପଅଁଷଠି ବର୍ଷର ବୃଦ୍ଧା। କଷ୍ଟା ଶାଢିଟେ ଗୋଇଠି ଉପରକୁ ପିନ୍ଧି ମୁଣ୍ଡରେ କୁସୁମ ତେଲ ମାଖି ମାଙ୍ଗକାଟି ସେ ସର୍ବଦା ଚଳଚଞ୍ଚଳ। ସାମ୍ନାରେ ମାଉସୀ ପଛପଟେ ବୁଢୀ ସମ୍ବୋଧନ। ଯିଏ ଯାହା କହୁ ତା ଦୋକାନ ଗୋଟେ ନିର୍ଭରଯୋଗ୍ୟ ପ୍ରତିଷ୍ଠାନ।

:ମାଉସୀ ଅଣ୍ଡା ଅଛି ବଡ଼ ବଡ଼ ଅଣ୍ଡା।

ଏଇ ଡାକକୁ ସେ ଯେମିତି ଅନିଶା କରିଥାଏ। ହଳଦୀପୋଖରୀ ହାଟରୁ ବାଛି ବାଛି ବଡ଼ ଅଣ୍ଡା ସେ ଆଣେ। ଏଇ ବଡ଼ ଅଣ୍ଡା ନେବାକୁ ତାପାଖକୁ ଛୁଟି ଆସନ୍ତି ଆଖପାଖର ଲୋକେ।

ଖାଲି ଅଣ୍ଡା କାହିଁକି ଗୁଟଖା,ଖଇନି,ଗୁଣ୍ଡି, ବିଡି, ସିଗାରେଟ। ସାବୁନ,ତେଲ,ଲୁଗାସଫା ପାଉଡର,ବିସ୍କୁଟ, ଚକଲେଟ। ନିତ୍ୟାବଶ୍ୟକ ତେଜରାତି ଜିନିଷ ଓ ଶସ୍ତା କସମେଟିକ ତା ଛୋଟ ଦୋକାନରେ ମହଜୁଦ। ଦୋକାନ ଭିତରେ କଡେଇ, ଡେକଚି,ଷ୍ଟୋଭ ଖଣ୍ଡେ; ଦିଟାକଣ ଫୁଟେଇ ଖାଏ। ଖଟିଆ ଖଣ୍ଡେ ଅଛି ସେଇଠି ସେ ଶୋଇଯାଏ।

ତିରିଂ ସରକାରୀ କଲେଜ ଗେଟ୍ କଡ଼ରେ ପଞ୍ଚବତୀ ବାସ୍କେର ଦୋକାନ। ଥାନା ଛକ ପାଖରେ ବଜାରଟେ ଅଛି କିନ୍ତୁ ଦୂର। ତେଣୁ କଲେଜ ପାଖାପାଖି ଲୋକଙ୍କର ଆବଶ୍ୟକତାକୁ କିଛି କିଛି ଏହି ଦୋକାନ ପୂରଣ କରେ। ସକାଳ ଛଅରୁ ରାତି ଦଶ ଭିତରେ ଡାକ ପାରିଲେ ମାଉସୀ ଶୁଣେ। ଜିନିଷ ବଢେଇଦିଏ ତାର ସେଇ ଅଣଓସାରିଆ ଠଣା ବାଟେ। କିନ୍ତୁ ଗୋଟିଏ ସର୍ତ ଯାହାନେବ ନଗଦ ବାକିର ପ୍ରଶ୍ନ ନାହିଁ। ବାକି ନେଇ ଲୋକ ଫାଙ୍କି ଦେବେ। ତେଣୁ ମୂଳରୁ ବାକି ଦବା ଉପରେ ରୋକ ଲଗାଇଛି ସେ। ଦୋକାନ ଭିତରୁ ରୋକଠୋକ କହେ,ଟଙ୍କା ଆଣିଛୁ ଯଦି ଜିନିଷ ନେ ନହେଲେ ଯୋଉବାଟରେ ଆସିଥିଲୁ ସେଇବାଟରେ ଯା। ବେପାର କଥାରେ ସେ କାହାକୁ ଛାଡେ ନାହିଁ। କିନ୍ତୁ ମନ ହେଇଥିଲେ ଗଲା ଆଇଲା ଲୋକଙ୍କୁ ଖଇନିରୁ ଟିପେ, ଚା'ପାଣି ଟୋପେ ଖାଇବାକୁ ଦିଏ।

ପଞ୍ଚବତୀ ବାସ୍କେ କାହୁଁ ଆସିଲା, କେମିତି ଏଠି ରହିଲା ଏନେଇ ନାନାଦି କାହାଣୀ ଶୁଣିବାକୁ ମିଳେ। ନିଜ ସଂପର୍କରେ ଯଦିଓ ସେ କେବେ କିଛି ତଥ୍ୟ ବାହାର ଲୋକଙ୍କ ଆଗରେ ରଖେନି। ତା ବିଷୟରେ କିଛି ପଚାରିଲେ ନିରବି ଯାଏ। କଥାକୁ ବାଆଁରେଇ ଭିନ୍ନ କଥା ଆଲୋଚନା କରେ। ତା ଇତିହାସ ତାପାଖରୁ ଶୁଣିବା କାଠିକର ପାଠ।

ହପନା ହାଁସଦା କହେ, ପଞ୍ଚବତୀର ପ୍ରକୃତ ଘର ଝାଡ଼ଖଣ୍ଡରେ। ତାର ଜନ୍ମ ଚାଏଁବସା ଚକ୍ରଧରପୁର ମଝାମଝି ମନହରପୁର ଗାଁରେ। ଜାମସେଦପୁର ସୁନ୍ଦରନଗରରେ ଶାଶୁଘର। ସ୍ୱାମୀ ଟାଟା ଇସ୍ପାତ କାରଖାନାରେ କାମ କରୁଥିଲା। କାରଖାନାରେ ବଏଲର ଫାଟି ମରିଗଲା। ବାହାଘରର ମାତ୍ର ଦୁଇବର୍ଷ ପରେ ସ୍ୱାମୀକୁ ହରେଇ ବିଚାରି ନିଃସହାୟ ହେଇଗଲା। କୋଳରେ ପିଲାଟିଏ ନାହିଁ, ଆଗକୁ ବଞ୍ଚିବାର ରାହା ନାହିଁ। ଦିଅରମାନେ ତାସମ୍ପତ୍ତିକୁ ହଡପ କରିନେଲେ। ମୁଣ୍ଡ ଗୁଞ୍ଜିବାକୁ ଘରଟିଏ ବି ଦେଲେନି। ବାପଘରକୁ ଫେରିବାକୁ ତାର ଇଚ୍ଛା ନଥିଲା। ବାପା ତ କାହିଁ କେଉଁ କାଳରୁ ଆରପାରିକୁ ଚାଲିଯାଇଛି। ଭାଇ ଘରେ ରହିବାକୁ ତା ମନ ଡାକିଲାନି। ଦିଖଣ୍ଡ ଲୁଗା, ବାସନଦିଖଣ୍ଡ ଧରି ସେ ଚାଲି ଆସିଲା ଝାଡଖଣ୍ଡ-ଓଡ଼ିଶାର ଏହି ସୀମାନ୍ତ ଗାଁକୁ। ଚାଳିଶ ବର୍ଷ ଯାଭିତରେ ଚାଲିଗଲାଣି ପଞ୍ଚବତୀ ଆଉ କେବେ ପଛକୁ ଫେରି ଚାହିଁନି।

ଯେଉଁଦିନ ଶାଶୁଘରୁ ସେ ଗୋଡ଼ କାଢି ଆସିଥିଲା ସେ ଜାଣିନଥିଲା କେଉଁଠି କି ଯିବ, କଣ କରିବ। ବାଦାମପାହାଡ଼ ଆସୁଥିବା ଗୋଟେ ଟ୍ରକରେ ଡ୍ରାଇଭରକୁ ନକହି ଡାଲାରେ ଚଢିଯାଇଥିଲା। ତିରିଂ ଛକରେ ଡ୍ରାଇଭର ଚା'ପିଇବାକୁ ରଖିଲାବେଳେ ସେ ସେଇଠି ଓହ୍ଲେଇପଡ଼ିଥିଲା। ଛୋଟ ଛକଟିରେ ସ୍ତ୍ରୀଲୋକଟିଏ ଇତସ୍ତତ ହୋଇ କେତେ ସମୟ ବା ବୁଲିବ। ଯିଏ ଦେଖିଲା ସିଏ ପଚାରିଲା,କୋଉଠୁ ଆସିଲ କୁଆଡେ ଯିବ। ସଂଧ୍ୟା ହେଲାରୁ ପଞ୍ଚବତୀ କୁଆଡେ ଯିବ କେଉଁଠି ରହିବ ଜାଣିପାରୁନଥାଏ। ତିରିଂ ବ୍ଲକରେ ଗୋବିନ୍ଦ ପଣ୍ଡା ବୋଲି ଜଣେ ପିଅନ ଥାଏ। ସିଏ ପଞ୍ଚବତୀକୁ ନିଜ ଘରକୁ ଡାକି ନେଲା। ତା ସ୍ତ୍ରୀ ତାକୁ ଦେଖି ପ୍ରଥମେ ଗରଗର ହେଲେ ବି କାମ ପାଇଟିରେ ସାହାଯ୍ୟ ଲୋଭରେ ପଞ୍ଚବତୀକୁ ଘରେ ରଖିଲା। କିଛି ମାସପରେ ନିଜର ଝୁମ୍ପୁଡ଼ିଟେ କରି ପଞ୍ଚବତୀ କଲେଜ ପାଖାପାଖି ରହିଲା।

ପେଟ ପାଇଁ ମୁଠେ ଦାନା ଯୋଗାଡ଼ କରିବାକୁ ପ୍ରଥମେ ପ୍ରଥମେ ପଞ୍ଚବତୀକୁ କିଛି କମ୍ କଷଣ ସହିବାକୁ ପଡ଼ିନି। ଇଟାଭାଟିରେ ମୂଲ ଲାଗିବାକୁ ପଡ଼ିଛି, ଅନ୍ୟ ଘରେ ବାସନ ମାଜିବାକୁ ପଡ଼ିଛି। ପେଟରୁ କାଟି ସେ ଗୋଟିଏ ଗୋଟିଏ ଟଙ୍କା ସଞ୍ଚୟ କରିଛି ଏବଂ ସେହି ଟଙ୍କାରେ ଆରମ୍ଭ କରିଛି ନିଜର ଦୋକାନ। ଦୋକାନ କଲାପରେ ତାକୁ ଆଉ ବାରଦୁଆର ବୁଲି କାମ କରିବାକୁ ପଡୁନି।

ମଣିଷର ଜନ୍ମ ମାଟିରେ । ସେ ମାଟି କେଉଁ ଦେଶର କେଉଁ ରାଜ୍ୟର ତାହା ଖୋଜ ନାହିଁ। ଯିଏ ଯେଉଁଠି ରହିଲା ସେଇଟା ତାର ଠିକଣା। କେଉଁଠୁ ଆସିଥିଲା, କେବେ ଆସିଥିଲା,କେମିତି ଆସିଥିଲା ତାହା ବଡ଼କଥା ନୁହେଁ ଯେଉଁଠି ବି ଯେମିତି ବଞ୍ଚି ରହିଛି ସେଇଟା ବଡ଼କଥା। ପଞ୍ଚବତୀ ଏକଥା ବୁଝେ, ପଛକଥା ଭାବେ ନାହିଁ। ବର୍ତ୍ତମାନକୁ ନେଇ ସେ ବଞ୍ଚେ। ଭବିଷ୍ୟତ କଥା କେବେ ଚିନ୍ତା କରେନି।

ପଞ୍ଚବତୀ ମଦ ପିଏ। ରସି କି ହାଣ୍ଡିଆ ନୁହେଁ ପୂରା ଇଂଲିସ ଦାରୁ। ଅଶୋକ ଗୁପ୍ତା ଦୋକାନରୁ ଆଣି ଏକାଏକା ପିଏ। ମଦ ପିଇବା ତାର ମୁଡ୍‌ର କଥା ତାହାପୁଣି ସଞ୍ଜବେଳେ। ପ୍ରତିଦିନ ସେ ପିଏ ନାହିଁ କିନ୍ତୁ ସପ୍ତାହକୁ ଚାରିଥର ନିଶ୍ଚୟ ସେ ପିଏ। ମଦ ପିଇଲେ ବାଟଗଲା ଲୋକଙ୍କୁ ଗାଳିଦିଏ ଅଶ୍ରାବ୍ୟ ଗାଳି। କେହି କିଛି କହନ୍ତିନି। ବୁଢୀଟାକୁ କିଏ ବା କଣ କହିବ। ନିଶାରେ ସିଏ ମାଟିରେ ଲୋଟି ପଡେ। ଜହ୍ନ ଆଲୁଅରେ ଦୋକାନ ଆଗରେ ଶୋଇପଡେ। ମଦ ପିଇଲେ ସେ ନିଜ ମାତୃଭାଷା ସାନ୍ତାଳୀରେ ଗୀତ ଗାଏ। ଜୀବନର ଗୀତ। ତାର ଗାୟନରେ ସୁର ଥାଏ ହେଲେ ଲୟ ନଥାଏ। କେତେବେଳେ ହସେ କେତେବେଳେ କାନ୍ଦେ। ନିଶା ଛାଡିଗଲେ ତୁନି ହୋଇ ବସେ।

ପଞ୍ଚବତୀ ସବୁବେଳେ ଗାଏ ତାର ସବୁଠୁ ପ୍ରିୟ ଗୀତ-

'ଏ ଦୁଲାର ଇଞ୍ଜ ମେ
ଏ ଦୁଲାର ଇଞ୍ଜ ମେ
ଚାମ୍ ସୋରମ ଓ କାନ୍,
ନୋଓ୍ବା ରିଲମାଲା ନିକୋଲ ବେଦାରେ
ହନ୍ ନୋଓ୍ବା ରିଲାମାଲା ନିକୋଲ ବେଦାରେ
ଓକୋଇ ହୋ ବାଙ୍ଗକୋ ନେ ଲାଙ୍ଗ
ଏନେଜ ଆଲାଙ୍ଗ ସେରେଞ୍ଜ ଆଲାଙ୍ଗ ।'

(ଭଲ ପାଅ ମତେ ଭଲ ପାଅ/ କାହିଁକି କରୁଛ ଲାଜ/ ଏ ନିରବ ନିଶବ୍ଦ ବେଳାରେ/ହଁ ଏଇ ନିରବ ନିଶବ୍ଦ ବେଳାରେ/ କେହି ବି ଦେଖୁନାହାନ୍ତି ମତେ / ଚାଲ ନାଚିବା, ଗାଇବା ଗୀତ ।)

ଗୀତ ଗାଇ ଗାଇ ପଞ୍ଚବତୀ ବେଦମ ହୁଏ । ଅତୀତକୁ ଭୁଲିଯିବାକୁ ଚେଷ୍ଟା କରେ । ଦୁଃଖକୁ ଭୁଲିବାକୁ ସତେ ଯେମିତି ସେ ମଦ ପିଏ, ଗୀତ ଗାଏ । ସକାଳକୁ ନିଶା ଛାଡିଗଲେ ସେ ଗାଳି, ଗୀତ ସବୁକିଛିକୁ ଭୁଲିଯାଏ । ସୁଧାର ମଣିଷଟେ ପାଲଟିଯାଏ । ଯେମିତି କିଛି ଘଟିନଥିଲା ।

ସନ୍ତାନସନ୍ତତି ନଥିବା ଗୋଟେ ବିଧବାର ଅସରନ୍ତି ଦୁଃଖକୁ ମୁଣ୍ଡେଇ ପଞ୍ଚବତୀ ଜିଉଁଥାଏ ପ୍ରତି କ୍ଷଣ, ପ୍ରତି ଦିନ । ଗୋଟେ ଲୋକ ଜିଇଁବା ପାଇଁ କେତେ ବା ଖର୍ଚ୍ଚ । ସେ ବହୁତ ଟଙ୍କା ରଖିଛି ଲୋକେ କୁହାକୁହି ହୁଅନ୍ତି । କିଏ କହେ ବ୍ୟାଙ୍କରେ ସେ ଟଙ୍କା ରଖୁଛି । ଆଉ କିଏ କହେ ମାଠିଆରେ ପୂରେଇ ମାଟି ତଳେ ରଖିଛି ପ୍ରଚୁର ଟଙ୍କା । ପଞ୍ଚବତୀକୁ ଏକଥା କହିଲେ ସେ ହୋ ହୋ ହେଇ ହସେ । କଥାର ମୋଡ ବଦଳାଏ ।

ତିରିଂ ସରକାରୀ କଲେଜରେ କନିଷ୍ଠ କିରାଣୀ ଭାବେ ଜଏନ କରିବାର ପ୍ରଥମଦିନ ହିଁ ମୋର ଭେଟ ହେଇଥିଲା ତାହାସହ । କଲେଜ ଗେଟ୍‌କୁ ଲାଗି ତାର ଦୋକାନ ତେଣୁ ପ୍ରଥମେ ଆଖି ସେଇଆଡକୁ ଚାଲିଯିବା ସ୍ୱାଭାବିକ । ମୋର ଚା ପିଇବା ଅଭ୍ୟାସ । ମୁଁ ସେଇଆଡେ ମୁହାଁଇଲି ।

:ମାଉସୀ ଚା' ମିଳିବ ?

ଦୋକାନ ଭିତରେ ଷ୍ଟୋଭ,ସସପେନ୍ସ ଦେଖି ମୁଁ ଉତ୍ସୁକତାର ସହ ପଚାରିଥିଲି ।

:ଚା' ଏଠି ନାଇଁ ବିକେ । ଯଦି କରେ ନିଜର ଲାଗି । ପିଇବତ କରିଦେମି ।

ସତକୁ ସତ ସେ ଖାସ୍ ମୋ ପାଇଁ ଚା' ବନେଇଲା ଆଉ ପିଏଇଲା ।

ପଇସା ଦେବାରୁ କହିଲା, ତୋର ଆଜି ଏଠି ପହଲା ଦିନ। କି ଲାଗି ପଇସା ରଖମି।

ସେଇ ପ୍ରଥମଦିନରୁ ବୁଢୀ ସଙ୍ଗେ ମୋର ଭାବ ଜମିଯାଇଥିଲା। ସନ୍ଧ୍ୟାବେଳେ ମୁଁ ତା ଦୋକାନ ପାଖରେ ବେଶିରୁ ବେଶି ସମୟ ବିତାଉଥିଲି। ପହଁଚୁ ପହଁଚୁ ସିଏ ପ୍ଲାଷ୍ଟିକ ଚେୟାରଟିଏ ମୋପାଇଁ ପକେଇଦିଏ। କାଳେ ମଶା ଲାଗିବେ ଅଣ୍ଡା ଖୋଳ ଗୋଟେ ଯଥେଷ୍ଟ ଦୂରତାରେ ଜଳାଇଦିଏ। ବଢେଇଦିଏ ବାମ୍ପ ଉଠା ଚା' ଗ୍ଲାସଟିଏ।

ଦିନେ ଆମ କଲେଜର ପିଅନ ରତନ ସୋରେନ କହିଲା, ଆପଣ ବୁଢୀ ସହ ବେଶି ମିଶିବେନି।

:କିନ୍ତୁ କଣ ପାଇଁ ଅସୁବିଧା କେଉଁଠି ?

: ଆପଣ ତା ବିଷୟରେ କିଛି ଜାଣିନାହାନ୍ତି, ସିଏ ଗୋଟେ ଡାହାଣୀ।

:ଡାହାଣୀ !

ମୁଁ ଚମକି ପଡ଼ିଲି।

: ହଁ ଦିନବେଳେ ସିଏ ଠିକ ଥାଏ। ରାତି ଅଧରେ ଡାହାଣୀ ପାଲଟିଯାଏ। ଉଭା ଲଙ୍ଗଳା ହେଇ ପଡ଼ିଆରେ ଯାଇ ଘୁଅ ଚରେ। ସେ ସମୟରେ ତା ହାବୁଡରେ ପଡ଼ିଲେ ପ୍ରାଣ ଯିବା ସୁନିଶ୍ଚିତ। ଥରେ ଲାଖାଇ ମୁର୍ମୁ ହଜିଥିବା ଛେଳିକୁ ରାତିରେ ଖୋଜିବାକୁ ଯାଇ ତାକୁ ଭେଟେଇଥିଲା, ତିନିଦିନ ଜର ହେଲା ତାପରେ ଲାଖାଇ ସଫା। ଆଉଥରେ ଅର୍ଜୁନ ମହାନ୍ତ ତା ହାବୁଡ଼ରେ ପଡିବା ଆଗରୁ ବୁଦା ମୂଳରେ ଲୁଚିଗଲା। ନହେଲେ ତାର ବି ପ୍ରାଣ ଯାଇଥାନ୍ତା। ନଳକନ୍ଦ ଗୁଣିଆ ଥରେ ପଡ଼ିଆ ମଝିରେ ବୁଢୀକୁ ମନ୍ତୁରା ପାଣି ଛାଟି ଏମିତି ହଲାପଟା କଲା ଯେ ସିଏ ଖାଲି ଚକ୍କର କାଟିଲା। ଲୁଗାପଟା ନେଇ କେମିତି ଯିବ ବାଟ ପାଇଲାନି। ଖାଲି ଗୋଡ଼ହାତ ତଳେ ପଡ଼ିଲା।

: ଆପଣଙ୍କର ଯଦି ବିଶ୍ୱାସ ହେଉନି ଥରେ ସିଧାସଳଖ ତା ଆଖିକୁ ଦେଖନ୍ତୁ। ତା ଆଖି ପୂରା ଡାହାଣୀ ଆଖି। କେବେ ବି ସିଏ ଆଖିରେ ଆଖି ମିଳେଇ ପାରିବନି ଖାଲି ମୁହଁକୁ ଏଣେ ତେଣେ କରିବ।

ରତନକୁ କି ଜବାବ ଦେବି ମୁଁ ଜାଣିପାରୁନଥିଲି। କାଇଁ ଅନ୍ୟକେହି ତ ବୁଢୀ ସଂପର୍କରେ ଏମିତି ତଥ୍ୟ ମତେ ଦେଇନଥିଲେ। ତାଛଡା ମୋର ଡାହାଣୀ ଚିରଗୁଣୀ ଆଖ୍ୟାନରେ ବିଶ୍ୱାସ ନଥିବାରୁ ତାକଥାକୁ ମୁଁ ଏତେଟା ଗୁରୁତ୍ୱ ଦେଇନଥିଲି।

ସତରେ କଣ ପଞ୍ଚବତୀ ଗୋଟେ ଡାହାଣୀ !

ଭୀମ ମହାନ୍ତ କି ହପନା ହାଁସଦା ତ କେବେ ମତେ ଏକଥା କହନ୍ତି ନି।

ବୁଝିଲାବେଳକୁ ରତନର ବୁଢୀ ସହ ଆଦୌ ପଟେନି। ବୁଢୀ ଦୋକାନରୁ ସିଏ ବାକିରେ ଜିନିଷ କିଣାକିଣି କରେ। ବାକି ଟଙ୍କା ବୁଢୀ ମାଗିବାରୁ ସେମାନଙ୍କ ଭିତରେ ବହୁତ ଝଗଡ଼ା ହେଇଥିଲା। ସେଦିନରୁ ରତନ ତା ଦୋକାନ ମାଟି ମାଡେନି। ମୁଁ ନୂଆଲୋକ ବୁଢୀ ସହ ଏତେ ଭାବ ସେ ସହିପାରେନି। ତେଣୁ ମନଗଢା କାହାଣୀ ମତେ ଶୁଣେଇଥିଲା।

କଲେଜ ଗେଟ୍ କଡରେ ବୁଢୀର ଦୋକାନ କରିବା ନିୟମ ବିରୁଦ୍ଧ ହେଲେ ବି ଉପାନ୍ତ ଅଞ୍ଚଳ ଯୋଗୁଁ ଚଳିଯାଉଥିଲା। ଏମିତିରେ ଦେଖିବାକୁ ଗଲେ ଶିକ୍ଷାନୁଷ୍ଠାନ ନିକଟରେ ଦୋକାନ କରିବା, ତମାଖୁ,ସିଗାରେଟ ବିକିବା ଆଇନ ସମ୍ମତ ନୁହେଁ । ବୁଢୀ ଦୋକାନ ନିକଟରେ ବହୁ ସମୟରେ ଅଣଛାତ୍ରଙ୍କର ଆଡ୍ଡା ଜମୁଥିଲା। କଲେଜ ଆସୁଥିବା ପିଲାଙ୍କ ଉପରେ ଏହାର କୁପ୍ରଭାବ ସିଧାସଳଖ ପଡୁଥିଲା। ଏସବୁ ବାଦ୍ ବି ଦୋକାନ ହଟେଇବା ନେଇ କଲେଜ ପକ୍ଷରୁ କେବେ ବି ଚିନ୍ତା କରାଯାଉନଥିଲା। ଅସହାୟ ବୁଢୀଟିଏର ଜୀବନ ଜୀବିକାର କଥାକୁ ଧ୍ୟାନରେ ରଖି ସମସ୍ତେ ସମ୍ବେଦନଶୀଳ ହୋଇ ଉଠୁଥିଲେ। ଦୋକାନ ଭାଙ୍ଗିଗଲେ ବିଚାରୀ କେତେ ଯେ କଷ୍ଟ ନପାଇବ।

ଭଦ୍ରକ ରାଣୀତାଲ ନିକଟରେ ସ୍କୁଲରୁ ଫେରିବାବେଳେ ଗୋଟେ ଟ୍ରକ ଧକ୍କାରେ ଛଅଜଣ ଛାତ୍ରଛାତ୍ରୀଙ୍କ ମୃତ୍ୟୁ ଖବର ସାରା ରାଜ୍ୟରେ ଆଲୋଡନ ସୃଷ୍ଟି କରିଥିଲା। ଏ ଖବର ସହ ପଞ୍ଚବଟୀର କୌଣସି ସଂପର୍କ ନଥିଲେ ବି ଏହି ଘଟଣାଟି ପଞ୍ଚବଟୀ ଓ ତା' ଚାରିପଟ ଦୁନିଆର ଚିତ୍ରକୁ ବଦଳେଇ ଦେବାକୁ ଯଥେଷ୍ଟ ଥିଲା। ଏହି ଘଟଣା ଶିକ୍ଷାନୁଷ୍ଠାନର ଛାତ୍ରଛାତ୍ରୀଙ୍କ ସୁରକ୍ଷା ନେଇ ରାଜ୍ୟ ସରକାରଙ୍କ ଆଗରେ ଏକ ବିରାଟ ପ୍ରଶ୍ନବାଚୀ ସୃଷ୍ଟି କରିଥିଲା। କେତେ ସୁରକ୍ଷିତ ଛାତ୍ରଛାତ୍ରୀ ? ଏ ନେଇ ଗଣମାଧ୍ୟମରେ ତମ୍ବିତୋଫାନ ଖେଳିଥିଲା। ସବୁଆଡୁ ଚାପ ପଡିବା ପରେ ଶିକ୍ଷାନୁଷ୍ଠାନର ଛାତ୍ରଛାତ୍ରୀଙ୍କ ସୁରକ୍ଷା ନେଇ ରାଜ୍ୟସରକାର ନୂଆ ନୀତି ପ୍ରଣୟନ କରିବାକୁ ବାଧ୍ୟ ହୋଇଥିଲେ। ଏହି କ୍ରମରେ ଗଣଶିକ୍ଷା ବିଭାଗ ଓ ଉଚ୍ଚଶିକ୍ଷା ବିଭାଗ ପକ୍ଷରୁ ବିଭିନ୍ନ ସ୍କୁଲ ଓ କଲେଜକୁ ନିର୍ଦ୍ଦେଶନାମା ଜାରି କରାଯାଇଥିଲା। ନିର୍ଦ୍ଦେଶନାମାରେ ସ୍ପଷ୍ଟ ଉଲ୍ଲେଖ କରାଯାଇଥିଲା ଶିକ୍ଷାନୁଷ୍ଠାନକୁ ଲାଗି କୌଣସି ଦୋକାନ ରହିବ ନାହିଁ। ମାସକ ମଧ୍ୟରେ ଦୋକାନ ଉଚ୍ଛେଦ କରି ରିପୋର୍ଟ ଦେବେ ସ୍କୁଲ/କଲେଜ କର୍ତ୍ତୃପକ୍ଷ।

ଉଚ୍ଚଶିକ୍ଷା ବିଭାଗରୁ ଏମିତି ଏକ ନିର୍ଦ୍ଦେଶନାମା ଚିଠି ଆମ କଲେଜକୁ ବି ମିଳିଥିଲା।

ପ୍ରିନ୍ସପାଲ ଦୋଳଗୋବିନ୍ଦ ଦାସ ଚିଠିଟି ପଢି ସାରିଲାପରେ ମୋ ମୁହଁକୁ ଚାହିଁଲେ।

:ସାର୍ କଣ କରିବା।

ମୁଁ ପରବର୍ତ୍ତୀ କାର୍ଯ୍ୟପନ୍ଥା ନେଇ ଆତୁରତାର ସହ ପଚାରିଲି।

: ଦେଖନ୍ତୁ ଆମ କଲେଜ କଡରେ କେବଳ ସେ ବୁଢୀର ଦୋକାନ। ଉଚ୍ଛେଦ ପାଇଁ ଆମକୁ ବେଶି କିଛି କସରତ କରିବାକୁ ପଡିବନି। ବୁଢୀକୁ ଏ ଚିଠି ଦେଖେଇ ସିଧାସିଧା କୁହନ୍ତୁ ପନ୍ଦରଦିନ ଭିତରେ ଦୋକାନ ଭାଙ୍ଗିବ।

:ସାର୍ ନିସହାୟ ବୁଢୀଟା। ଦୋକାନ ହିଁ ତାର ସବୁକିଛି। ଉଚ୍ଛେଦ ନକରିବାର କିଛି ଉପାୟ କଣ ନାହିଁ।

କେଜାଣି କାହିଁକି ମୁଁ ଭାବପ୍ରବଣ ହୋଇ କହିଲି।

: କଣ କରିବା ସରକାର ନିର୍ଦ୍ଦେଶ ଦେଇଛନ୍ତି ମାନେ ଆମକୁ ପାଳନ କରିବାକୁ ହିଁ ହେବ।

ପ୍ରିନ୍ସପାଲ ନିଜର ଅସହାୟତା ପ୍ରକାଶ କଲେ।

ପଞ୍ଚବତୀ ବାସ୍ନେକୁ ଏକଥା କେମିତି କହିବି ମତେ ବଡ଼ ଅପ୍ରସ୍ତୁତ ଲାଗୁଥାଏ। କେମିତି ବା ତାକୁ ରୋକଠୋକ୍ କହିହେବ ସରକାରୀ ନିର୍ଦ୍ଦେଶ ଆସିଛି, କଲେଜକୁ ଲାଗି ଦୋକାନ କରିବା ବେଆଇନ। ପନ୍ଦରଦିନ ଭିତରେ ଏଠୁ ଦୋକାନ ଭାଙ୍ଗି ଭାଗ୍। ନଗଲେ ଦୋକାନ ଭାଙ୍ଗି ଦିଆଯିବ।

ପଞ୍ଚବତୀ ବୁଢୀ ଦୋକାନଟି ଭିତରେ ବସି ଦୂର ଆକାଶକୁ ଚାହିଁଥାଏ।

: ମାଉସୀ କି କରୁଛ ?

ମୋ ଡାକରେ ବୁଢୀ ଅନ୍ୟମନସ୍କତା ଭାଙ୍ଗି ମତେ ଅନେଇଲା।

: ମାଉସୀ ଗୋଟେ କଥା କହିବାର ଅଛି।

: କି କଥା କହିତେ ଭାବୁଛୁ କହ। ନୂଆ ଲୁକଟା ଭଳି ହୋଉଛୁ ଯେ।

ଅସଲ କଥାଟା କହିବାକୁ ମୁଁ ଭିଡିମୋଡି ହୋଇ ସାହସ ଜୁଟେଇଲି।

: ମାଉସୀ! ତମକୁ ଏଠୁ ଦୋକାନ ଭାଙ୍ଗିବାକୁ ହେବ। ସରକାରୀ ଅର୍ଡର ଆସିଛି କଲେଜ ପାଖରେ ଦୋକାନ ରହିବନି। ପନ୍ଦରଦିନ ଭିତରେ ଅନ୍ୟ ବ୍ୟବସ୍ଥା କରି ଏଠୁ ହଟିଯାଅ।

ଏତିକି ଏକାନିଶ୍ୱାସକେ କହିସାରି ସମ୍ଭାବ୍ୟ ପ୍ରତିକ୍ରିୟା ଅପେକ୍ଷାରେ ରୁମାଲରେ ମୋ ମୁହଁର ଝାଳ ପୋଛିଲି।

କିଛି ସମୟର ମହାନିରବତା ଭାଙ୍ଗି ଲୁଗା କାନିକୁ ସଜାଡି ସେ କହିଲା, 'ଦୋକାନ ହଟେଇତେ ସରକାର ଯଦି କହୁଛି ମୁଇଁ କି ଲାଗି ଏଠି ରହିମି। ନିୟମ କେ ମୁଇଁ ବିରୋଧ ନାଇଁ କରେ। କାହାକେ ଗୁହାରି କରବା ବି ମୋର ଜାତକନେ ନାଇଁ ।'

ବୁଢୀର ଜବାବ ଶୁଣିବାପରେ ମୋର ଆଉ ମୁହଁ ନଥିଲା ତାକୁ କିଛି କହିବାକୁ।

ସେଦିନ ରାତିରେ ପଞ୍ଚବତୀ ବାସ୍କେ ପ୍ରଚୁର ମଦ ପିଇଲା। କାହାକୁ ଅଶ୍ରାବ୍ୟ ଭାଷାରେ ଗାଳି କଲା ନାହିଁ କିନ୍ତୁ ଢେର ସମୟ ଯାଏ ରାତିର ନିରବତା ଭାଙ୍ଗି ଗାଇଲା କାରୁଣ୍ୟର ଗୀତ -

'ବୁରୁ ବୁରୁ ପାରମରେ ଗେଲବାଲ ବୁରୁ ପାରମରେ
ଜାନାମ ଆତୁ ଦିଶମ ତିଞ୍ଜଦ,
ଏୟାୟ ଗାଡା ପାରମରେ ରାଶି ଆତୁରେ।
ହୟ ବାଂସେଞ୍ଜ ଗୁରଲାର ରଞ୍ଆଲ
ଚୈଣେ ବାଂ ସିଞ୍ଜ ଉନାଭ ରୁଞ୍ଆଲ
ଚେକାତିଞ୍ଜ ରୁଞ୍ଆଲ ହିଜୁଃ ନେଣ୍ଡା ବେଳାରେ ।
ସୁର ବାଂସେ ଦିନଲାଂ ଞେପେଲ
    ସୁର ବାଂସେ ଦିନଲାଂ ରଣଲ
ଚେକାତେଲାଂ ଞାପାମା ଦୁନାଂ ସଜଞରେ,
ବୁରୁ ବୁରୁ ପାରମରେ ଗେଲବାଲ ବୁରୁ ପାରମରେ...'

(ପର୍ବତ ପର୍ବତ/ ପର୍ବତ ଆରପଟେ/ ବାର ପର୍ବତ ଆରପଟେ ତୁମର ଅବାସ/ ସପ୍ତ ଝରଣାର ଆରପଟେ ମାତୃଭୂମିଟି ମୋର/ ପବନ ନୁହେଁ ଯେ ମୁଁ ବହି ପଳାଇବି/ ଚଢେଇ ନୁହେଁ ଯେ ମୁଁ ଉଡ଼ି ପଳାଇବି/ ସପ୍ତନଈ ଆରପଟେ ମୋ ଆବାସସ୍ଥଳୀ/ ପବନ ନୁହେଁ ଯେ ମୁଁ ବହି ପଳାଇଆସିବି/ ଚଢେଇ ନୁହେଁ ଯେ ଉଡି ଫେରି ଆସିବି/ ତମ ଧାର୍ଯ୍ୟ ସମୟରେ।)

ସେ ଗୀତ ଗାଇ ଗାଇ ଥକିଗଲା ଓ ରାସ୍ତାରେ ଶୋଇ ପଡିଲା ଅବଶିଷ୍ଟ ପୃଥିବୀର ସନ୍ଧାନ ଆଶାରେ।

■

ଅସ୍ତରାଗର ଆଲୋକ

ମୁଁ ଲୁଚି ଲୁଚିକା ଯାଇ ଆଉ ଥରେ ତାଟି ଉହାଡରୁ ଚାହିଁଲି।

ଆମ ସାହିର ସେହି ସଂକୀର୍ଣ୍ଣ ଗଳିରେ କେହି ଆତଜାତ ହେଉନଥିଲେ। ଚାନ୍ଦିନୀ ପାଖରେ ଗାଈଟେ ଶୋଇରହି ପାକୁଳି କରୁଥିଲା। ନିତ୍ୟାନନ୍ଦ ଜେନା ତାଙ୍କ ମୁକୁଳା ଦାଣ୍ଡ ଘରେ ଖଟିଆ ଉପରେ ବସିଥିଲେ। ସିଏ କାନ ପାଖରେ ରେଡିଓଟାକୁ ମାଡିଥିଲେ। ଆଉ ଗୋଟେ ଗାଲରେ ହାତ ରଖି ଥିଲେ। ରେଡିଓ ଶୁଭୁଥିଲା ସଁ ସଁ।

ଭିତର ଘରେ ତାଙ୍କ ପୁଅ ବାବାଜୀ ଚବର ଚବର ହଉଥିଲା ତା ସ୍ତ୍ରୀ ସାଙ୍ଗେ। ଘରୋଇ ମାମଲାକୁ ନେଇ ସିଏ ଏମିତି ଚବର ଚବର ହୁଏ।

ଘର ଭିତରେ ପ୍ରକୃତରେ ସବୁ ଠିକଠାକ ଚାଲିଛି ନା କିଛି ଅପ୍ରୀତିକର ପରିସ୍ଥିତି ଅଛି ଏକଥା ଠଉରେଇବା ମୋର ଉଦ୍ଦେଶ୍ୟ ଥିଲା।

ବାବାଜୀ ଅନେକ ସମୟରେ ତାର ବାପାଙ୍କୁ ଠିକରେ ଦେଖାରଖା କରେ ନାହିଁ। ତା ସ୍ତ୍ରୀ କଥାରେ ପଡ଼ି ଉଲମବିଲମ କରେ। ମୁଁ ଏକଥା ଜମାରୁ ବୁଝି ପାରେନି ତାଙ୍କ ଅର୍ଜନରେ ଚଳୁଥିବା ବାବାଜୀ ଏମିତି ଅଣଦେଖା କରିବାକୁ କେମିତି ସାହସ କରେ। ଏକଥା ମୁଁ ବାବାଜୀକୁ ଡାକି ଥରେ ଅଧେ ଯେ ନକହିଛି ତାହା ନୁହେଁ। ସେ କିନ୍ତୁ କଥାକୁ ଗ୍ରହଣ କରେ ନାହିଁ। ମତେ କହେ ତୁ ଆମକଥାରେ ମୁଣ୍ଡ ଖେଳାନା। ମୋ ବାପାର ଯତ୍ନ ମୁଁ ଠିକ ନେଉଛି ତୋର ମାମଲତି କରିବା ଦରକାର ନାହିଁ।

ନିତ୍ୟାନନ୍ଦ ଜେନା ମତେ ବହୁତ ଭଲ ପାଆନ୍ତି। ମୁଁ ତାଙ୍କୁ ବହୁତ ସମ୍ମାନ କରେ। ତାଙ୍କର ମହନୀୟତା,ବ୍ୟକ୍ତିତ୍ୱକୁ ମୁଁ ଆଦର କରେ। ତେଣୁ ଆମ ଭିତରେ ଗୋଟେ ଭାବର ବନ୍ଧନ। ସେତିକି ବାବାଜୀ ସହ ତାଙ୍କର ନାହିଁ।

ନିତ୍ୟାନନ୍ଦ ଜେନା ଆମ ଅଞ୍ଚଳର ଜଣେ ସମ୍ମାନନୀୟ ସ୍ୱାଧୀନତା ସଂଗ୍ରାମୀ। ସେ ପ୍ରଚଣ୍ଡ ଗାନ୍ଧିବାଦୀ: ବେଶଭୂଷାରେ, ଆଚରଣରେ ଓ ଉଚ୍ଚାରଣରେ। ତେଣୁ ସେ ମୋପାଇଁ ଓ ମୋଭଳି ଅନେକଙ୍କ ପାଇଁ ସମ୍ମାନନୀୟ ଓ ବନ୍ଦନୀୟ। ମାତ୍ର ବାବାଜୀ ପାଇଁ ଓ ଆମ ଅଞ୍ଚଳର ଅନେକଙ୍କ ପାଇଁ ସେ ଜଣେ ଭତ୍ତାଖିଆ (ପେନସନଧାରୀ), ଖଦଡ଼ ଫତେଇ ପିନ୍ଧା ବୁଢ଼ା ଲୋକ।

ଭାରତର ସ୍ୱାଧୀନତା ସଂଗ୍ରାମ ଇତିହାସରେ ନିତ୍ୟାନନ୍ଦ ଜେନା ଗୋଟେ ଛୋଟ ବିନ୍ଦୁ। ତାଙ୍କ ସମ୍ପର୍କରେ ଇତିହାସକାରମାନେ ବେଶି କିଛି ଚର୍ଚ୍ଚା କରି ନାହାନ୍ତି। ହେଲେ ଦେଶ ମାତୃକା ପାଇଁ ତାଙ୍କର ଅବଦାନ କିଛି କମ ନୁହେଁ।

୧୯୩୦ ମସିହାରେ ଓଡ଼ିଶାର ଇଞ୍ଚୁଡିରେ ମହାତ୍ମା ଗାନ୍ଧୀଙ୍କ ନେତୃତ୍ୱରେ ଲବଣ ସତ୍ୟାଗ୍ରହ ହେଇଥିଲା। ଗାନ୍ଧୀଙ୍କ ସହ ପଦଯାତ୍ରାରେ ଅନେକ ସ୍କୁଲପିଲା ସାମିଲ ହେଇଥିଲେ। ସେମାନଙ୍କୁ କୁହାଯାଉଥିଲା ଗାନ୍ଧୀଙ୍କ ବାନର ସେନା। ଏହି ବାନରସେନାରେ ନିତ୍ୟାନନ୍ଦ ଜେନା ଥିଲେ ଜଣେ ଅଗ୍ରଣୀ ସୈନିକ। ସ୍ୱାଧୀନତାର ମୁକ୍ତି ସଙ୍ଗୀତ ଗାଇ ଗାଇ ଗାନ୍ଧୀ ମହାତ୍ମାଙ୍କ ସହ ଚାଲି ଚାଲି ସେ ଇଞ୍ଚୁଡିରେ ପହଞ୍ଚିଥିଲେ। ଆଇନକୁ ଅମାନ୍ୟ କରିବା, ବେଆଇନ ଭାବେ ଲୁଣ ମାରିବା ଅପରାଧରେ ପୋଲିସଠାରୁ କୋରଡା ମାଡ଼ ତାଙ୍କ ପିଠିରେ ବସିଥିଲା। ପୋଲିସର ଭାରିବୁଟ ମାଡ଼ରେ କମର ହାଡ ଭାଙ୍ଗି ଯାଇଥିଲା। ବହୁତ ଦିନଧରି ଉଠିବସିବା ସମ୍ଭବ ପର ନଥିଲା। ସୁସ୍ଥ ହେଲାପରେ ପାଠରେ ଡୋରି ଓ ସ୍ୱାଧୀନତା ସଂଗ୍ରାମରେ ତାଙ୍କର ପୂର୍ଣ୍ଣକାଳୀନ ଯୋଗଦାନ।

ଆଜି ପିକେଟିଂ ତ କାଲି ବିଦେଶୀ ଜିନିଷ ପୋଡ଼ି। ଗାନ୍ଧୀଙ୍କ ଆହ୍ୱାନରେ ଉଦବୁଦ୍ଧ ହୋଇ ସାରା ଓଡ଼ିଶାରେ ସ୍ୱାଧୀନତା ଆନ୍ଦୋଳନର ବହ୍ନିକୁ ପ୍ରଜ୍ୱଳିତ କରିବା ଲକ୍ଷ୍ୟରେ ଘୂରିବୁଲିଥିଲେ ସେ।

ଭବଘୂରା ଜୀବନ। ଖାନ୍ ପାନ୍ ଠିକ ନାହିଁ। ଶୋଇବା ଠିକ ନାହିଁ। ଆନ୍ଦୋଳନରେ ମାତୁ ମାତୁ ସିଏ ବେମାର ପଡିଗଲେ। ଯାହା ସିଏ କହନ୍ତି, ବେମାର ସମୟରେ ମାଆ ରମାଦେବୀ ତାଙ୍କୁ ପାଖରେ ରଖି ସେବା ଶୁଶ୍ରୂଷା କରିଥିଲେ।

୧୯୪୨ ମସିହାରେ ଯେତେବେଳେ ଭାରତ ଛାଡ଼ ଆନ୍ଦୋଳନ ତୀବ୍ର ରୂପ ନେଲା ସେ ସେତେବେଳକୁ ଉଦ୍ଦାମ ଯୁବକ। ଇଂରେଜ ଶାସନ ବିରୋଧରେ ସଂଗ୍ରାମରେ ସେ ପାଲଟି ଥିଲେ ଜଣେ ସକ୍ରିୟ ସଂଗ୍ରାମୀ। ପୋଲିସ ଉପରକୁ ମରଣାନ୍ତକ

ଆକ୍ରମଣ ଅଭିଯୋଗରେ ତାଙ୍କୁ ତିନିବର୍ଷ ଜେଲଦଣ୍ଡ ଭୋଗିବାକୁ ପଡିଥିଲା । ବ୍ରହ୍ମପୁର କେନ୍ଦ୍ରୀୟ କାରାଗାରରେ କଟିଥିଲା ବନ୍ଦୀ ଜୀବନ । ସହିଦ ଲକ୍ଷ୍ମଣ ନାୟକଙ୍କୁ ସେଇ ଜେଲରେ ଫାଶୀ ଦିଆଯିବାର ସେ ଦେଖିଛନ୍ତି ।

ପରିଶେଷରେ ୧୯୪୭ ଅଗଷ୍ଟ ୧୫ରେ ଦେଶ ସ୍ୱାଧୀନ ହେଲା । ତାଙ୍କଭଳି ସଂଗ୍ରାମୀଙ୍କ ପାଇଁ ଏହାଥିଲା ଚରମ ଆନନ୍ଦର କଥା । ଦେଶ ସ୍ୱାଧୀନ ହୋଇଛି ଏ ଖବର ଶୁଣି ସେ ବହୁଦିନ ଧରି ଖୁସିରେ ଅଧିର ହୋଇଥିଲେ ।

ଗାନ୍ଧିଜୀ ସବୁବେଳେ କହୁଥିଲେ ଗାଁରେ ହିଁ ଭାରତର ଆତ୍ମା ଲୁଚି ରହିଛି । ଗାନ୍ଧିଜୀଙ୍କ ଗାଁକୁ ଚାଲ ଆହ୍ୱାନ କ୍ରମେ ସେ ଫେରିଥିଲେ ଗାଁକୁ । ଶିକ୍ଷାର ଆଲୋକ ବର୍ତିକା ଜାଳିବା ଲକ୍ଷ୍ୟରେ ଗାଁରେ ପ୍ରତିଷ୍ଠା କରିଥିଲେ ମୋହନ ଦାସ ଉପ୍ରା ବିଦ୍ୟାଳୟ । ସେ ସମୟରେ ଏ ସ୍କୁଲ ଆଖପାଖ ଗାଁରେ ଶିକ୍ଷାର ପ୍ରସାରରେ ଗୋଟେ ବଡ଼ ଭୂମିକା ନିଭେଇ ଥିଲା । ଆଜି ତ ଗାଁ ଗାଁରେ ସ୍କୁଲ ।

ଅତୀତ ପ୍ରତି ତାଙ୍କର ବିହ୍ୱଳପଣ ଓ ସ୍ୱର୍ଣ୍ଣିମ ଇତିହାସକୁ ସଗୌରବେ ମୋ ଆଗରେ ମନେ ପକେଇଲାବେଳେ ତାଙ୍କର ମୁଖମଣ୍ଡଳ ଉଜ୍ୱଳ ହୋଇ ଉଠେ ।

ତାଙ୍କର ମୋ ଉପରେ ଗଭୀର ଭରସା । ସେ ଏତିକି ବୁଝନ୍ତି ଦେଶପାଇଁ ତାଙ୍କର ଅବଦାନ ଓ କୃତିତ୍ୱକୁ ଯଦି କିଏ ଭଲକି ହୃଦୟଙ୍ଗମ କରିପାରେ ସେ ହେଉଛି ଏଇ ଅନ୍ତର୍ଯ୍ୟାମୀ । ହଁ ମୁଁ ଅନ୍ତର୍ଯ୍ୟାମୀ ପଣ୍ଡା । ସେ ପ୍ରତିଷ୍ଠା କରିଥିବା ମୋହନ ଦାସ ଉପ୍ରା ସ୍କୁଲର ହେଡମାଷ୍ଟର । ନିତ୍ୟାନନ୍ଦ ଜେନା ଜଣେ ସାଧାରଣ ମଣିଷ ନୁହନ୍ତି ସେ ଜଣେ ସଂଗ୍ରାମୀ ପୁରୁଷ ଏକଥା ସ୍ଥାନୀୟ ଲୋକଙ୍କୁ ବୁଝେଇବାକୁ ମତେ କିଛି କମ୍ କଷ୍ଟ ସ୍ୱୀକାର କରିବାକୁ ପଡେନି ।

ନୂଆପିଢିଙ୍କ କଥା ଦୂରେ ଥାଉ ବୟସ୍କ ଲୋକ ଗୁଡ଼ାକ ଆଜିଯାଏ ତାଙ୍କୁ ଚିହ୍ନି ପାରିନାହାନ୍ତି । ସମସ୍ତଙ୍କ ମୁହଁରେ ଯେମିତି ଗୋଟେ ବ୍ୟଙ୍ଗ,ବିଦ୍ରୁପ ।

-ଓଃ ଆମ ନିତ୍ୟାନା ତ ! ହଁ ପିଲାବେଳେ ପାଠଶାଠ ଛାଡି ବାନରସେନାରେ ମିଶିଥିଲା । ଆନ୍ଦୋଳନରେ ମାତି ଯୁବକାଳରେ ବ୍ରହ୍ମପୁର ଜେଲ ଯାଇଥିଲା, ଯାହାହଉ ବୁଢାକାଳକୁ ଭଲ ପେନସନ ଗଣ୍ଡାଏ ପାଉଛି । ଏଇନେ ତ ବହୁତ ଗୁଡେ ଟଙ୍କା ପାଇବଣି । ବାବାଜୀର ଜାଣିବ କପାଳ !

ଟୋକାଏ କହନ୍ତି- ନିତ୍ୟା ବୁଢା । ହେ ହେଃ, ହେଲାଣି ଚମ ଧଡ଼ ଧଡ଼ ଶଃ ବୁଢା ପିନ୍ଧୁଛି ଖଦଡ଼ । ତା ଚରଖାଟା କୋଉଠି ରଖିଛି କିରେ ? ବୁଢା ଗୋଟେ ବେଳାରେ ଜାଣ ସ୍ୱାଧୀନତା ସଂଗ୍ରାମରେ ଯୋଗ ଦେଇଥିଲା । ଜେଲ ଯାଇଥିଲା ବୋଲି ଶଃ

ପେନସନ ପାଉଛି। ତାକୁ ପଚାରିଲ ଗାନ୍ଧୀଙ୍କର ଚିଠି ଫିଟି କି ତାସହ ଉଠେଇଥିବା ଫଟୋ ଅଛି ନା ନାହିଁ । ଗାନ୍ଧୀଙ୍କ ସହ ତାର ସଂପର୍କ ନେଇ ଏତେ ପବନ କଣ ଯେ !

ନିତ୍ୟାନନ୍ଦ ଜେନା ଏସବୁକୁ କାନକୁ ନିଅନ୍ତି ନାହିଁ। ଏମିତିରେ ବି ତାଙ୍କ କାନକୁ ଆଜିକାଲି ଶୁଭେ ନାହିଁ। ସମୟ ବଦଳିଯାଉଛି,ଦେଶ ବି ବଦଳିଯାଉଛି। ଗାନ୍ଧିଜୀଙ୍କ ହତ୍ୟାକାରୀ ନାଥୁରାମ ଗଡ଼ସେଙ୍କୁ ମହାତ୍ମା ସଜାଇବାର ଚକ୍ରାନ୍ତ ଚାଲିଛି। ଗାନ୍ଧିଜୀଙ୍କୁ ନିନ୍ଦିତ କରିବାକୁ ଅପଚେଷ୍ଟା ଚାଲୁଛି। ଜଣେ ବିଶୁଦ୍ଧ ସ୍ୱାଧୀନତା ସଂଗ୍ରାମୀଙ୍କୁ ବା ଏଠି କି ସମ୍ମାନ ମିଳିବ। ପରିବାର,ପରିବେଶ ସବୁଠି ଯେମିତି ଗୋଟେ ଲାଞ୍ଛନାର କୁହେଳିକା। ଆଜିର ଦିନରେ ନିତ୍ୟାନନ୍ଦ ଜେନା ଜଣେ ସ୍ୱାଧୀନତା ସଂଗ୍ରାମୀ ନୁହେଁ ମୋଫତରେ ପେନସନ ପାଉଥିବା ଜଣେ ଡୋକଡ଼ ବୁଢା। ଗାଁ ଟୋକାଙ୍କ ଭାଷାରେ 'ଟଙ୍କା ଗଛ'।

ସମାଜ ପାଇଁ ବୃଦ୍ଧ ନିତ୍ୟାନନ୍ଦ ଜେନାଙ୍କ ଆବଶ୍ୟକତା ଥାଉ କି ନଥାଉ ବାବାଜୀ ଓ ତାର ସ୍ତ୍ରୀ ଛୁଆପିଲାଙ୍କ ପାଇଁ ସେ ଅତି ଜରୁରୀ।

ବାବାଜୀ କିଛି ବୁଝେ ନାହିଁ। ଦେଶପ୍ରତି ତା ବାପାଙ୍କର ଅବଦାନ,ଜଣେ ସ୍ୱାଧୀନତା ସଂଗ୍ରାମୀ ପୁତ୍ରର ଗରିମାମୟ ଆଭିଯାତ୍ୟ। କିଛି ବି ନୁହେଁ। ଛୁଆଟିଏ ହେଇଥିଲା, ମାଙ୍କର ସ୍ୱର୍ଗବାସ ଏଣେ ବାପାଙ୍କର ସାମାଜିକ କାମରେ ବ୍ୟସ୍ତତା। ସେ ବାପାମାଙ୍କ ସୁଖ ଭୋଗି ନାହିଁ। ମାମୁଁଘରେ ରହି ସେ ପଢିଛି,ବଢିଛି। ହେତୁ ପାଇଲା ପରେ ବାହାଘର,ବାପାଙ୍କ ସହ ସହାବସ୍ଥାନ।

ବାବାଜୀ କିଛି କରେ ନାହିଁ। କିଛି କରିବାକୁ ତାର ଆଗ୍ରହ ହିଁ ନାହିଁ। ଦିନାକେତେ ସେ ବାଲି ବେପାର କରୁଥିଲା। କେଉଁ ବାଲି ଘର ତିଆରି ପାଇଁ ଉପଯୋଗୀ,କେଉଁ ବାଲି ବୈତରଣୀର,କେଉଁ ବାଲି କୁଶଭଦ୍ରାର ସେ ଦେଖୁ ଦେଖୁ କହିଦେବ। ରବି ପୁହାଣର ଟ୍ରକରେ ସେ ବାଲି ବେପାର କରୁଥିଲା। କାରବାର ଭଲ ବି ଚାଲିଥିଲା। ରବି ପୁହାଣ ଟ୍ରକ ବିକି କ୍ରସର ମେସିନ ପକେଇଲା। ବାବାଜୀର ବାଲି ବେପାର ସେଇଠୁ ବନ୍ଦ ହେଇଗଲା।

ଯେଉଁଦିନ ପେନସନ କୋଡିଏ ହଜାର ଡେଇଁ ତିରିଶ ହଜାର ହେଇଗଲା। ସେଦିନଠାରୁ ବାବାଜୀ ସ୍ଥିର କଲା ନା ଆଉ କିଛି କରିବ ନାହିଁ। ଏ ବେପାରରେ ପଶି କାହିଁକି ମଣିଷ ଝକ ଝକ ହେବ। ବାପ,ପୁଅ,ସ୍ତ୍ରୀ,ଛୁଆକୁ ମିଶେଇ ଚାରି ପ୍ରାଣୀ। ମଫସଲରେ ଚଳିକି ବଳିବ।

ସନା ପରିଡ଼ା କହୁଥିଲା, କୁଆଡେ ରାଜ୍ୟର ସ୍ୱାଧୀନତା ସଂଗ୍ରାମୀଙ୍କ ଭିତରୁ ବାରଣା ଆରପାରିକୁ ଚାଲିଗଲେଣି,ବାକି ଅଛନ୍ତି ଚାରଣା ଲୋକ। ଖୁବଶୀଘ୍ର ସ୍ୱାଧୀନତା

ସଂଗ୍ରାମୀଙ୍କ ପେନସନ ରିଭାଇଜ୍ ହେବ। ଯେତିକି ମିଳୁଛି ସେଥିରେ ନୂଆ ଅଙ୍କ ଯୋଡ଼ାଯିବ। ଏକଥା ଯେତେବେଳେ ଭାବେ ବାବାଜୀର ମୁହଁ ଅଜଣା ଖୁସିରେ ଉଜ୍ଜ୍ୱଳ ହୋଇ ଉଠେ।

ବାବାଜୀର ସ୍ତ୍ରୀ ନିତି ଦିଅଁଙ୍କ ଆଗେ ଧୂପ ଜାଳି ମନାସେ- ପ୍ରଭୁହେ ମୋ ଶ୍ୱଶୁର ଚିରଞ୍ଜିବୀ ହୁଅନ୍ତୁ, ମୋ ଛୁଆଙ୍କୁ ଘଣ୍ଟ ଘୋଡେଇ ରଖିଥାଅ।

ଲୋକଙ୍କ ଆଗରେ ଶ୍ୱଶୁରଙ୍କୁ ସେ ଭାରି ଭକ୍ତି କରେ।

-ବାପା ଚା' କପେ ଦେବି! ଦିଖଣ୍ଡ ବିସ୍କୁଟ ପାଟିରେ ପକେଇବେ କି ?

-ଆଜି ରାତିକୁ କଣ ଖାଇବେ କୁହନ୍ତୁ!

-ସେ ଫତେଇଟା ପାଲଟି ଦେଲେ ଭାରି ମଳିଆ ହେଇଗଲାଣି,ମୁଁ ଟିକେ କାଚି ଦିଏ!

ଘର ଭିତରେ ଲୋକଙ୍କ ଆଢୁଆଳରେ ତାର ଏକ ଭିନ୍ନରୂପ।

-ଏ ବୁଢା ଦିନରେ କେତେଥର ଚା' ପିଉଛି ଲୋ ମା!

-ଟକଳା ବୁଢାଠାରୁ କିଛି ବଳିବ ଯେ ମୋ ଛୁଆ ଖାଇବେ!

-ଟଙ୍କାଦିଟା ଘରେ ପୂରୋଉଛ ବୋଲି କଣ ଆମ ମୁଣ୍ଡ କିଣିବ!

-କେମିତିକା ସ୍ୱାଧୀନତା ସଂଗ୍ରାମୀ ହେ, ଏକମାତ୍ର ପୁଅକୁ ଯୋଗ୍ୟ କରିପାରିଲେନି !

ବୋହୂର ଝିଂଘାସ ଓ ପୁଅର ନିରବ ସମର୍ଥନ ଭିତରେ ପେଶି ହୋଇଯାଆନ୍ତି ନିତ୍ୟାନନ୍ଦ ଜେନା।

ବେଳେ ବେଳେ ସେ ମୋ ଆଗରେ ଫିଟିପଡ଼ନ୍ତି। ଜୀବନ ପ୍ରତି ବୈରାଗ୍ୟ ଆସିଗଲାଣି କହନ୍ତି। କ୍ଳାନ୍ତ ଆଖିରେ ଅଶ୍ରୁପାତ କରନ୍ତି। ସେତେବେଳେ ମୁଁ ଭାବେ ସେ କାନ୍ଦି ପକେଇବା ଉଚିତ। ଛାତିରେ କୋହ ରଖିଲେ ଛାତି ପାଇଁ କ୍ଷତିକାରକ।

ସହିନପାରିଲେ ସେ କହନ୍ତି-ଅନ୍ତର୍ଯାମୀ ତୁ କହ ମୁଁ ମଣିଷ ନା ଏମାନଙ୍କ ପାଇଁ ଟଙ୍କାଗଛ। ଯାଉଛି କୋଉଗୋଟେ ଜରାଶ୍ରମକୁ ପଳେଇବି। ସେଠି ବହୁତ ମୋବୟସର ଲୋକ ଥିବେ। ମୋର ସଂଗ୍ରାମୀ ଜୀବନର ଅକୁହାକଥାକୁ ସେମାନଙ୍କୁ ଶୁଣେଇବି। ସାଙ୍ଗସାଥୀ ହୋଇ ବେଶ ହସଖୁସିରେ ସମୟସବୁ କଟିଯିବ। ମୋ ପେନସନଟଙ୍କାକୁ ଜରାଶ୍ରମର ଉନ୍ନତିକଳ୍ପେ ଲଗେଇ ଦେବି। ଆଉ ବା କେତୁଟା ଦିନ।

ମୁଁ ଶୂନ୍ୟକୁ ଚାହେଁ। ଧୈର୍ଯ୍ୟ ଧରିବାକୁ କହେ।

ନୂଆ ଗୋଟେ ପୃଥିବୀର ଆଶ୍ୱାସନା ଦିଏ। ଗାନ୍ଧୀବାଣୀର ଅବତାରଣା କରେ। ସେ ପ୍ରକୃତିସ୍ଥ ହୁଅନ୍ତି।

ସେ ପୁଣି କହନ୍ତି- ତୁ ମତେ ଭଣ୍ଡଉଛୁ ସିନା ଆଜିର ତାରିଖରେ ସମାଜରେ ଗାନ୍ଧିବାଦୀଙ୍କ ସ୍ଥାନ କାହିଁ ! ଏ କଂଗ୍ରେସିଏ ଗାନ୍ଧୀକୁ ବିକିଭାଙ୍ଗି ଖାଇଦେଲେ। ସେଥିପାଇଁ ଲୋକଗୁରାକ ଆମକୁ ସମ୍ମାନ ଦେଉନାହାନ୍ତି।

-ପେନସନ ଗଣ୍ଡେ ଦେଇ ଆମକୁ ଭଣ୍ଡେଇ ଦେଲାରେ ଏ ଦେଶ। ମୁଁ ତ ପେନସନ ମାଗିବାକୁ ଯାଇନଥିଲି। କିଏ କେମିତି ମୋ ନାଁ ତାଲିକାରେ ଚଢେଇଲା ଜାଣିନି। ଆମକୁ ତ ଦେଲେ,ଆମ ସାଙ୍ଗରେ ଗୁଡେ ମିଛୁଆ,ଧପାବାଜ ବି ତାଲିକାରେ ନାଁ ଚଢେଇ ପେନସନ ପାଇଲେ। ଧୂଆମୂଳା ଅଧୂଆମୂଳା ସବୁ ଏଠି ସମାନ। ପ୍ରକୃତ ସ୍ୱାଧୀନତା ସଂଗ୍ରାମୀଙ୍କର ତ୍ୟାଗ,ବଳିଦାନ ସବୁକିଛି ଚୂଲିକୁ ଗଲା। ହାୟ ଏ ଦେଶ ଦିନକୁ ଦିନ କୁଆଡକୁ ଗତି କରୁଛି ସତରେ।

ସମାଜର ନୈତିକ ଅବକ୍ଷୟକୁ ନେଇ ତାଙ୍କ ଭିତରେ ଅନେକ କ୍ଷୋଭ, ଅନେକ ଅସନ୍ତୋଷ। ଏ ଅସନ୍ତୋଷ ଯେମିତି ଆଦୌ ସରିବନି।

ନିତ୍ୟାନନ୍ଦ ଜେନାଙ୍କୁ ସ୍ୱାଧୀନତା ସଂଗ୍ରାମୀ ଭାବେ ଆଉ କେଉଁଠି ସମ୍ମାନ ମିଳୁ କି ନମିଳୁ ତାଙ୍କ ପ୍ରତିଷ୍ଠିତ ମୋହନ ଦାସ ଉପ୍ରା ବିଦ୍ୟାଳୟରେ ତାଙ୍କୁ ଉଚିତ ସମ୍ମାନ ମିଳେ। ପ୍ରତିବର୍ଷ ସ୍ୱାଧୀନତା ଦିବସରେ ତାଙ୍କରି ଶିରାଳ ହାତରେ ଟଣାଯାଏ ତ୍ରିରଙ୍ଗା ପତାକା। ସେ ସକାଳୁ ଧୋବଲୁଗା ପିନ୍ଧି ପ୍ରସ୍ତୁତ ଥାଆନ୍ତି। ମୁଁ ମୋର ସ୍କୁଟରରେ ତାଙ୍କୁ ଘର ପାଖରୁ ଅତି ସାବଧାନତାର ସହ ନେଇ ଆସେ। ଚୂନପକା ବର୍ତ୍ତୁଳାକାର କ୍ଷେତ୍ର ମଧ୍ୟରେ ସେ ଠିଆ ହୋଇ ରହନ୍ତି। ସେତେବେଳେ ତାଙ୍କ ଶୀର୍ଣ୍ଣ ଶରୀରର କମ୍ପନକୁ ଲକ୍ଷ୍ୟ କରିବା କଥା। ଜାତୀୟ ପତାକା ଉତୋଳନ ପରେ ସେ ପିଲାଙ୍କ ସହ ତାଳଦେଇ ଉଦାତ କଣ୍ଠରେ ଜାତୀୟ ସଂଗୀତ ଗାନ କରନ୍ତି। ସ୍ୱାଧୀନତା ସଂଗ୍ରାମକୁ ନେଇ ବେଶ ଦୁଇପଦ ନିଜ ଅନୁଭୂତିର କଥା କହନ୍ତି।

ମାତ୍ର ଏବର୍ଷ ବଡ଼ ବିଘ୍ନ ଘଟିଗଲା। ଗାଁରେ ଭୟଙ୍କର ରାଜନୀତି। ସ୍କୁଲରେ ରାଜନୈତିକ ହସ୍ତକ୍ଷେପ।

ସବୁଥର ପରି ସ୍ୱାଧୀନତା ଦିବସରେ ସ୍କୁଲ ପରିସରରେ ଉପସ୍ଥିତ ଥିଲେ ନିତ୍ୟାନନ୍ଦ ଜେନା। ଜାତୀୟ ପତାକା ଉତୋଳନ ପାଇଁ ଆଉ କିଛି ସମୟର ଅପେକ୍ଷା। ଏହି ସମୟରେ ଦଳବଳ ସହ ପହଁଚିଲା ସରପଁଚ ଭାଗିରଥୀ ମଲ୍ଲିକ। କେହି କିଛି ଭାବିବା ଆଗରୁ ସମସ୍ତଙ୍କୁ ଚକିତ କରି ରଶିଟା ଭିଡ଼ିଦେଇ ଭାଗିରଥୀ ଉଡେଇ ଦେଲା ଜାତୀୟ ପତାକା। ସମବେତ ପିଲା ଏକସ୍ୱରରେ ଗାଇ ଉଠିଲେ ଜନ-ଗଣ-ମନ-ଅଧିନାୟକ ଜୟ ହେ...ଭାରତ ଭାଗ୍ୟ ବିଧାତା... ଜାତୀୟ ସଂଗୀତକୁ ସମ୍ମାନ ଜଣାଇ ବଡ଼ ଧୈର୍ଯ୍ୟର ସହ ଛିଡା ହୋଇଥିଲେ ନିତ୍ୟାନନ୍ଦ ଜେନା। ପରେ ମହାତ୍ମା ଗାନ୍ଧୀଙ୍କି

ଜୟ ଓ ବିଭିନ୍ନ ସ୍ଲୋଗାନରେ ପରିବେଶ ଫାଟିପଡୁଥିଲା, ସେ ଅତି ସନ୍ତର୍ପଣରେ ଘଟଣାସ୍ଥଳରୁ ଅପସରି ଯିବାର ଦେଖିଲି।

ଏ ଘଟଣାରେ ମୁଁ ଅନନ୍ୟୋପାୟ। କିଂ କର୍ତ୍ତବ୍ୟ ବିମୂଢ଼। ରାଜନୀତିର ଦାଓ ପେଁଚକୁ ଚାକିରିକୁ ଆଶ୍ରା କରି ବଞ୍ଚିଥିବା ଗୋଟେ ସ୍କୁଲ ହେଡମାଷ୍ଟର ବା କଣ ପ୍ରତିରୋଧ କରି ପାରିବ। ମତେ ମାଡି ମାଡି ପଡୁଥାଏ। ବାକି ପାଇଟି ତୁଟେଇ ମୁଁ ସିଧା ନିତ୍ୟାନନ୍ଦ ଜେନାଙ୍କ ଘରମୁହାଁ ହେଲି।

ଦାଣ୍ଡ ଘରେ ଖଟ ଉପରେ ସେ ଚିତ୍ ହୋଇ ପଡ଼ିଥିଲେ। ବାବାଜୀ ଉଦ୍ଦେଶ୍ୟରେ ସେ କହୁଥିବାର ଶୁଣିଲି- ମୋର ଆଉ ବଞ୍ଚିବାର ଇଛା ନାହିଁ। ସମୟ ବହୁତ ବଦଳି ଗଲାଣି। ଏ ସମୟ ସହ ମୁଁ ତାଳଦେଇ ପାରୁନାହିଁ। ମତେ ଆଜି ରାତିରେ କ୍ଷୀର ଗ୍ଲାସରେ ବିଷଟୋପେ ଦେଇ ଦେରେ ବାବାଜୀ।

ବାବାଜୀ କହୁଥିଲା-ବାପା ! ତମକୁ ଆୟୁ ଥିବାଯାଏ ବଞ୍ଚିବାକୁ ହେବ। ସମାଜ ପାଇଁ କି ଦେଶ ପାଇଁ ନୁହେଁ, ମୋପାଇଁ ମୋ ପରିବାର ପାଇଁ।

-ହଁ ହଁ ତୁ ଠିକ କହିଛୁ ମତେ ବଞ୍ଚିବାକୁ ହେବ, ଜଣେ ସଂଗ୍ରାମୀର ନଷ୍ଟସ୍ତୂପ ଉପରେ ଟଙ୍କାଗଛଟେ ହେଇ।

ଏ ବାର୍ତ୍ତାଳାପ ମତେ ଅଣନିଶ୍ୱାସୀ କରିପକାଉଥିଲା। ସେମାନଙ୍କ ଅନ୍ୟମନସ୍କତାର ସୁଯୋଗନେଇ ମୁଁ ଅତି ସତର୍କତାର ସହ ପାଦକୁ ପଛକୁ ଫେରାଇଲି।

■

ମାନସିକ

କେବେ ମୋର କିଛି କାମ ପଡିନଥିଲା ତେଣୁ ଆଜିଯାଏ ମୁମ୍ବାଇ କାହିଁକି ଯାଇନଥିଲି ଏ ପ୍ରଶ୍ନ ପଛକୁ ଥାଉ। ଶେଷରେ ମତେ କିନ୍ତୁ ଯିବାକୁ ପଡିଲା ବୁଲାବୁଲି ବାହାନାରେ। ବହୁଦିନରୁ ଅମୁଲ୍ୟ ମତେ ମୁମ୍ବାଇ ଡାକୁଥିଲା। କହୁଥିଲା-ଆସୁନୁ ବେ ବମ୍ବେଇ ସହର ଦେଖି କି ଯିବୁ। ମତେ ହସ ମାଡେ ଅମୁଲ୍ୟ କଥାଶୁଣି । ମୁଁ କହେ-ଆବେ ବମ୍ବେଇ କଣ କହୁଚୁ ବମ୍ବେ ପରା ମୁମ୍ବାଇ ହେଇଗଲାଣି କେବେ ଠୁ। ବେଳ ଅବେଳରେ ଫୋନ କରି ଭଲମନ୍ଦ ପଚାରୁଥିବା ଅମୁଲ୍ୟ କହେ ହଁ ହଁ ହଉ ହେଲା ମୁମ୍ବାଇ।

ଅମୁଲ୍ୟ ଜେନା ମୋ ପିଲାଦିନର ସାଙ୍ଗ। ମୁଁ ବିଜେବି କଲେଜରେ ପଢୁଥିବାବେଳେ ସିଏ ଗାଁ କଲେଜରେ ଫାଇନାଲ ଡିଗ୍ରୀ ପରୀକ୍ଷା ନଦେଇ ମୁମ୍ବାଇ ପଳେଇ ଥିଲା। ପ୍ରଥମେ କୋଉ ଗୋଟେ କମ୍ପାନୀରେ କାମ କରୁଥିଲା ପରେ ଫାଇବର ଗଣେଶ ମୂର୍ତ୍ତି ଗଢା ୟୁନିଟଟେ ବସେଇଛି। ଆମେ ପାଠ ପଢୁଥିବା ସମୟରୁ ସିଏ ଟଙ୍କା ରୋଜଗାର କଲାଣି।

ଆଜି ମୁଁ ଓ ଶତରୂପା ମୁମ୍ବାଇରେ ପହଞ୍ଚିଲୁ। ଅମୁଲ୍ୟ ଏୟାରପୋର୍ଟକୁ ଆସିଥିଲା ଆମକୁ ନେବାକୁ। ସିଏ ଭାରି ବ୍ୟସ୍ତ ହେଉଥିଲା ଆମକୁ ଦେଖି। ଆସିବାରେ କିଛି ଅସୁବିଧା ହେଇନି ତ। ଭୁବନେଶ୍ୱରରୁ- ମୁମ୍ବାଇ ଫ୍ଲାଇଟରେ ଏମିତି କେତେ ବାଟ ! ତାର ବ୍ୟସ୍ତତାର କିଛି ମାନେ ନଥିଲା। କଥାଥିଲା ଆମେ ତା ଘରେ ରହିବୁ। ମୁମ୍ବାଇର ଦର୍ଶନୀୟ ସ୍ଥାନ ବୁଲିବୁ ଓ ସେଠୁ ଶିରିଡ଼ି ଯିବୁ-ନାସିକ

ଯିବୁ। ପୁଣି ଭୁବନେଶ୍ୱର ଫେରି ଆସିବୁ। ତାର ଗାଡ଼ି ନାହିଁ ସେ କେମିତି କଣ କରି ଏୟାରପୋର୍ଟ ପର୍ଯ୍ୟନ୍ତ ଆସିଥିଲା। ତେଣୁ ଆମେ ତାଘରକୁ ଯିବା ପାଇଁ ଏୟାରପୋର୍ଟ ବାହାରେ ଲୋକାଲ ଟ୍ୟାକ୍ସିବାଲାଙ୍କ ସହ ସିଏ ଦରଦାମ ଛିଣ୍ଡେଇବା ଆରମ୍ଭ କରିଦେଇ ଥିଲା।

ମୁଁ କହିଲି- ବ୍ୟସ୍ତ ହଅନା ମୁଁ କ୍ୟାବ୍ ବୁକ୍ କରିଦଉଛି ତୋ ଲୋକେସନ କହ। ମୋବାଇଲରେ ଉବେର ଆପ୍ ଖୋଲି ମୁଁ ତାକୁ ପଚାରିଲି ଡ୍ରପ୍ ଲୋକେସନ ? ସେ ଅନୁନାସିକ ସ୍ୱରରେ କହିଲା, ଗୋରେ ଗାଓଁ ...। କ୍ୟାବ୍ ଆସି ସାରିଥିଲା। ଆମେ ତିନିହେଁ ବସିଲୁ। ସିଏ ଆଗ ସିଟରେ ମୁଁ ଓ ଶତରୂପା ପଛ ସିଟରେ। ଗହଳିପୂର୍ଣ୍ଣ ରାସ୍ତାରେ ଗାଡ଼ି ଗଡୁଥିଲା।

'ବମ୍ବେଇରେ ହୁସିଆର ହେଇ ଚାଲିବୁରେ ଭାଇ। ସତର୍କ ନରହିଲେ ଏଠି ଲୋକ ପଟି ମାରିଦେବେ।'- ଅମୁଲ୍ୟ ନିରବତା ଭାଙ୍ଗି କହିଲା। 'ମୁମ୍ବାଇ ହେଉକି ଭୁବନେଶ୍ୱର ସବୁଠି ଶଠ ଅଛନ୍ତି, ମଣିଷ ସବୁଠି ସମାନ। ନିଜେ ଠିକ ଥିଲେ ଦୁନିଆ ଠିକ୍', ମୁଁ ତା କଥାରେ ତାଳ ଦେଲି। ଭାବୁଥିଲି କହିବି, ତୁ କଣ ଆଜି ବି ମତେ ସେଇ ସ୍କୁଲବେଳର ଡରକୁଳା ପିଲାଟେ ଭାବୁଛୁ। ସମୟ କେତେ ଆଗେଇ ଗଲାଣି। ମୋର କଣ ଏଇ ପ୍ରଥମ ବାହାରକୁ ଆସିବା ? ମୁମ୍ବାଇ ସିନା ଆସିନଥିଲି ଅଧାଭାରତ ବୁଲି ସାରିଲିଣି।

କିନ୍ତୁ ମୁଁ କହିପାରିଲି ନାହିଁ। ତାର ସେଇ ନିରିହ କଥାରେ ଆମୋଦିତ ହେଲି। ପିଲାଦିନର ସାଙ୍ଗ ଆଗରେ ମୋର ବଡ଼ପଣ ଦେଖାଇବା ଉଚିତ ନଥିଲା। ତା ନିକଟରେ ଗାଁର ସେଇ ପିଲାଦିନ ସାଙ୍ଗ ହେଇ ରହିବା ସମ୍ଭବତଃ ଅଧିକ ଗ୍ରହଣୀୟ ଥିଲା।

ମୁଖ୍ୟରାସ୍ତାକୁ ପଛ କରି ଗାଡ଼ି ଗୋଟେ ସଂକୀର୍ଣ୍ଣ ଗଳିରେ ପଶିଲା। ଆମେ ଗୋଟେ ପୁରୁଣା କୋଠା ପାଖରେ ଅଟକିଲୁ। କ୍ୟାବ ପଇସା ସିଏ ଦେବ ବୋଲି କହୁଥିଲା ମୁଁ ଆଗତୁରା ପଇଠ କରିଦେଲି। ଆମ ଲଗେଜକୁ ସିଏ ହାତରେ ଧରି ସେଇ କୋଠାର ଅଣଓସାରିଆ ସିଡିଦେଇ ଉପରକୁ ଚଢିଲା। ଆମେ ଦୁହେଁ ତାକୁ ଅନୁସରଣ କଲୁ। ଶତରୂପା ଫିସ୍ ଫିସ୍ କରି କାନ ପାଖରେ କହିଲା, 'ହୋଟେଲରେ ରହିଥାନ୍ତେ କୋଉଠି ଆଣି ପହଁଚେଇଲ।' ମୁଁ ତାକୁ ଚୁପ୍ ରହିବାକୁ ଇସାରା କଲି। ଶତରୂପା କାନପାଖରେ କହିଲା- ତମର ତ ସାଙ୍ଗସୁଖ ଉଛୁଳୁଛି କାଇଁ ଶୁଣିବ।

ଉପରକୁ ଉଠିଲା ପରେ ଧାଡି ଧାଡି ଘର। ଚାରିଟା କବାଟ ଛାଡି ଗୋଟେ କବାଟରେ ସିଏ କରାଘାତ କଲା। ସାଲଓ୍ୱାର ପିନ୍ଧା ସ୍ତ୍ରୀଲୋକଟିଏ କବାଟ ଖୋଲିଲା, ସିଏ ଅମୁଲ୍ୟର ସ୍ତ୍ରୀ ସୁଷମା। ଭାବୁଥିଲି ମୁମ୍ବାଇରେ ରହୁଛି ମାନେ ଅମୁଲ୍ୟର ସ୍ତ୍ରୀ ନିଶ୍ଚୟ

ଫ୍ୟାସନେବଲ ହେଇଥିବ। ସିଏ କିନ୍ତୁ ଶତରୂପା ପାଖରେ ଭାରି ଗୌଣ ଜଣାପଡୁଥିଲା। ବାହାରେ ରହିଲେ ଜଣେ ଯେ ଫ୍ୟାସନେବଲ ହେବ ଏ ଧାରଣା ମୋ ମୁଣ୍ଡକୁ କାହିଁକି ଆସିଥିଲା ମୁଁ ଜାଣେନା। କାରଣ ଶତରୂପା ଷ୍ଟାଇଲିସ ଓ ଫେସନେବଲ୍। ପୋଷାକ ପରିପାଟୀର ନୂଆ ଟ୍ରେଣ୍ଡ ସହ ସେ ପରିଚିତ। ବାଳକୁ ଷ୍ଟ୍ରେଟନିଂ କରିବା,ଭଲିକି ଭଲି ଗାଉନ୍ ପିନ୍ଧିବା। ଏପରିକି ଘରେ ସ୍କର୍ଟ୍ ପିନ୍ଧିବା ଶତରୂପା ପାଇଁ ମାମୁଲି କଥା। ସେତ ଜିନ୍ସ ଉପରେ ଗୋଟେ କାଜୁଆଲ ସାର୍ଟ ପିନ୍ଧିକି ଆଜି ଆସିଛି। ଶତରୂପାର ଆଦବକାଇଦା ମତେ ଖରାପ ଲାଗେ ନାହିଁ। ସୁଷମା ଭଳି ଗ୍ରାମ୍ୟତାକୁ ଛାଡିନଥିବା ମହିଳା ଏସବୁ ଦେଖି ଖରାପ ଭାବିବ ନି ତ !

ସୁଷମା ଆମକୁ ଘରଭିତରକୁ ପାଛୋଟି ନେଲା। ତାକୁ ସେଇ ବାହାଘର ବେଳେ ଯାହା ଥରେ ଦେଖିଥିଲି। ସେ କିଛି ବଦଳିନି। ଏତେଦିନ ମୁମ୍ବାଇରେ ରହିବା ସତ୍ୱେ। କମ୍ ପାଠପଢିଥିବା ଓ ଘର ଭିତରେ ପଶି ରହିଥିବା ମହିଳାଟିଏ କେତେ ବା ବଦଳି ପାରିବ !

ପ୍ରଥମ ଶ୍ରେଣୀରୁ ମାଟ୍ରିକ ଯାଏ ଅମୁଲ୍ୟ ଓ ମୁଁ ସାଙ୍ଗ ହୋଇ ପଢିଥିଲୁ। ମୁଁ ମାଟ୍ରିକରେ ଫାଷ୍ଟକ୍ଲାସ ପାଇଲି ସିଏ ଫେଲ୍ ହେଲା। ଲାଜରେ ଘରୁ ବାହାରିଲାନି। ତା ଘରକୁ ଗଲେ ବି ଦେଖା ନଦେଇ ଲୁଚିଲା। ବର୍ଷଟେ ପଢାପଢି କରି ଯେନତେନ ପ୍ରକାରେ ପାସ୍ କଲା। ସିଏ ଗାଁ କଲେଜରେ ପଢିଲା ଆଉ ମୁଁ ଚାଲି ଆସିଲି ଭୁବନେଶ୍ୱର।

ଆମ ପିଲାଦିନ ବେଶ ସ୍ମରଣୀୟ। ଘର ପାଖାପାଖି ହେଇଥିବାରୁ ଓ ଗୋଟିଏ କ୍ଲାସରେ ପଢୁଥିବାରୁ ଆମ ଭିତରେ ବନ୍ଧୁତାର ମଜଭୁତ ଜୋଡ଼ ଥିଲା। ଅମୁଲ୍ୟର ସଉକ ଥିଲା କ୍ରିକେଟ ଖେଳିବା। ମୋର ଖେଳକୁଦରେ ଆଦୌ ରୁଚି ନଥିଲା। ତାଙ୍କ ବାଡ଼ିରେ ପଡିଥିବା ଗମ୍ଭାରି କାଠଗଣ୍ଡିରେ ରନ୍ଧା ବଢେଇକୁ ଧରି ସେ ଗୋଟେ ବ୍ୟାଟ୍ ବନେଇଥିଲା। ବ୍ୟାଟଟା କୌଣସି ଦୃଷ୍ଟିରୁ ଗୋଟେ ମାନକ ବ୍ୟାଟ ନଥିଲା, ଥିଲା ଗୋଟେ ଓଜନିଆ କାଠ ମୁଣ୍ଡା। ସେଇଥିରେ ସିଏ ଛକା ପିଟି ପାରୁଥିଲା। ସ୍କୁଲ ସମୟ ଛାଡିଦେଲେ ବାକି ସମୟ ସେଇ ବ୍ୟାଟକୁ ଧରି ସେ ଠୁକୁ ଠୁକୁ କରୁଥିଲା। ସିଏ ପଡ଼ିଆରେ ଖେଳେ ବାକି ପିଲାମାନଙ୍କ ସହ। କେହି ନଥିଲେ ମତେ ଡାକେ ବଲ୍ ପକେଇବାକୁ। ମୁଁ ବାଉନସର ପକାଏ ସିଏ ତାକୁ ବି ଖେଳିଦିଏ ଅତି ରକ୍ଷଣାତ୍ମକ ଭଙ୍ଗୀରେ। ସମସ୍ତେ କହୁଥିଲେ ଅମୁଲ୍ୟ ଯଦି ଭଲ କୋଚ୍ ପାଖରେ ପ୍ରଶିକ୍ଷଣ ପାଏ ରଣଜୀରେ ସ୍ଥାନ ପାଇଯିବ।

ତା ମୋ ଭିତରେ ବହୁତ ପାର୍ଥକ୍ୟ ଥିଲା। ସିଏ ସାର୍ଟ କଡା ଆଇରନ କରି ଠିକିରି ଭାଙ୍ଗ ପିଠି ପଛରେ କରି ପିନ୍ଧିବାକୁ ଭଲ ପାଉଥିଲା। ଟିଭିରେ ହିନ୍ଦୀ ଫିଲ୍ମ

ଦେଖୁଥିଲା। କୋଉଠି ଯାତ୍ରାପାର୍ଟି ପଡ଼ିଲେ ଆଦୌ ନଦେଖି ରହି ପାରୁନଥିଲା। ବଡ଼ ପିଲାଙ୍କ ଭଳି ଆଦବକାଇଦାରେ ସେ ଥିଲା ବେଶି ଆଗ୍ରହୀ। ସନ୍ନି ଦେଓଲ, ଅଜୟ ଦେବଗନର ଫିଲ୍ମ ସବୁ ଦେଖି ସେ ଅଦ୍ଭୁତ ଆଚରଣ କରୁଥିଲା। ଚାଲୁଥିଲା ବଡ଼ ବିଚିତ୍ର ଭଙ୍ଗୀରେ। ତାକୁ ଅନ୍ୟ ପିଲାମାନେ ଥଟ୍ଟା କରୁଥିଲେ। ମୁଁ ଥିଲି ପୂରାପୂରି ଓଲଟା। ନାଁ ଫିଲ୍ମ ଦେଖୁଥିଲି ନା ହିରୋମାନଙ୍କ ଦ୍ୱାରା ପ୍ରଭାବିତ ହେଉଥିଲି। ଏମିତି କି ଫିଲ୍ମ ହିରୋଙ୍କ ନାଁ ବି ଜାଣିନଥିଲି।

ଅମୁଲ୍ୟର ସ୍ତ୍ରୀ ଆମ ପାଇଁ ଚା' ଜଳଖିଆ ଆଣି ଥୋଇଲା। ଶତରୂପା ସେ ପର୍ଯ୍ୟନ୍ତ ସ୍ୱାଭାବିକ ହେଇ ପାରୁନଥାଏ ତା ଘରେ। ଦୁଇଟି ରୁମ୍,ଡାଇନିଂ,ଛୋଟ ରୋଷେଇ ଶାଳ,ବାଥରୁମ ବାସ୍ ଏତିକି ଅମୁଲ୍ୟର ଭଡାଘର। ଛୋଟ ଘର ହେଲେ ବି ଅମୁଲ୍ୟର ସ୍ତ୍ରୀ ସଫାସୁତର କରି ରଖିଛି। ତା ଛୋଟ ଫ୍ୟାକ୍ଟ୍ରିର ମାଲମତା ବି ସେ ଏଇଠି ରଖିଛି। ତେଣୁ ଚଳପ୍ରଚଳ ହେବା ପାଇଁ ବେଶି ଜାଗା ନାହିଁ। ସିଏତ ବହୁଦିନରୁ ବେପାର କଲାଣି। ବେପାରରେ ଜମି ଯିବଣି। ବଡ଼ଘର ନେଇ କି ତ ରହି ପାରନ୍ତା।ଅବଶ୍ୟ ମୁମ୍ବାଇରେ ଘରଭଡା ନିଶ୍ଚୟ ବହୁତ ଥିବ।

ଆମ ହାବଭାବ ଦେଖି ସୁଷମା ପାଣି ବୋତଲେ ଥୋଇ ଦଉ ଦଉ କହିଲା: ଭାଇ ଆପଣ ଚାକିରି ବାକିରି କରିଛନ୍ତି ଭଲ ଏ ବେପାର ଟପାର ଭାରି ଝଞ୍ଝଟ କାମ। ପନ୍ଦରବର୍ଷ ହେଲା ବେପାର କଲେଣି ସେଭିଂ ବୋଲି ଟଙ୍କାଟେ ନାହିଁ। ଦିନରାତି ମାତିଛନ୍ତି ହେଲେ ଲାଭଠାରୁ ଖର୍ଚ୍ଚ ବଳେଇ ପଡୁଛି। ଛଅଟା କାରିଗରଙ୍କ ଦରମା,ଘରଭଡ଼ା,କଞ୍ଚାମାଲ୍‌ରେ ପଇସା ସରି ଯାଉଛି। ସେଥିରେ ପୁଣି ମାଲ୍ ପାର୍ଟି ନଉଛନ୍ତି ବାକି ପକେଇ ଦଉଛନ୍ତି।

ଆମକୁ ଘରେ ଛାଡ଼ି ଦେଇ ଫ୍ୟାକ୍ଟ୍ରି ଆଡେ ଅମୁଲ୍ୟ ପଳେଇଥିଲା। ଅନୁପସ୍ଥିତିରେ ତାସ୍ତ୍ରୀ ଆମକୁ ଏସବୁ କଥା କହିବା ମତେ ଚକିତ କରୁଥିଲା। ପୁଣି ଘରେ ପଶୁ ପଶୁ।

ଅମୁଲ୍ୟ ଅପେକ୍ଷା ମୁଁ ଭଲ ପଢୁଥିଲି। ସିଏ ପାଠରେ ଆଦୌ ଧ୍ୟାନ ଦେଉନଥିଲା। ଆମ ବେଳେ ମାଟ୍ରିକ ପରୀକ୍ଷା ବହୁତ କଠିନ ଥିଲା। ତଥାପି ମୁଁ ସତୁରୀ ପ୍ରତିଶତ ମାର୍କ ରଖିଥିଲି। ଭୁବନେଶ୍ୱରରେ ବଡ଼ଭାଇ ଚାକିରି କରୁଥବାରୁ ମୋର କଲେଜ ପଢାରେ କିଛି ଅସୁବିଧା ହେଇନଥିଲା। ତା ବାପା କିଛି କରୁନଥିଲେ ଭାଗଚାଷରୁ ଆସୁଥିବା ଧାନ ବିକି ଚଳୁଥିଲେ। ଘରର ସେ ଥିଲା ବଡ଼ପୁଅ। ପାଠପଢା ଅପେକ୍ଷା ଘରର ଆର୍ଥିକ ଅବସ୍ଥା ସୁଧାରିବାକୁ ତାର ବେଶି ଚିନ୍ତା ଥିଲା।

ସିଏ ଯେତେବେଳେ କଲେଜ ପଢା ଅଧାଛାଡ଼ି ବମ୍ବେ ଚାଲିଗଲା ଗାଁ ଲୋକେ

କହିଲେ ବାପସିନା କୁଟା ଖଣ୍ଡକୁ ଦିଖଣ୍ଡ କରୁନଥିଲା ପୁଅଟା ଉଦଯୋଗୀ ଦେଖୁନ ଘରଚିନ୍ତା ତାକୁ କେମିତି କବଳିତ କଲା ଯେ ରୋଜଗାର ଆଶାରେ ବାହାରକୁ ପଳେଇଗଲା । ଆମ ଗାଁ ପାଖରେ ଚାଷବାସ ଓ ଦୋକାନ ବସେଇବା ଛଡା ରୋଜଗାରର ସେମିତି କିଛି ସୁଯୋଗ ନଥିଲା । ପିଜି ପଢିଲାବେଳେ ମୁଁ ଯେତେବେଳେ ଛୁଟିରେ ଗାଁକୁ ଯାଉଥିଲି ଲୋକେ କହୁଥିଲେ ତୋର କଣ ପାଠପଢା ସରିବନି ! କେତେ ଆଉ ପାଠ ପଢିବୁ । ତୋ ବୟସର ପିଲା ରୋଜଗାର କରି ଦିପଇସା ଘରକୁ ଆଣିଲେଣି । ପରୋକ୍ଷରେ ସେମାନେ ଅମୁଲ୍ୟ ଉଦାହରଣ ଦେଉଥିଲେ ।

ଅମୁଲ୍ୟ ଯେତେବେଳେ ବମ୍ବେରୁ ଗାଁକୁ ଆସୁଥିଲା ଭଲ ପୋଷାକ,ଟୋପି,ଚଷମା ପିନ୍ଧି ଆସୁଥିଲା । ଗାଁ ପିଲାଙ୍କୁ ଭୋଜି ପାଇଁ ଟଙ୍କା ଦେଉଥିଲା । ଘରକୁ ଛୋଟମୋଟ ଜିନିଷ ଆଣୁଥିଲା । ସେ ସେଠି ଭଲରେ ଅଛି ଏକଥା ସମସ୍ତଙ୍କୁ ଜଣେଇବାକୁ ଚାହୁଁଥିଲା । ବମ୍ବେ ସହରକଥା ମନ୍ଦିର ଚାନ୍ଦିନୀରେ ବସି ଲୋକଙ୍କୁ ଗପୁ ଥିଲା । ଲୋକ ବି ତା କଥା ଶୁଣୁଥିଲେ ।

ମତେ ଲୋକ ପାଠୁଆ ବେକାର ଭାବି ନେଇଥିଲେ । ତେଣୁ ମୋର କିଛି ଗୁରୁତ୍ୱ ହିଁ ନଥିଲା ଗାଁରେ । ମୁଁ ବି ସେସମୟରେ ଭାବୁଥିଲି ମତେ ଚାକିରି ବାକିରି ମିଳିବନି । ଅନିଶ୍ଚିତ ଭବିଷ୍ୟତ ମତେ ନିରାଶ କରୁଥିଲା । ମୁଁ କବିତା ଲେଖିବା ଆରମ୍ଭ କରିଥିଲି ।ଖବରକାଗଜର ସାହିତ୍ୟ ପୃଷ୍ଠାରେ ଲେଖା ପ୍ରକାଶ କରି ଆନନ୍ଦିତ ହେଉଥିଲି । ଭାବୁଥିଲି କିଛି ନକଲେ କଣ ହେବ ମୁଁ ତ କବିତା ଲେଖୁଛି ।

ଲୋକଙ୍କ କଥାକୁ ଖାତିର ନକରି ମୁଁ ପ୍ରସ୍ତୁତିର ସହ ପ୍ରତିଯୋଗିତା ମୂଳକ ପରୀକ୍ଷା ସବୁ ଦେଉଥାଏ । ଯେଉଁଦିନ ମୁଁ ଓଏଏସ ପାଇଲି ହଠାତ ମୋର ଗୁରୁତ୍ୱ ଗାଁରେ ବଢିଗଲା । ଲୋକମାନେ ଖାତିର କରିବା ଆରମ୍ଭ କରିଦେଲେ । ଅନେକ ପିଲାଙ୍କ ପାଇଁ ମୁଁ ଦୃଷ୍ଟାନ୍ତ ପାଲଟି ଗଲି । ଆମ ଘରଲୋକଙ୍କ ଖାତିର ବି ଗାଁରେ ବଢିଗଲା । ବୁଡି ଯାଉଥିବା ଲୋକଟି କୂଳରେ ଲାଗିବା ଅବସ୍ଥା ମୋର ।

ପରଦିନ ଆମେ ସାଇନାଥଙ୍କ ଦର୍ଶନ ପାଇଁ ଶିରିଡ଼ିରେ ପହଁଚିଲୁ ଆମସହ ଥିଲେ ଅମୁଲ୍ୟ ଓ ତା ପତ୍ନୀ ସୁଷମା । ମନ୍ଦିର ଭିତରେ ଅମୁଲ୍ୟ ମତେ କହିଲା: ସାଇନାଥଙ୍କୁ କଣ ମାଗିବୁ ?

: କିଛି ବି ନୁହେଁ ।

: କିଛି ତ ମାଗିବୁ ନିଶ୍ଚୟ, ମତେ ଲୁଚଉଛୁ ।

:ଏଥିରେ ଲୁଚେଇବାର କଣ ଅଛି । ମନ୍ଦିର ଆସେ ସତ ମୁଁ କେବେ କିଛି ମାଗେନା ।

ମୋ କଥାଶୁଣି ସିଏ ଅସହାୟ ଦିଶିଲା। ବୋଧେ କହିବାକୁ ଚାହୁଁଥିଲା ଯାର ଭଗବାନଙ୍କ ଉପରେ ବିଶ୍ୱାସ ନାହିଁ।

ଶିରିଡ଼ି ସାଇଙ୍କ ଦର୍ଶନ ସାରି ମଧ୍ୟାହ୍ନଭୋଜନ ଅନ୍ତେ ଆମେ ନାସିକ ଯାଇଥିଲୁ ତ୍ରୟମ୍ବକେଶ୍ୱରଙ୍କ ଦର୍ଶନ ପାଇଁ। ମନ୍ଦିରରୁ ଦର୍ଶନ ସାରି ଫେରିଲାବେଳେ ଅମୁଲ୍ୟର ମତେ ବୁଲେଇ ବଙ୍କେଇ ପୁଣି ସମାନ ପ୍ରଶ୍ନ

: ଏଠି ବି କଣ ତୁ ତ୍ରୟମ୍ବକେଶ୍ୱରଙ୍କୁ କିଛି ବି ମାଗିଲୁ ନାହିଁ ?

ମୁଁ ମୁଣ୍ଡହଲେଇ ନାଁ କହିଲି।

ସିଏ ବଲବଲ ହେଇ ମୋ ମୁହଁକୁ ଚାହିଁଲା। ସତେ ଯେମିତି ଗୋଟେ ବିଶୁଦ୍ଧ ନାସ୍ତିକକୁ ସିଏ ପାଖରେ ପାଇଛି। ବିଶ୍ୱାସେ ମିଳଇ ହରି ତର୍କେ ବହୁ ଦୂର ନ୍ୟାୟରେ ମୋ ସହ ଏ ସଂପର୍କରେ ଅଧିକ କିଛି ଚର୍ଚ୍ଚା କରିବାକୁ ସେ ଅଶ୍ୱସ୍ତି ପ୍ରକାଶ କଲା। ମୁଁ କଥା ବଦଳାଇବାକୁ ତ୍ରୟମ୍ବକେଶ୍ୱର ମନ୍ଦିରର ଇତିହାସ ସଂପର୍କରେ ଆମ ଛୋଟିଆ ଗ୍ରୁପକୁ ସୂଚନା ଦେବାକୁ ଆରମ୍ଭ କଲି କେମିତି ଏ ମନ୍ଦିରକୁ ବାଲାଜି ବାଜି ରାଓ ବା ନାନା ସାହେବ ନିର୍ମାଣ କରାଇଥିଲେ। ତ୍ରୟମ୍ବକେଶ୍ୱର ହେଉଛନ୍ତି ଦ୍ୱାଦଶ ଜ୍ୟୋର୍ତିଲିଂଗଙ୍କ ମଧ୍ୟରେ ଅନ୍ୟତମ। ମନ୍ଦିର ପରିସରରେ ଥିବା କୁଶଭର୍ତ୍ତା କୁଣ୍ଡର ପବିତ୍ରତା ଓ ମାହାତ୍ମ୍ୟ ବିଷୟରେ ବି ଅନେକ କଥା ବୁଝାଇବାକୁ ଲାଗିଲି।

ରାତି ହେବା ପୂର୍ବରୁ ଆମେ ନାସିକ ସହରରେ ସାମାନ୍ୟ ଏପଟ ସେପଟ ହେଇ ଗୋଟେ ଝୁଡ଼ି କମଳା ଧରି ମୁମ୍ବାଇ ବାହୁଡ଼ି ଆସିଲୁ। ଯାତ୍ରା ଜନିତ କ୍ଳାନ୍ତିରେ ଅମୁଲ୍ୟ ଶୋଇ ପଡ଼ିଥିଲା। ବାଟରେ ଗୋଟେ ଢାବା ଦେଖି ମୁଁ ଗାଡ଼ି ଅଟକେଇଲି ଆମେ ସମସ୍ତେ ରାତ୍ରି ଭୋଜନ କରିବାକୁ।

ଖାଇବା ଟେବୁଲରେ ଅମୁଲ୍ୟ ମତେ ଆଇଁଷ ଖାଉଥିବାର ଦେଖି ଚମକି ଉଠିଲା।

:ଏ କଣ କରୁଛୁ ତୁ ଚଣ୍ଡାଳ। ମନ୍ଦିର ଯାଇ ଆଇଁଷ ଖାଉଛୁ, ଠାକୁରଙ୍କୁ ମିନତି ନକଲୁ ନାହିଁ କିଛି ତ ସଦାଚାର ମାନ।

ଆପ ରୁଚି ଖାନ୍ନା କହି ମୁଁ ତା କଥାକୁ ଟାଳି ଦେଲି। ସେ ନିଦ ମଳମଳ ଆଖିରେ କେବଳ ଅନେଇଲା, କଥାକୁ ଆଉ ଆଗକୁ ବଢେଇଲାନି।

ଶତରୂପା ଜାଣିଛି ମୁଁ ମାନିବା ଲୋକ ନୁହେଁ। ତାଛଡ଼ା ଆମ ଭିତରେ ଖାଦ୍ୟରୁଚିକୁ ନେଇ ଏକ ସ୍ୱତନ୍ତ୍ର ସତ୍ୟପାଠ ହେଇଛି କେହି କାହାର ପସନ୍ଦର ଖାଦ୍ୟ ଖାଇବାରେ ଅଯଥା ପ୍ରତିବନ୍ଧକ ସୃଷ୍ଟି କରିବୁ ନାହିଁ। ସେ ପୂରା ଘଟଣାକୁ ଦୂରରୁ ଥାଇ ଦେଖୁଥିଲା ଓ ସ୍ମିତହାସ୍ୟ ଦେଲା।

ସୁଷମା କିନ୍ତୁ ମୋର ଆଇଁଷ ଖାଇବାକୁ ସହଜରେ ନେଇ ପାରୁନଥିଲା

ବୋଧେ। କିଛି ତ କହି ପାରୁନଥିଲା ହୁଏତ ମନେ ମନେ ଭାବୁଥିବ ଇଏ କେମିତିକା ମଣିଷ ମନ୍ଦିରରୁ ଫେରି ଖାଉଛି ଆଇଁଷ।

ପରଦିନଟା ଆମର ବିଶ୍ରାମରେ କଟିଗଲା। ଅମୁଲ୍ୟ ତା ଛୋଟ ଫ୍ୟାକ୍ଟ୍ରିକୁ ଗଲା। ସୁଷମା ଆମ ପାଇଁ ପଖାଳ ଶାଗଭଜା, ବଡିଚୂରା, ବିନ୍ସ ଆଳୁ ଭଜା, ପାମ୍ପଡ଼,ଦହି ଇତ୍ୟାଦିର ବ୍ୟବସ୍ଥା କରିଥିଲା ଖରାବେଳ ଖାଇବା ପାଇଁ। ଶିରିଡ଼ି ଯାତ୍ରା କଷ୍ଟକୁ ଲାଘବ କରିବା ପାଇଁ ଏହା ଥିଲା ଆମ ପାଇଁ ମହୌଷଧି। ମୁଁ ଦିନଟା ହ୍ୱାଟ୍‌ସ ଆପ୍,ଫେସବୁକ ଓ ନେଟଫ୍ଲିକ୍ସରେ କାଟିଦେଲି। ସଞ୍ଜକୁ ଅମୁଲ୍ୟ ଚିକେନ ଧରି ଫେରିଥିଲା। ଶତରୂପା ରାତି ଖାଇବା ପାଇଁ ଚିଲି ଚିକେନ ବନେଇଲା,ସୁଷମା ରୁଟି କରିଦେଲା।

ଅମୁଲ୍ୟ ଖାଇଲାବେଳେ କହିଲା- କାଲି ଆମେ ମୁମ୍ବାଇ ସହର ବୁଲିବା। ଗେଟୱେ ଅଫ ଇଣ୍ଡିଆ, ତାଜ ହୋଟେଲ, ଜୁହୁ ବିଚ୍ ,ସିଦ୍ଧି ବିନାୟକ ମନ୍ଦିର ସବୁ କିଛି ଦେଖି ଆସିବା।

ପରଦିନ ଆମେ ମହାରାଷ୍ଟ୍ର ଟୁରିଜିମର ଗୋଟେ ହିପହପ ବସରେ ତା ଘର ପାଖ ମୁଖ୍ୟରାସ୍ତାରୁ ଉଠିଲୁ। ସିଏ ଆଗରୁ ଟୁରିଜିମ ଅଫିସରୁ ଟିକଟ କିଣି ଆଣିଥିଲା। ଏ ଟୁରିଜିମ ବାଲାଙ୍କ ପ୍ୟାକେଜରେ ଯିବା ମୋର ପସନ୍ଦ ନଥିଲା। ଗାଇଡ ଗୋଟେ ସାଙ୍ଗରେ ଯାଇଥିବ। ଖଣ୍ଟି ହିନ୍ଦୀ,ଇଂରାଜୀରେ ବିଭିନ୍ନ ସ୍ଥାନର ଇତିହାସ ପୁଳାଏ ଚବର ଚବର ହେବ। ସ୍କୁଲ ପିଲାଙ୍କୁ ଧାଡ଼ି ବାନ୍ଧି ନେଲାଭଳି ସମସ୍ତଙ୍କୁ କହୁଥିବ ଓହ୍ଲାଅ,ଚଢ। ଏଇଠି ଆମେ କୋଡିଏ ମିନିଟ ରହିବା ଯିଏ ଯାହା ଦେଖୁଛ ଦେଖ ଏତିକି ସମୟ ଭିତରେ ବସକୁ ଫେରିବ ଇତ୍ୟାଦି। ଗୋଟେ ଗାଡ଼ି କରି ନିଜ ମର୍ଜିରେ ବୁଲିବା,ଦେଖିବାର ଯେଉଁ ଆନନ୍ଦ ଅଛି ଏଥିରେ କଣ ଅଛି। ହେଲେ ଅମୁଲ୍ୟ କାଳେ କିଛି ଭାବିବ ମୁଁ ବିନା ପ୍ରତିବାଦରେ ତା କଥାରେ ରାଜି ହେଲି।

ଆମ ବସ ଯାଇ ପ୍ରଥମେ ଗେଟୱେ ଅଫ ଇଣ୍ଡିଆ ପାଖରେ ଅଟକିଲା। ଗାଇଡ ଗେଟୱେ ଅଫ ଇଣ୍ଡିଆର ଇତିହାସ ବଖାଣିଲା- ବିଂଶ ଶତାବ୍ଦୀର ପ୍ରାରମ୍ଭରେ ୧୯୧୧ ଡିସେମ୍ବରରେ ରାଜା ପଞ୍ଚମ ଜର୍ଜ ଓ ମହାରାଣୀ ଏମ୍ପ୍ରେସ ମ୍ୟାରିଙ୍କ ଜଳପଥରେ ବମ୍ବେ ବାଟ ଦେଇ ପ୍ରଥମ ଭାରତ ଗସ୍ତର ସ୍ମାରକୀ ସ୍ୱରୂପ ନିର୍ମାଣ ହୋଇଥିଲା ଗେଟୱେ ଅଫ୍ ଇଣ୍ଡିଆ। ୧୯୧୩ ମାର୍ଚ୍ଚରେ ଏହାର ଶୁଭ ଦିଆଯାଇଥିଲା। ୧୯୨୪ ଡିସେମ୍ବର ୪ରେ ଏହାର ନିର୍ମାଣ ସରିଥିଲା। ୮୫ ଫୁଟ ଉଚ୍ଚର ଏହି କୀର୍ତିସ୍ତମ୍ଭକୁ ବିଶିଷ୍ଟ ସ୍ଥପତି ଜର୍ଜ ୱିଟେଟ ଡିଜାଇନ କରିଥିଲେ। ନିର୍ମାଣ ପାଇଁ ସେ ସମୟରେ ଖର୍ଚ୍ଚ ହୋଇଥିଲା ମୋଟ ୨୧ଲକ୍ଷ ଟଙ୍କା । ଆମେ ଏସବୁ ନଶୁଣି ପୁଳାଏ ସେଲଫି ଗେଟ ଆଗରେ ଉଠାଇଲୁ।

ଗେଟ ୱେ ଅଫ ଇଣ୍ଡିଆର ଅନତି ଦୂରରେ ବିଳାସମୟ ତାଜମହଲ ପ୍ୟାଲେସ ହୋଟେଲ। ୨୦୦୮ ମୁମ୍ବାଇ ଆତଙ୍କବାଦୀ ଆକ୍ରମଣରେ ଏହି ହୋଟେଲ କିପରି କ୍ଷତିଗ୍ରସ୍ତ ହୋଇଥିଲା ଏକଥା ସୂଚାଇବାକୁ ହେଳା କରିନଥିଲା ଗାଇଡ। ହୋଟେଲର ରୁମ ସଂଖ୍ୟା,ସୁଟ୍ ସଂଖ୍ୟା,ରେଷ୍ଟୋରାଁ ସଂଖ୍ୟା, କର୍ମଚାରୀ ସଂଖ୍ୟା,ପ୍ରତି ସୁଟର ଟାରିଫ ବି ବୁଝାଉଥିଲା ସିଏ। ଏଭଳି ନାମୀଦାମୀ ହୋଟେଲରେ ରହିବାର ସୁଯୋଗ କେବଳ ଧନୀମାନଙ୍କର, ସାଧାରଣ ଲୋକେ କେବଳ ବାହାରୁ ବାହାରୁ ଦେଖି ମନ ବୁଝେଇବା କଥା। ହୋଟେଲ ସାମ୍ନାରେ ଠୁଳ ହୋଇଥିବା ପାରା ଦର୍ଶନୀୟ । ପାରାଙ୍କୁ ସୋଲା ଖାଇବାକୁ ଦେବା ଓ ଫଟୋ ଉଠାଇବା ପର୍ଯ୍ୟଟକ ମାନଙ୍କ ପାଇଁ ସବୁଠୁ ବଡ଼ ଆକର୍ଷଣ। ମୁଁ ପାଖ ଠେଲାରୁ ସୋଲା ଆଣି ଠୁଳ ହୋଇଥିବା ପାରାମାନଙ୍କ ଆଡକୁ ଫିଙ୍ଗିଲି, ପାରାମାନେ ସୋଲା ଖାଉଥିବା ବେଳେ ଶତରୂପା ମୋବାଇଲ କ୍ୟାମେରାରେ ମୋର ଗୋଟେ ଫଟୋ ଉଠାଇଲା।

ଅମୁଲ୍ୟ କହିଲା: ବହୁତ ଥର ଆମେ ଏଠିକି ବୁଲିବାକୁ ଆସିଛୁ ଦୂରରୁ ହୋଟେଲ ଆଗରେ ଫଟୋ ଉଠାଇ ଚାଲିଯାଇଛୁ। ଏମିତି ଦାମୀ ହୋଟେଲ ଭିତରକୁ ଯିବାର ଭାଗ୍ୟ ଆମର ନାହିଁ,ରହିବା ଓ ଖାଇବା ତ ଦୂରର କଥା।

: ତୁ କଣ କମ ଭାଗ୍ୟବାନ କି ଏ ହୋଟେଲ ପାଖରେ ତ ଘେରାଏ ବୁଲିକି ଯାଇ ପାରୁଛୁ। ଥରେ ଚିନ୍ତା କର ତ ଆହୁରି କେତେ ଲୋକ ଗାଁଗଣ୍ଡାରେ ଅଛନ୍ତି ସେମାନେ ତାଙ୍କ ଜୀବଦ୍ଦଶାରେ କେବେ ବି ଏ ମାଟି ମାଡ଼ି ପାରିବେନି। ମୁଁ ତା ନିରୁତ୍ସାହ ପଣକୁ ହାଲକା କରିବାକୁ କହିଲି।

: ସେଟା ତ ସତକଥା ଏ ହୋଟେଲରେ ମୁଁ କଣ ରହିପାରିବି ? ବଡ଼ ଉତ୍ସୁକତାର ସହ ସେ ପଚାରିଲା ।

: କାହିଁକି ନୁହେଁ ତୁ ଯଦି ଲକ୍ଷେ ଟଙ୍କା ଗୋଟେ ଦିନରେ ଖର୍ଚ୍ଚ କରିପାରିବୁ ତାହେଲେ ନିଶ୍ଚୟ ରହି ପାରିବୁ। ଏଥିରେ ଭାବିବାର କଣ ଅଛି।

: ଲକ୍ଷେ ଟଙ୍କା !

: ଥାଉ କାଇଁ ବେକାର ଟାରେ ଲକ୍ଷେ ଟଙ୍କା ସାରିବୁ କହିଲୁ ବରଂ ସେ ଟଙ୍କା ତୋ ବିଜନେସରେ ଲଗେଇଲେ ଲାଭ ଅଛି। ଏ ହୋଟେଲରେ ରହିବା ଗୋଟେ ବିଳାସ, କେବେ ବି ଗୋଟେ ଆବଶ୍ୟକତା ନୁହେଁ। ଆବଶ୍ୟକତା ସେଇ ମାନଙ୍କ ପାଇଁ ଯେଉଁମାନେ ସେଇ ସୋପାନରେ ପହଁଚିଛନ୍ତି। ଆମ ମାନଙ୍କ ପାଇଁ ଏହା ହେବ କେବଳ ଗୋଟେ ବିଳାସମୟ ଅନୁଭୂତି ।

ଗାଇଡ କହିଲା, ଏଇଠି ଆମ ବସ ଆଉ ତିରିଶ ମିନିଟ ରହିବ। ପାଖରେ

ଥିବା ହେଟେଲରେ ଯିଏ ଯାହା ଖାଇବା କଥା ଖାଇ ନିଅନ୍ତୁ। ତାପରେ ଆମେ ଯିବା ଜୁହୁ ବିଚ୍, ସିଦ୍ଧି ବିନାୟକ ମନ୍ଦିର ଓ ଆମର ମୁମ୍ବାଇ ଟ୍ରିପ୍ ମୋଟାମୋଟି ଶେଷ ହେବ।

ଖାଇ ସାରି ବସରେ ବସି ମୁଁ ଅମୁଲ୍ୟର ଉଚ୍ଚାକାଂକ୍ଷାକୁ ମନେ ମନେ ପ୍ରଶଂସା କରୁଥିଲି। ଉଚ୍ଚାକାଂକ୍ଷା ସବୁ ମଣିଷର ରହିବା ଦରକାର। ଏହି ଆକାଂକ୍ଷା ହିଁ ମଣିଷକୁ ଆଗକୁ ବଢିବାକୁ ପ୍ରେରଣା ଯୋଗାଏ। ଅମୁଲ୍ୟକୁ ସେମିତି କହିବା ଠିକ ନଥିଲା। କିଏ ଜାଣେ ତାର ବ୍ୟବସାୟ ଖୁବ ଭଲ ଚାଲିବ, ସିଏ ପ୍ରଚୁର ଟଙ୍କା କମେଇବ ଆଉ ତାଜ ହୋଟେଲ ସୁଟ୍ ଭିତରେ ବସି ମୋ ସହ ଭିଡିଓ କଲ ଯେ ନକରିବ। ମୋ ମନଟା ଗୁଡେଇ ତୁଡେଇ ହେଲା।

ଅମୁଲ୍ୟକୁ ମୁଁ କହିଲି- ତୋର ତାଜ୍ ହୋଟେଲରେ ରହିବା ସ୍ୱପ୍ନ ଅସମ୍ଭବ ନୁହେଁ। ବରଂ ମୁଁ ବେଶି ଖୁସି ହେବି ।

: ନାଁରେ ସେମିତି କହୁଥିଲି ନା ସେ ହୋଟେଲ କିଏ ଆମେ କିଏ।

: ଦେଖିବୁ ତୁ ବହୁତ ବଡ଼ ବ୍ୟବସାୟୀ ହେବୁ, ଦିନେ ଏ ତାଜ ହୋଟେଲ କାହିଁକି ବିଦେଶର ଆହୁରି ବଡ଼ ବଡ଼ ହୋଟେଲରେ ରହିବୁ।

: ତୁ ଜ୍ୟୋତିଷ ପାଠ ଜାଣିଛୁ କି ? କେମିତି ଏତେ ଅନୁମାନ କରିପାରୁଛୁ। ମୁଁ ଜାଣିଛି ମୋଦ୍ୱାରା କେତିକି ସମ୍ଭବ। ମୋର ଏଇ ଛୋଟିଆ ଫାଇବର ମୂର୍ତି ଫ୍ୟାକ୍ଟ୍ରି, ଘାସକୁ ମୋଟ ବେଣାକୁ ଛୋଟ। ଚାଇନା ମାଲ ମାର୍କେଟରେ ପଶିଲା ପରେ ଆମ ବେପାର ଆଉ ଉଧେଇ ପାରୁନି। ଏଥିରେ କଣଟେ ମୁଁ ହେଇ ହେଇକା ହେଇଯିବି।

: ସବୁ ହେଇପାରିବ। ତତେ ଟ୍ରାକ୍ ବଦଳେଇବାକୁ ହେବ। ମୂର୍ତି ଯଦି ଚାଲୁନି ତତେ ଚାହିଦା ଥିବା ବ୍ୟବସାୟରେ ମୁଣ୍ଡ ପୂରେଇବାକୁ ପଡ଼ିବ। ତୁ ଚିନ୍ତା କର ଆଉ କଣ କରିପାରିବୁ। ଜୀବନରେ ପରିବର୍ତ୍ତନ ଦରକାର। ନହେଲେ ଯୋଉଠି ସେଇଠି ରହିଯିବୁ।

ଅମୁଲ୍ୟ ମୋ କଥା ଅମୃତ ଭଳି ପିଇ ଯାଉଥିଲା। ତା ଆଖି ଗୁଡ଼ିକ ନୂଆ ଆଶାରେ ଜଳି ଉଠୁଥିଲା। ଯେମିତି ଏଇ ମାତ୍ରକେ ସିଏ ଗୋଟେ କିଛି ନୂଆ ଆରମ୍ଭ କରିବ।

ଜୁହୁ ବିଚରୁ ଫେରି ସିଦ୍ଧି ବିନାୟକଙ୍କୁ ଆମେ ଦର୍ଶନ କଲୁ। ବିନାୟକଙ୍କ ଆଗରେ ହାତଯୋଡ଼ି, ଆଖିବୁଜି ଅମୁଲ୍ୟ କଣ ସବୁ ଗୁଣ ଗୁଣେଉ ଥିଲା। ନିଶ୍ଚୟ ସିଏ କିଛି ମାନସିକ କରିଥିବ ନିଜ ବ୍ୟବସାୟ, ଭବିଷ୍ୟତକୁ ନେଇ।

ଦର୍ଶନ ଅନ୍ତେ ମୋ ପାଦ ଜୋତାଷ୍ଟାଣ୍ଡ ଆଡକୁ ଅଗ୍ରସର ହେଉଥିଲା।

କାନରେ ଅନୁରଣିତ ହେଲା ଏକ ସ୍ୱର-ସତରେ ତୁ କିଛି ମାଗିଲୁ ନାହିଁ !

■

ବଂଶିକା

କାନ୍ଧରେ ଭ୍ୟାନିଟି ଝୁଲାଇ, ବାଁ ହାତରେ ଛୋଟ ଦର୍ପଣକୁ ଧରି ଡାହାଣ ହାତରେ ମୁହଁରେ ଟଚଅପ୍ ତୁହାକୁ ତୁହା ଦେଇ ଧଇଁସଇଁ ହୋଇ ସେ ଚାଲୁଥିଲା। ନଅଟା ବାଜିବାକୁ ଆଉ କୋଡିଏ ମିନିଟ। କୋଡିଏ ମିନିଟରେ ସେ କଣ ଖଣ୍ଡଗିରି ଛକ ଆଗ ସେ ଅନ୍ଧାରିଆ ଗଡାଣିଆ ରାସ୍ତା ଧରିପାରିବ !

ସିଏ ଜାଗମରା ବାରଭୂଜା ମଣ୍ଡପ ଡେଇଁଚି କି ନାହିଁ ତା ମୋବାଇଲ ବାଜି ଉଠିଲା। ମୋବାଇଲଟାକୁ ଭ୍ୟାନିଟିରୁ କାଢୁ କାଢୁ ତଳେ ପଡିଗଲା ତା ଟିକି ଦର୍ପଣ,ଟଚଅପ୍ ପାଉଡର ବାଟି। ଭ୍ୟାନିଟିଟା ବି ତଳେ ଗଦ କି ପଡି ଗଲା। ଚେନ୍ ଖୋଲା ଭ୍ୟାନିଟି ଭିତରୁ ତା ଖୁଚୁରା ପଇସା, ରୁମାଲ, କଣ୍ଡୋମ ପ୍ୟାକେଟ,ପାନିଆଁ,ଲିପଷ୍ଟିକ ସବୁକିଛି ବିଛାଡି ହୋଇ ପଡିଲା ରାସ୍ତାରେ। ଚାରିଆଡକୁ ଚାହିଁ ସନ୍ତର୍ପଣରେ ସେ ସବୁକୁ ଭ୍ୟାନିଟି ଭିତରେ ପୂରାଇ ଦେଇ ମନେ ମନେ ଭୀଷଣ କ୍ଷୁବ୍ଧ ହେଲା ସେ।

ଏ ବ୍ରଜ ଅଟୋବାଲା ପାଇଁ ଆଜି ଯେତେକ ହୀନସ୍ତା। ସେଇ ରଇଜଳା ଫୋନ୍ କରିଥିବ। ଠିକଣା ସମୟରେ ଆସିବନି, ଚଲେଇ ଚଲେଇ ହଇରାଣ କରିବ। ବ୍ରଜ ଅଟୋବାଲାକୁ ସିଏ ନାଗୁଆ କରିଛି ପ୍ରତିଦିନ ସନ୍ଧ୍ୟାରେ ତାକୁ ଠିକଣା ଜାଗାରେ ଛାଡିବ ଆଉ ରାତି ଦିଟାରେ ନେଇକି ଘରେ। ହେଲେ ଆଜିକାଲି ଭାରି ଢିଲା ଦେଉଛି, ଠିକ୍ ସମୟରେ ଆସୁନି, ରାତି ନଅଟା ହେବାକୁ ବସିଲାଣି କେତେ ଆଉ ତାକୁ ଅପେକ୍ଷା କରିଥାନ୍ତା। ସମସ୍ତେ କେତେବେଳୁ ଯାଇକି

ସଜେଇ ହେଇ ରାସ୍ତାରେ ଛିଡା ହେଇ ସାରିବେଣି ବଇନି ବି କରି ସାରିବେଣି। ଫୁଟପାଥ ଉପରେ ଗରଗର ହେଇ କି ସିଏ ବସି ପଡ଼ିଲା ।

ତାକୁ ଲାଗିଲା ତା ପଛରେ କିଏ ଜଣେ ଠିଆ ହେଇଛି। ହଁ କିଏ ଗୋଟେ ଠିଆ ହେଇଥିବ ହେଇଥାଉ। ଟିକେ ବସିକି ସିଏ ପୁଣି ଚାଲିବା ଆରମ୍ଭ କରିବ। ସେୟାର ଅଟୋରେ ତାର ତ ଯିବାର ନାହିଁ। ସେୟାର ଅଟୋରେ କେତେ କିଏ ବସିଥିବେ। କିଏ ଟିଟକାରୀ ମାରିବ,କିଏ ହାତ ବୁଲେଇବ। ତାକୁ ଏସବୁ ମୋଟରୁ ଭଲ ଲାଗେନି। ବେପାର ଜାଗାରେ ସବୁ ଚଳିବ, ଅନ୍ୟ ଜାଗାରେ ତା ସାଙ୍ଗରେ କିଏ ବେଧୁଆମି କଲେ ଜିଭ ଛିଣ୍ଡେଇ ଆଣିବାକୁ ତାର ଇଛା ହୁଏ।

ପାଣି ବୋତଲଟେ ତା ହାତକୁ ବଢେଇ ଦେଇ ଯୁବକଜଣକ କହିଲା, ‘ନିଅ ପାଣି ଟୋପେ ପିଇଦିଅ ଭଲ ଲାଗିବ’।

‘କୁଆଡେ ଯିବାର ଅଛି ଚାଲନ୍ତୁ ମୁଁ ଛାଡି ଦେବି।’ ସିଏ ଆଗ୍ରହ ସହକାରେ ପ୍ରସ୍ତାବ ଦେଲା।

ପ୍ରଥମ ଥର ପାଇଁ ତାଭଳି ଗୋଟେ ମାମୁଲି କିନ୍ନରକୁ କିଏ ଜଣେ ଏତେ ଭଦ୍ର ବ୍ୟବହାର ଦେଖାଉଥିଲା। ଏହା ଆଦୌ ତାର ବିଶ୍ୱାସ ହେଉନଥିଲା।

‘ହୁଏ ଏମିତି ବେଳେ ବେଳେ,ଠିକ ସମୟରେ ଯିବାକୁ ଥିବା ସ୍ଥାନରେ ପହଞ୍ଚି ହୁଏନା। ଛାଡିଦବାକୁ କହିଥିବା ଲୋକ ଠିକ ସମୟରେ ଆସେନା।’, ଯୁବକଟି ସାମାନ୍ୟ ହସି ତା ମୁହଁକୁ ଚାହିଁ କହିଲା।

ସିଏ ଆଶ୍ଚର୍ଯ୍ୟ ହେଉଥିଲା ଯୁବକର ବ୍ୟବହାରରେ।

‘ନାଇଁ ନାଇଁ ମୁଁ ଚାଲି ଚାଲି ପଳେଇବି ଆଉ ତ ଡାକେ ବାଟ।’, ସିଏ ହଡବଡ ହେଇ କହିଲା।

‘ଚାଲ ମୋ କାରରେ ଛାଡି ଦେବି ତମକୁ, ମୁଁ ବି ତ ସେଇ ରାସ୍ତା ଦେଇ ନୟାପଲ୍ଲୀ ଯିବି।’

‘ସବୁ ଏଇ ବ୍ରଜର ଦୋଷ। ଠିକ୍ ସମୟରେ ଆସିବନି। କେତେବେଳେ ଆସିବ ଫୋନ କରି ବି ଜଣେଇବନି।’ ବଂଶିକା ବିରକ୍ତିର ସହ ନିଜକୁ ନିଜେ କହୁଥିଲା।

‘କିଛି ବ୍ୟସ୍ତ ହେବାର ନାହିଁ। ତମ ଭଳି ଥାର୍ଡ ଜେଣ୍ଡର ମାନଙ୍କୁ ମୁଁ ବହୁତ ସମ୍ମାନ କରେ।’, ଯୁବକ ଜଣକ କହିଲା।

ସେ ହସିହସି ଧନ୍ୟବାଦ ଜଣାଇଲା ଓ କାରରେ ବସିଲା।

ଖଣ୍ଡଗିରି ଛକ ଆଗକୁ ପହଞ୍ଚିବା ଅଳ୍ପ ସମୟର ଅନ୍ତର। ଚାହୁଁ ଚାହୁଁ ହେଇଗଲା।

'ମୁଁ ସ୍ନେହାଶିଷ ଦାସ। ବିଜନେସ କରେ। ଏଇ ମୋର କାର୍ଡ ଦେଖାହେବ ପୁଣି କେବେ।', ସିଏ କାରରୁ ଓହ୍ଲାଇଲାବେଳେ ଭିଜିଟିଂ କାର୍ଡ ବଢେଇଦେଲା ଯୁବକ ଜଣକ।

ନିଶ୍ଚୟ ଦେଖାହେବ କହି ସିଏ ଡଗଡଗ ହେଇ ଚାଲିଗଲା ଅନ୍ଧାର ଭିତରକୁ।

ଭୁବନେଶ୍ୱର ଆସିବା ତାର ପ୍ରାୟ ଚାରିବର୍ଷ ହୋଇଗଲାଣି। ସେ ପୁରୁଷ ନୁହେଁ କି ନାରୀ ନୁହେଁ କିନ୍ତୁ ସେ ନିଜକୁ ନିଜେ ବୁଝିଛି ନାରୀଟିଏ। ଜଣେ ନାରୀର ହୃଦୟ, ଜଣେ ନାରୀର ମନ ନେଇ ସେ ଜୀବନ ବିତେଇ ଆସିଲାଣି ବାଇଶ ବର୍ଷ ହେଲା। ପିଲାଦିନରୁ ସେ ନିଜକୁ ଭିନ୍ନ ଭାବିଛି, ନିଜ ଭିତରର ମଣିଷକୁ ଚିହ୍ନିଛି। ନିଜ ଭିତରର ମଣିଷକୁ ଚିହ୍ନି ସେଇ ଭଳି ବଞ୍ଚିବାରେ ଆନନ୍ଦ ଯେତିକି ତାଠାରୁ ଅଧିକ ଲାଞ୍ଛନା ସେ ପାଇଛି। ଏ ଲାଞ୍ଛନା ବାହାର ଲୋକଙ୍କ ଅପେକ୍ଷା ତା ନିଜଘରୁ ସେ ଅଧିକ ପାଇଛି। ବାପାଙ୍କର କଟକ ମାଲଗୋଦାମ ଏରିଆରେ ଆଳୁ ପିଆଜ ହୋଲସେଲ ଦୋକାନ। ମା କେତେ ଓଷାବ୍ରତ କରି ମାନସିକ କରି ତିନିଝିଅଙ୍କ ପରେ ତାକୁ ପୁଅ ଭାବେ ପାଇଥିଲା। ଘରେ ତା ନାଁ ଦେଇଥିଲେ ବଂଶୀଧର। ତିନିଝିଅଙ୍କ ପରେ ପୁଅଟିଏ ହୋଇଥିବାରୁ ଘରେ ଖେଳିଯାଇଥିଲା ଖୁସିର ମାହୋଲ। ହେଲେ ସେ ଖୁସି ବେଶିଦିନ ରହିନଥିଲା। ହଁ ସିଏ ବଂଶୀଧର ସାହୁ। ବାପା ବନବିହାରୀ ସାହୁ। ମାଆ ସ୍ୱର୍ଣ୍ଣପ୍ରଭା ସାହୁ। ଘର କଟକ ଶିଖରପୁର। ଘରର ଏକମାତ୍ର ପୁଅ ଭାବେ ତାକୁ ନେଇ ବାପାମାଙ୍କର ଅନେକ ସ୍ୱପ୍ନ ଥିଲା। ସେ ସ୍ୱପ୍ନକୁ ସିଏ ଅଟିରେ ଦଳିମକଚି ଦେଇ ପାଲଟିଛି ଭିନ୍ନ ପଥର ଯାତ୍ରୀ। ଯେଉଁ ପଥରେ ଯାଉଥିବା ଯାତ୍ରୀକୁ ଅଭ୍ୟର୍ଥନା ମିଳେନି ମିଳେ କେବଳ ଘୃଣା।

ଛୋଟ ଥିଲାବେଳେ ସିଏ ଝିଅମାନଙ୍କ ସହ ଖେଳାଖେଳି କରିବାକୁ ଭଲ ପାଉଥିଲା। ପୁଅମାନଙ୍କ ଅପେକ୍ଷା ଝିଅଙ୍କ ସହ ଖେଳିବାକୁ ବୁଲିବାକୁ ସିଏ ପାଉଥିଲା ଆନନ୍ଦ। ଭଉଣୀମାନଙ୍କ ଡ୍ରେସ ପିନ୍ଧିବାରେ ଛୋଟବେଳୁ ତାର ଥିଲା ଦୁର୍ବଳତା। ପିଲାଦିନୁ ଭାବଭଙ୍ଗୀ,କଣ୍ଠ ସ୍ୱର ସବୁଥିଲା ଝିଅଭଳି। ସ୍କୁଲରେ ପଢିଲାବେଳେ କ୍ଲାସରେ ଝିଅଙ୍କ ବେଞ୍ଚରେ ବସିବା,ସେମାନଙ୍କ ସହ ଖେଳଛୁଟିରେ ଟିଫିନ ସେୟାର କରି ଖାଇବା ତାର ଅଭ୍ୟାସରେ ପଡି ଯାଇଥିଲା। ସ୍କୁଲ ଗଲାବେଳେ ପୁଅ ଡ୍ରେସ ପିନ୍ଧୁଥିଲେ ବି ରଙ୍ଗଢଙ୍ଗ ସବୁଥିଲା ଝିଅ ଭଳି। ଅଣ୍ଟାରେ ରୁମାଲ ଗେଞ୍ଜି, ଝିଅଙ୍କ ଭଳି ଚାଲୁଥିବାରୁ ମାଇଚିଆ,ଛକା ଭଳି ଟାହିଟାପରା ତାକୁ ସ୍କୁଲରେ ସହିବାକୁ ପଡୁଥିଲା। ସେ ପଢୁଥିଲା ଶିଖରପୁର ଗାୟତ୍ରୀ ଶିକ୍ଷା ମନ୍ଦିରରେ।

ତାର ରଙ୍ଗଢଙ୍ଗକୁ ନେଇ ଘର ଲୋକ ଏତେଟା ଗୁରୁତ୍ୱ ଦେଉନଥିଲେ।

ସେମାନେ ଭାବୁଥିଲେ ହଁ ଛୁଆ ଅଛି ସେମିତି ହଉଛି ବଡ଼ ହେଲେ ସବୁକିଛି ବଦଳିଯିବ। ହେଲେ ସ୍କୁଲରେ ତାର ଏ ଗୁଣକୁ ସାରମାନେ ସହଜରେ ନେଇପାରୁ ନଥିଲେ।

ଦିନେ ତ ଗଣିତ ସାର ତାକୁ ସବୁପିଲାଙ୍କ ଆଗରେ ପାଖକୁ ଡାକିଲେ ଆଉ କହିଲେ, 'ଏ ବଂଈଶୀ ସତ କହ ତୁ କିଏ ? ପୁଅ ନା ଝିଅ ? ତୋ ପ୍ୟାଣ୍ଟ ଖୋଲିଲୁ ଦେଖିବା ଆଜି ଫଇସଲା ହେଇଯିବ ତୁ ପୁଅ ନା ଝିଅ।'

ସେଦିନର ଘଟଣା ଆଜି ବି ଜଳଜଳ ହେଇ ତା ଆଖି ସାମ୍ନାରେ ନାଚିଯାଏ। ଗଣିତ ସାର ତା ପ୍ୟାଣ୍ଟ ସମସ୍ତଙ୍କ ସାମ୍ନାରେ ଖୋଲି ଦେଇଥିଲେ। ଓଃ କି ଲଜ୍ୟା। ସେଦିନ ତାମୁହଁ ଅପମାନରେ ନାଲି ପଡିଯାଇଥିଲା। ଜୀବନ ସାରା ଏ ଘଟଣାକୁ ସେ ଭୁଲି ପାରିବନି।

ଆଉଥରେ କମ୍ପ୍ୟୁଟର ସାର୍ ଲ୍ୟାବରେ ତାକୁ ଏକୁଟିଆ ପାଇ କୁଣ୍ଢେଇ ଧରିଥିଲେ। ବଡ଼କଷ୍ଟରେ ସେ ତାଙ୍କର ପାଶବିକ ଫାଶରୁ ମୁକୁଳି ଆସି ଥିଲା। ସେ ଘଟଣା ସେ ଆଜିଯାଏ କାହାକୁ କହିନି। ତାପରଠୁ ତାକୁ କମ୍ପ୍ୟୁଟର ଲ୍ୟାବକୁ ଯିବାବେଳେ ଏକ ଅଜଣା ଭୟ ଖାଇ ଗୋଡ଼ାଉ ଥିଲା।

ସ୍କୁଲ ପଢା ଶେଷପରେ କଲେଜ ଯିବା ତାପାଇଁ ଏକ ବଡ଼ ଆହ୍ୱାନ ଥିଲା। ତାର ଇଛା ହେଉଥିଲା ସିଏ ଓମେନ୍ସ କଲେଜରେ ଯାଇ ପଢନ୍ତା କି। ତା ଶରୀରର ଭାବଭଙ୍ଗୀ,ଅଣ୍ଟା ନଚା ଚାଲି, ଝିଅଙ୍କ ଭଳି କୋମଳ ସ୍ୱର କଲେଜରେ ତା ପାଇଁ କେତେ ଯେ ବିପଦ ସୃଷ୍ଟି ନକରିବ। ଉଚ୍ଚଶିକ୍ଷାର ଦାୟରେ ସେ ରେଭେନ୍ସା କଲେଜରେ ଆଡମିଶନ ନେଲା। ସେଠି ବି ପୁଅମାନଙ୍କ ନାନା ଟାହିଟାପରା। ମାଇଚିଆ,ଛକା ଡାକ ଶୁଣି ଶୁଣି ତାକୁ ଭାରି ଅସ୍ତବ୍ୟସ୍ତ ଲାଗୁଥିଲା। ଥିବେ ଥିବେ ସିନିୟର ମାନେ ତାକୁ ପାଖକୁ ଡାକି ତା ଅଣ୍ଟାରେ ହାତ ମାରିବେ ସିଏ ଚିହୁଁକୁଛି କି ନାହିଁ ଦେଖିବାକୁ। କେହି କେହି ତ ତା ଦେହରେ ହାତ ବୁଲେଇ ଆଣିବେ। କେହି ପୁଅ ତା ଦେହରେ ହାତ ବୁଲେଇଲେ ତାର ସାରା ଦେହଟା ଶିରଶିରେଇ ହେଇଯାଏ।କଲେଜ ଯିବାକୁ ତାକୁ ଏହି କାରଣରୁ ମୋଟରୁ ଭଲ ଲାଗେନି। ଘରୁ କଲେଜ ଯିବା ନାଁରେ ଆସି ସାଇକେଲ ଧରି ସିଏ ତେଲେଙ୍ଗା ପେଣ୍ଠ ଆଡେ ପଳାଏ । ତେଲେଙ୍ଗା ପେଣ୍ଠରେ ରହେ ତାକୁ ବୁଝୁଥିବା ତାଭଳି ଜୀବନ ବଞ୍ଚିବାକୁ ଚାହୁଁଥିବା ଅନ୍ୟ ଜଣେ। ତାର ଅତି ପ୍ରିୟ ସାଥୀ ଦେବାଶିଷର ଘର। ଯିଏ ପରେ ଦେବାଶିଷରୁ ଦେବୋଲିନା ହେଇଯାଇଛି। ସେଇ ହିଁ ତାକୁ କହିଥିଲା ତୁ ବଂଶୀଧର ନୁହେଁ ତୋ ନାଁ ଏବେଠୁ ହେଲା ବଂଶିକା। ପରସ୍ପର ସେମାନେ ନାଁ ଦିଆଦେଇ ହେଇଥିଲେ। ବଂଶିକା ଓ ଦେବୋଲିନା କେତେ ଚମତ୍କାର ନାଁ ସତରେ। ଦେବୋଲିନାର ଘରେ ଦିନବେଳେ

କେହି ନଥାନ୍ତି । ମଉସା ଦୋକାନକୁ ପଳାନ୍ତି ଆଉ ମାଉସୀ ଟିଚର ଥିବାରୁ ସ୍କୁଲକୁ ଚାଲିଯାଆନ୍ତି । ତାର ବଡ଼ଭଉଣୀ କୋଉଗୋଟେ ଅଫିସରେ ରିସେପସନିଷ୍ଟ କାମ କରେ । ସେ ବି ଅଫିସ ପଳେଇଥାଏ । ଦେବୋଲିନାର ଘରେ ଥାଏ ଗୋଟେ ବଡ଼ ଦର୍ପଣ ବାଲା ଡ୍ରେସିଂ ଟେବୁଲ । ତା ଭଉଣୀର ଭଳିକି ଭଳି ଡ୍ରେସ୍ । ଲିପଷ୍ଟିକ,କାଜଲ,ପ୍ରସାଧନର ଜାବତୀୟ ଜିନିଷ ଡ୍ରୟାର ଭିତରେ ପଡିରହିଥାଏ । ଦୁହେଁ ଝିଅ ପୋଷାକ ପିନ୍ଧନ୍ତି,ସଜ ହୁଅନ୍ତି । ଓଠରେ ଲିପଷ୍ଟିକର ପ୍ରଲେପ ଦେଇ,ମୁହଁରେ ମେକପ ଲଗେଇ ଦର୍ପଣ ସାମ୍ନାରେ ଢେର ସମୟ ନିଜକୁ ଦେଖନ୍ତି ।

ଦେବାଶିଷ ଓରଫ ଦେବୋଲିନା ଜିଭ କାମୁଡି କହେ- 'ଏ ମା ! ବଂଶିକା ତୁ କେତେ ସୁନ୍ଦରୀ,ଝିଅ ବି ତୋ ଆଗରେ ପାସଙ୍ଗରେ ପଡିବେନି ଲୋ ।'

ବଂଶୀଧର ଓରଫ ବଂଶିକା ଫୁଲେଇ ହେଇ କହେ- 'ଦେବୋଲିନା ତୁ ମୋଠୁ ଅଧିକ ସୁନ୍ଦରୀ ଦିଶୁଛୁ ଲୋ,ମୋ ରାଣ ।'

ଏମିତି ଲୁଚି ଲୁଚି ଝିଅ ବେଶରେ ସଜ ହେଉ ହେଉ ଦିନେ ସିଏ ନିଜର ଗୋଟେ ସେଲଫି ସୋସିଆଲ ମିଡିଆରେ ପୋଷ୍ଟ କରିଦେଇ ଥିଲା । ବାପରେ କି ଲାଇକ୍ ଆଉ କମେଣ୍ଟ । ସେ ଫଟୋକୁ ଯିଏ ଚିହ୍ନା ଲୋକ ଦେଖିଲେ ବି ଧୋକା ଖାଇଯିବ ।

ଦିନେ ସନ୍ଧ୍ୟାରେ ଘରେ ପହଞ୍ଚି ସାଇକେଲ ଥୋଉ ଥୋଉ ବୋଉ କହିଲା, 'ଏ ବଂଶୀ ଶୁଣିଲୁ ଇଆଡେ । ମୋବାଇଲଟା ଦେଖା, କି ଫଟୋ ତୁ ସୋସିଆଲ ମିଡିଆରେ ଛାଡିଛୁ । ତୋ ରଙ୍ଗଢଙ୍ଗ ମତେ କିଛି ଭଲ ଲାଗୁନି ।'

ସିଏ ନିରବରେ ମୁହଁ ପୋତି ମୁଣ୍ଡ ଟୁଙ୍ଗାରିଲା ।

ବୋଉ କୌଣସି କଥା ଶୁଣିବା ଅବସ୍ଥାରେ ନଥିଲା । ତା ଆଖିଗୁଡା ରଡ଼ନିଆଁ ଭଳି ଜଳୁଥିଲା ଆଉ ସିଏ କହି ଚାଲିଥିଲା, 'ହଁ ପିଲାବେଳେ ଝିଅଙ୍କ ସାଙ୍ଗରେ ବୋହୂ ଚୋରି ଖେଳୁଥିଲୁ । ଝିଅଙ୍କ ଭଳି ସଜ ହେଉଥିଲୁ ଭାବିଥିଲି ବଡ଼ ହେଲେ ଏସବୁ ଆସ୍ତେ ଆସ୍ତେ ତୁ ଭୁଲିଯିବୁ । ମାନୁଛି ତୋ ଅଙ୍ଗଭଙ୍ଗୀ ଝିଅଙ୍କ ଭଳି ଏ ସଂସାରରେ ଅନେକ ଲୋକ ସେଇ ରଙ୍ଗଢଙ୍ଗର ହେଇ କି ବି ପୁରୁଷ ପୁଅଟେ ହେଇ ବଞ୍ଚିଛନ୍ତି, ଘର ସଂସାର କରୁଛନ୍ତି । ହେଲେ ବଡ଼ ହେଲା ପରେ ବି ତୋର ସେଇ ଦୋଷ ଗଲାନି । ତିନିଝିଅ ପରେ ତତେ କେତେ ବାରବ୍ରତ କରି ପୁଅ ଭାବରେ ପାଇଥିଲି କଣ ଏଇକଥା ଦେଖିବା ପାଇଁ ।'

ବୋଉର ରାଗ ଥମୁନଥିଲା । ରୋଷେଇ ଘରୁ ଗରମ ପିଠା ଖଡିକା ଆଣି ତା ବେକ ମୂଳରେ ଚେଙ୍କ ଲଗେଇଦେଇଥିଲା ।

ଏ ଘଟଣା ପରେ ସିଏ ପଡିଶାଘରକୁ ଚାଲିଯାଇଥିଲା । ରାତିରେ ଘରକୁ ଫେରିବାବେଳକୁ ଦାଣ୍ଡଘରେ ବସିଥିଲେ ବାପା ଓ ଘରର ଅନ୍ୟସମସ୍ତେ । ସେମାନେ ବୋଧହୁଏ ତାରି କଥା ହିଁ ଆଲୋଚନା କରୁଥିଲେ ।

ତାକୁ ଦେଖି ବାପା ଜୋରରେ ଚିତ୍କାର କଲେ, 'ତୋ ଭଳିଆ ମାଇଚିଆ ପୁଅ ମୋର ଦରକାର ନାହିଁ । ତତେ ମୁଁ ତେଜ୍ୟପୁତ୍ର କରୁଛି । ତୁ ମୋ ମାନସମ୍ମାନକୁ ମାଟିରେ ମିଶେଇସାରିଲୁଣି । ଝିଅଙ୍କ ଭଳି ସଜ ହଉଛୁ,ସେଲଫି ଉଠେଇ ସୋସିଆଲ ମିଡିଆରେ ଛାଡୁଛୁ । ଟିକେ ତ ସରମ କର ।'

ସେତିକିରେ ବାପାଙ୍କ ରାଗ ଶାନ୍ତ ହେଇ ନଥିଲା । କବାଟ କଣରେ ଥିବା ଗୋଟେ ଠେଙ୍ଗା ଆଣି ତା ଦିଗୋଡ଼କୁ ନିର୍ଦ୍ଧୁମ ପିଟିଥିଲେ । ଏତେ ମାଡ଼ ଖାଇ ବି ତାମୁହଁରୁ ପଦୁଟିଏ କଥା ବାହାରିନଥିଲା ।

ସେ ତା ମନମାଫି ଜୀବନଟିଏ ବଞ୍ଚିବାକୁ ଚାହେଁ । ବଂଶୀଧର ନୁହେଁ ବଂଶିକା ହେବାକୁ ଚାହେଁ । ଏକଥା କହିବାକୁ ସେ ଚାହୁଁଥିଲା ହେଲେ ତାକଥା ଶୁଣିବା ଅବସ୍ଥାରେ କେହି ନଥିଲେ ।

ରାତିରେ ତା ଦରଜ ଜାଗାରେ ଆୟୋଡେକ୍ସ ଲଗାଇଲାବେଳେ ବୋଉ କହିଥିଲା, 'ମୋ ମୁଣ୍ଡ ଛୁଇଁ ଶପଥ କର, ଏମିତି ଆଉ ହବୁନାହିଁ; ଗୋଟେ ପୁଅ ଭାବେ ତୁ ଜିଇଁବୁ । ତତେ ନେଇ ଆମର କେତେ ସ୍ୱପ୍ନ କେତେ ଆଶା । ସେ ଆଶାକୁ ଏମିତି ମାଟିରେ ମିଶାଇ ଦେବୁନି ।'

ସେଇ ଘଟଣାପରଠୁ ତା ନିଜ ଘର ତାକୁ ବିଷ ବିଷ ଲାଗୁଥିଲା । ନିଜ ମନମାଫି ଜୀବନ ଜିଇଁ ନପାରିଲେ ଏମିତି ଜୀବନ ରଖି ଲାଭ କଣ । ତେଣୁ ସିଏ ଭାବିଥିଲା ଆତ୍ମହତ୍ୟା କରିବ । ଗୋଟେ ସନ୍ଧ୍ୟାରେ ଟ୍ରେନଲାଇନରେ ଶୋଇ ଆତ୍ମହତ୍ୟା କରିବାକୁ ଯାଉଛି ଜଣେ ମଉସା ତାକୁ ଉଦ୍ଧାର କଲେ । ସେ ହିଁ ତାପାଖରୁ ସବୁକଥା ଶୁଣି ସାରିଲା ପରେ ପରାମର୍ଶ ଦେଇଥିଲେ ଯଦି ତମେ ନିଜ ଇଚ୍ଛା ମତେ ଜୀବନ ଜିଇଁବାକୁ ଚାହୁଁଛ କିନ୍ନର ସଂପ୍ରଦାୟରେ ମିଶିଯାଅ । ଭୁବନେଶ୍ୱରରେ ଅନେକ କିନ୍ନର ସଂଗଠନ ଅଛି । ସେଇଠି ସେମାନଙ୍କ ସହ ମିଶିଗଲେ ତମେ ସ୍ୱାଧୀନ ଭାବେ ତମ ଖୁସିର ଜୀବନ ଜିଇଁ ପାରିବ । କିନ୍ନର ଗୁରୁ ମେନକା ପରିଡ଼ାଙ୍କ ଠିକଣା ସେ ହିଁ ଦେଇଥିଲେ ।

ତାପରଦିନ ରାତି ବାରଟାରେ ଘରେ ସମସ୍ତେ ଶୋଇଥିଲାବେଳେ ସେ କାହାକୁ କିଛି ନକହି ଲୁଚି ଲୁଚି ଚାଲିଆସିଥିଲା ଭୁବନେଶ୍ୱର । କିନ୍ନର ଗୁରୁ ମେନକା ପରିଡାଙ୍କ ସହ ସାକ୍ଷାତ ପରେ ବଦଳି ଯାଇଛି ତାର ଜୀବନର ମୋଡ । ଆଉ ପଛକୁ ଫେରି ଚାହିଁନି ସେ । ନିଜର ଜେନିଟାଲ ସର୍ଜରୀ ବି କରେଇ ନେଇଛି । ବଂଶୀଧରରୁ ପାଲଟି

ଯାଇଛି ବଂଶିକା। ଭୁବନେଶ୍ୱର କିନ୍ନର ସମ୍ପ୍ରଦାୟର ସବୁଠୁ ସୁନ୍ଦରତମ ଚେହେରା। ଗୁରୁ ମେନକା ମାଙ୍କର ସବୁଠୁ ବିଶ୍ୱସ୍ତ ସହଯୋଗୀ।

ହାଏ ! ଗୁଡ ମର୍ଣ୍ଣିଂ। ମୁଁ ବଂଶିକା। ଜାଗମରାରେ ଗତ ବୁଧବାର ଆପଣଙ୍କ ସହ ଦେଖା ହେଇଥିଲା। ଆପଣଙ୍କ କାରରେ ମତେ ଖଣ୍ଡଗିରି ଛକ ଆଗ ଗଡାଣିଆ ରାସ୍ତାରେ ଡ୍ରପ୍ କରିଥିଲେ। ଭିଜିଟିଂ କାର୍ଡ ଦେଇଥିଲେ। ଭାବିଲି ଟିକେ ଫୋନ ଲଗାଏ। ସ୍ନେହାଶିଷ ସହ କଥା ହେବାର ଉପକ୍ରମ କଲା ବଂଶିକା। ଅସଲରେ ସିଏ ଚାକିରିଟିଏ ଯୋଗାଡ଼ ପାଇଁ କହିବାକୁ ଚାହୁଁଥିଲା ହେଲେ କହିପାରିଲାନି।

ଗୁଡ଼ମର୍ଣ୍ଣିଂ। ସେଦିନ ଫୋନ ନଂ ଆଣିବାକୁ ଭୁଲି ଯାଇଥିଲି। ମୁଁ ଭାବୁଥିଲି ତମଆଡୁ ଫୋନ ଆସନ୍ତା କି ! କୋଉଠି ଅଛ ଏବେ। ଆଚ୍ଛା ଆସିବ କି ମୋ ଅଫିସକୁ। ଦେଖାହୁଅନ୍ତା ଆଉ ସାଙ୍ଗ ହୋଇ ମଧ୍ୟାହ୍ନଭୋଜନ କରନ୍ତେ।

ଆଉ କେବେ। ଦିନରେ କିଛି କାମ ନଥାଇ ବି ବ୍ୟସ୍ତତା ଆଳ କଲା ବଂଶିକା।

-ତାହେଲେ ସନ୍ଧ୍ୟାରେ ଦେଖାହେବ କି ? ସାଙ୍ଗ ହେଇ କଫି ପିଅନ୍ତେ।

-ହଁ ହେଇପାରିବ। କୋଉଠି ? ବଂଶିକା ପଚାରିଲା।

-ଆସି ପାରିବ କି ରାମମନ୍ଦିର ପାଖ ସିସିଡିକୁ? ମୁଁ ଯିବି କି ତମକୁ ନେଇ ଆସିବି।

-ନା ନା ମୁଁ ନିଜେ ଯାଇ ପାରିବି କାହିଁକି ମୋ ପାଇଁ କଷ୍ଟ କରିବେ। ସେ କହିଲା।

-ହଁ ଅପେକ୍ଷା କରୁଛି ମୋର ଆଜି ସନ୍ଧ୍ୟାଟା ନିଶ୍ଚୟ ସ୍ମରଣୀୟ ହେବ।

ସେମାନେ ମାସାଧିକ କାଳ ପରସ୍ପରକୁ ଭେଟି ଚାଲିଲେ। କଫି,ଡିନର,ସିନେମା ଏମିତି କେତେ କଣ ଏକାଠି। ବଂଶିକାର ରୂପ ଓ ଆଦବକାଇଦା ଯାହା ହଠାତ କେହି ବି ଜାଣିପାରିବନି ସ୍ନେହାଶିଷ ସହ ଜଣେ କିନ୍ନର ବୁଲୁଛି।

ଏପରିକି ସ୍ନେହାଶିଷ ନିଜ ବିଜନେସ କାମରେ ଗଲାବେଳେ ବି ବଂଶିକାକୁ ଧରି ଗୋଟେ ଦିଟା ଜାଗାକୁ ଗଲାଣି।

'ବାହାରେ ବହୁତ ବୁଲାବୁଲି ହେଲାଣି ମୋ ଘରକୁ ଆସ ଦିଜଣ ଯାକ ପାର୍ଟି କରିବା କ୍ୱାଲିଟି ଟାଇମ ବି ସ୍ପେଣ୍ଡ ହେବ।', ସ୍ନେହାଶିଷ ପ୍ରସ୍ତାବ ଦେଲା ଗୋଟେ ସନଡେରେ।

ବଂଶିକା ୟା ଭିତରେ ସ୍ନେହାଶିଷ ସହ ଏତେ ଘନିଷ୍ଠ ହେଇଯାଇଥିଲା ତେଣୁ ଏ ପ୍ରସ୍ତାବରେ ଅରାଜି ହେବାର ପ୍ରଶ୍ନ ଉଠୁ ନଥିଲା।

ସ୍ନେହାଶିଷ ଫ୍ଲାଟରେ ଏକା ରହେ। ସେ ରବିବାର ବଂଶିକା ପାଇଁ ଥିଲା ଏକ

ଅଦଭୁତ ଅନୁଭୂତି। ତା ଭଳି ଜଣେ କିନ୍ନର ପାଇଁ ଜଣେ ଏତେ ଅଭ୍ୟର୍ଥନା ଦେଖାଇପାରେ। ସେ ଚିଲି ଚିକେନ ଖାଇବାକୁ ଭଲ ପାଏ। ସ୍ନେହାଶିଷ ନିଜ ହାତରେ ତିଆରି କରିଥିଲା ଚିଲି ଚିକେନ, ମଟର ପନିର, ଡାଲି, ଦହି କାକୁଡି ସାଲାଡ। ଲଞ୍ଚ୍ ପରେ ସେମାନେ ଆଇସକ୍ରିମ ଖାଇ ଖାଇ ଟିଭି ଲଗେଇ ଦେଖିଲେ ଓ ଖଟରେ ଥକା ହେଇ ଶୋଇ ପଡିଲେ। ସ୍ନେହାଶିଷର ପରଫ୍ୟୁମ ବାସ୍ନା ତାକୁ ଉଚ୍ଚାଟ କରୁଥିଲା। ହାଲକା ନୀଳ ରଙ୍ଗର ପାଇଜାମାରେ ସ୍ନେହାଶିଷ ବେଶ ଆକର୍ଷଣୀୟ ଲାଗୁଥିଲା। ନିଦ ଭାଙ୍ଗିଲା ବେଳକୁ କେତେବେଳେ ଯେ ସଞ୍ଜ ଗଡିଗଲାଣି ସେ ଜାଣି ପାରିନି।

ମତେ ଯିବାକୁ ହେବ। ବଂଶିକା ମେଲାଣି ନେବାକୁ ଚାହିଁଲା।

ସ୍ନେହାଶିଷ ତାକୁ ଗାଡ଼ିରେ ଛାଡିବାକୁ ଆସିଲା।

'କାଲି ବିଜନେସ କାମରେ ଟିକେ ଭିଲାଇ ଯିବାର ଅଛି। ପୂରା ଗୋଟାଏ ସପ୍ତାହ।'

'ପୂରା ଗୋଟେ ସପ୍ତାହ ଏତେ କାମ ?', ଅଧିକାର ଜାହିର କରିବା ସ୍ୱରରେ କହିଲା ବଂଶିକା।

ଭିଡ଼ ରାସ୍ତାରେ ବଂଶିକାର କାନ୍ଧରେ ଅତି ସ୍ୱଚ୍ଛନ୍ଦରେ ନିଜ ହାତ ରଖିଲା ସ୍ନେହାଶିଷ। କାନ ପାଖରେ କହିଲା ଆସୁଛି ବାଏ।

ସେଇ ଗୋଟେ ସପ୍ତାହ ତାକୁ ଲାଗୁଥିଲା ଗୋଟେ ଯୁଗ ପରି। ସେମାନେ ଭିଡିଓ କଲରେ ଅବଶ୍ୟ କଥା ହେଉଥିଲେ। ସ୍ନେହାଶିଷ ଫେରିବା କ୍ଷଣି ଯା ଭିତରେ ପୁଣି ଦୁଇଥର ସେମାନଙ୍କର ଭେଟ ହେଇ ସାରିଲାଣି।

ପରସ୍ପରର ମନ ଓ ଦେହକୁ ସେମାନେ ଚିହ୍ନି ସାରିଥିଲେ ଓ ପସନ୍ଦ ବି କରୁଥିଲେ। ପରସ୍ପରକୁ ପାଇବାକୁ ବ୍ୟାକୁଳ ହେଉଥିଲେ। ସୁବିଧା ହେଲା ମାତ୍ରକେ ପରସ୍ପରକୁ ଭେଟୁଥିଲେ।

ଗୋଟେ କାମ କର ଏମିତି ଆଉ ଚଳୁନାହିଁ ମୋ ଫ୍ଲାଟକୁ ତମେ ପଳେଇ ଆସ ଆମେ ଏକାଠି ରହିବା। ସ୍ନେହାଶିଷ କହିଲା ଦିନେ।

ସ୍ନେହାଶିଷର ଆପାର୍ଟମେଣ୍ଟରେ କେହି କାହାର ବ୍ୟକ୍ତିଗତ ଜୀବନରେ ହସ୍ତକ୍ଷେପ କରନ୍ତି ନାହିଁ। ତେଣୁ ସେମାନେ ଗୋଟେ ଛାତ ତଳେ ଲିଭ ଇନରେ ରହିବାର ସେମିତି କିଛି ବି ସମସ୍ୟା ନଥିଲା।

ସେମାନଙ୍କର ଜୀବନ ଏକାଠି ଚାଲିବାକୁ ଲାଗିଲା। ବଂଶିକାର ସୁବିଧା ପାଇଁ ଆଉ କିଛି ସରଞ୍ଜାମ ସ୍ନେହାଶିଷ କିଣିଲା । ସେ ଆସିବା ପରଠୁ ଘରଟା ପୂରିଲା ପୂରିଲା ଲାଗିଲା। ବିଶୃଙ୍ଖଳିତ ହୋଇ ପଡିଥିବା ଘରଟା ସଜାଡି ହୋଇଗଲା।

ସ୍ନେହାଶିଷର ଘରେ ରହିବାର ପ୍ରଥମ ରାତିରେ ହିଁ ବଂଶିକା ଖୋଲି କହିଥିଲା ଯେ ସେ ତାକୁ ଭଲପାଏ। ତାର ମନର ମଣିଷ ତାକୁ ମିଳିଯାଇଛି। ଯିଏ ତାକୁ ସମ୍ମାନ କରେ ତା ଭିତରେ କୌଣସି ପ୍ରଭେଦ ଦେଖେନା। ସେ ଭଲ ପାଇ ବସିଥିଲା ସେଦିନରୁ ଯେଉଁଦିନ ସେମାନଙ୍କର ପ୍ରଥମ ଦେଖା ହୋଇଥିଲା। ସ୍ନେହାଶିଷ କହିଥିଲା, ସେ ମଧ୍ୟ ଭଲପାଏ ତା ସଂପର୍କରେ ସବୁ ସତ୍ୟ ଜାଣିସୁଦ୍ଧା ନିସର୍ତ୍ତ ଭାବରେ।

'ଏମିତି କେତେଦିନ ଚାଲିବ ଆଉ ? ମୋତେ ଲାଗୁଛି ଆମେ ପରସ୍ପର ସହ ସାରା ଜୀବନ ଏକାଠି କଟାଇ ଦେଇ ପାରିବା। ଚାଲ ବାହା ହେଇଯିବା।' ସ୍ନେହାଶିଷ ଦିନେ ସକାଳୁ ଚା' ପିଉ ପିଉ ପ୍ରସ୍ତାବ ଦେଲା।

'ହେଲେ ତମ ଘରେ ପଚାରତ ଥରେ। ସେମାନେ କଣ ମୋଭଳି ଗୋଟେ କିନ୍ନରକୁ ତମର ଜୀବନସାଥୀ କରିବାକୁ ରାଜି ହେବେ।',ସିଏ ସଙ୍କୋଚର ସହ କହିଲା।

'ସେ ସମସ୍ୟା ନାହିଁ ବୋଲି ଜାଣ। ତମକୁ ଆଜିଯାଏ କହିବାକୁ ଭୁଲିଯାଇଥିଲି ମୋର ବାପାମା ସ୍ୱର୍ଗତଃ। ମୋର କଲେଜ ପଢାବେଳେ ଦୁହେଁ କାର ଦୁର୍ଘଟଣାରେ ଆରପାରିକୁ ଚାଲିଗଲେ। ସେମାନଙ୍କ କଥା ମନେ ପଡିବ ବୋଲି ଘରେ ଫଟୋଟିଏ ବି ମୁଁ ଟାଙ୍ଗିନାହିଁ। ସବୁଦିନ ରାତିରେ ବାଲକୋନୀ ପାଖରେ ଛିଡାହୋଇ ଆକାଶକୁ ଚାହେଁ ମତେ ଲାଗେ ସେଇଠୁ ଥାଇ ସେମାନେ ମତେ ଦେଖୁଛନ୍ତି,ଆଶୀର୍ବାଦ ଢାଳୁଛନ୍ତି।', ସ୍ନେହାଶିଷର ଆଖି ଛଳଛଳ ହେଇ ଯାଉଥିଲା।

'ହଁ ମୋର ଅଭିଭାବକ ହେଉଛନ୍ତି ମୋର ବଡ଼ ଭଉଣୀ ଓ ଭିଣୋଇ। ସେମାନେ କାନାଡାରେ ରହନ୍ତି। ସେମାନେ ମଝିରେ ମଝିରେ ଫୋନ୍ କରି କହୁଛନ୍ତି କେତେଦିନ ଆଉ ଏକଲା ରହିବୁ ? ଯଦି କାହାକୁ ଠିକ୍ କରିଛୁ କହ ନହେଲେ ଆମେ ଖୋଜିବୁ। ମୋ ବଡ଼ଭଉଣୀ ବହୁତ ବ୍ରଡ ମାଇଣ୍ଡେଡ। ମୋର ପୂର୍ଣ୍ଣ ବିଶ୍ୱାସ ମୋ ନିଷ୍ପତ୍ତିକୁ ସେ କେବେ ବି ଅଗ୍ରାହ୍ୟ କରିବନି।'

ବଂଶିକା ମନେ ମନେ ଈଶ୍ୱରଙ୍କୁ କୃତଜ୍ଞତା ଜଣାଉଥିଲା। ଏତେ ସୁଖ ତା କପାଳରେ ଅଛି। ତାର ଘରକଥା ବହୁତ ମନେ ପଡୁଥିଲା। ଭାବୁଥିଲା କଟକ ଯିବ ଘରେ ପହଞ୍ଚି କହିବ, ବୋଉ ଦେଖ୍ ମୁଁ ତୋର ବଂଶୀ ନୁହେଁ ବଂଶିକା ଭାବରେ ଫେରି ଆସିଛି। ମୋ ଇଛା ମୁତାବକ ଜୀବନ ଜୀଉଁଛି, ମନର ମଣିଷ ବି ପାଇଯାଇଛି। ହେଲେ ସେ କଣ ପାରିବ। ଯେଉଁ ମାନେ ତା ଜୀବନ ଶୈଳୀକୁ ଘୃଣା କରନ୍ତି,ସାମାନ୍ୟତମ ସମବେଦନା ଜଣାନ୍ତି ନାହିଁ ସେଠିକି ସେ ଫେରିବ କିପରି !

ସିଏ ଫୋନ ଲଗେଇଲା ଗୁରୁ ମେନକା ମାଙ୍କ ପାଖକୁ। ନିଜ ବିବାହ ଯୋଜନା

ସଂପର୍କରେ ପରାମର୍ଶ କରିବାକୁ। ଏଇ କିଛିବର୍ଷ ହେଲା ତାର ସବୁ ଦୁଃଖସୁଖରେ ସେ ହିଁ ପାଖେ ପାଖେ ଅଛନ୍ତି। ସ୍ନେହାଶିଷ ସହ ତାର ସଂପର୍କ ବିଷୟରେ ଆଗରୁ ବି ଥରେ କଥା ପ୍ରସଙ୍ଗରେ ସେ ଜଣେଇଥିଲା। କଥାଟା ଯେତେବେଳେ ବାହାଘରଯାଏ ଆଗେଇ ଗଲାଣି ଜଣେଇବା ନିଶ୍ଚୟ ଉଚିତ ହେବ।

ତାପାଖରୁ ସବୁକଥାଶୁଣି ମେନକା ମା ବହୁତ ଖୁସି ହେଲେ। ତୋ ବାହାଘର ମୁଁ କରିବି, କିନ୍ନର ସମାଜ ସବୁପ୍ରକାର ସହାୟତା କରିବ ଏ ପ୍ରତିଶ୍ରୁତି ସେ ତା ଆଗରେ ରଖିଲେ।

ସ୍ନେହାଶିଷ ଏ ଭିତରେ ନିଜ ଭଉଣୀ ଭିଣୋଇଙ୍କ ମତାମତ ବି ନେଇଥିଲା। ତା ନିଷ୍ପତ୍ତିରେ ସେମାନେ ଆଦୌ ଅରାଜି ନଥିଲେ। ବରଂ ଏମିତି ଏକ ମହତ ପଦକ୍ଷେପ ପାଇଁ ସାବାସୀ ଜଣାଇଥିଲେ।

ଶେଷରେ ସେଇ ଇପସିତ ଦିନ ଆସି ପହଞ୍ଚିଥିଲା ବଂଶିକା ପାଇଁ। ନୟାପଲ୍ଲୀର ଏକ ମଣ୍ଡପରେ ଅନୁଷ୍ଠିତ ହୋଇଥିଲା ଏଇ ବିରଳ ବାହାଘର। ପୁଅଟିଏ କିନ୍ନରକୁ ଜୀବନସାଥୀ କରୁଛି ଏ ଖବର ସବୁ ନ୍ୟୁଜ ଚ୍ୟାନେଲ ପାଇଁ ଥିଲା ଏକ ହଟକେକ୍। ବାହାଘରର ଲାଇଭ ପ୍ରସାରଣ ସବୁ ଚ୍ୟାନେଲରେ। ବାହାଘର ଦେଖିବାକୁ ଅନେକ ଲୋକ କୌତୁହଳରେ ଆସିଥିଲେ। ଶୁଭେଚ୍ଛା ଜଣାଇବାକୁ ଶହଶହ କିନ୍ନର ଯୋଗଦେଇଥିଲେ ଏ ବାହାଘରରେ। ସେମାନେ ଆନନ୍ଦରେ ଅଧୀର ହୋଇ ନାଚୁଥିଲେ ନିଜ ସଂପ୍ରଦାୟର ଜଣେ ସାଥୀର ଏ ନୂଆ ଜୀବନ ଶୁଭାରମ୍ଭର ଖୁସିରେ। ସମାଜର ବିଭିନ୍ନ ବର୍ଗର ଲୋକେ ଅତିଥି ଥିଲେ ବାହାଘରରେ। ମେନକାମା’ ଗୋଟି ଗୋଟି କରି ସବୁ ଆୟୋଜନର ତଦାରଖ କରୁଥିଲେ। ଯେମିତି ମୁରବୀଟିଏ ନିଜ ଘରର ମାଙ୍ଗଳିକ କାର୍ଯ୍ୟକୁ ସୁଚାରୁ ରୂପେ ନିର୍ବାହ କରେ।

ଏ ମାଙ୍ଗଳିକ ମୁହୂର୍ତ୍ତରେ ବଂଶିକାର ବେଶି ମନେ ପଡୁଥିଲା ବୋଉ କଥା,ନିଜ ଘରଲୋକଙ୍କ କଥା। ସେମାନେ ତାକୁ କ୍ଷମାଦେଇ କୋଳେଇ ନେଇଥାଆନ୍ତେ କି! ତା ଖୁସିର ସମୟରେ ତା ପାଖରେ ଛିଡା ହୋଇଥାନ୍ତେ କି!

ବାହା ବେଦୀରେ ବ୍ରାହ୍ମଣଙ୍କ ମନ୍ତ୍ରପାଠ ଓ ଉପସ୍ଥିତ କିନ୍ନରଙ୍କ ହୁଳହୁଳି ନାଦ ଭିତରେ ସ୍ନେହାଶିଷ ଯେତେବେଳେ ତା ମଥାରେ ସିନ୍ଦୂର ଦେଲା ସେ ଖୁସିରେ ଅଣନିଶ୍ୱାସୀ ହୋଇପଡୁଥିଲା। ଏ ଖୁସି,ଏ ଆଶୀର୍ବାଦ ତା ଭଳି କିଞ୍ଚିତ କିନ୍ନରଙ୍କୁ ମିଳେ। ପ୍ରତ୍ୟେକ କିନ୍ନର ନିଜ ଗୁରୁଙ୍କ ସମ୍ମାନାର୍ଥେ ମୁଣ୍ଡରେ ସିନ୍ଦୂର ଧାରଣ କରେ ହେଲେ ସେ ଆଜି ସିନ୍ଦୂର ଲଗାଉଛି ନିଜ ଜୀବନସାଥୀ ପାଇଁ। ଏ ସିନ୍ଦୂର ସୁହାଗର ସିନ୍ଦୂର।

ବାହାଘର ସରିସାରିଥିଲା। ଭିଡ଼ ଅପସରି ଯାଉଥିଲା। କନ୍ୟାର ଘର ନାହିଁକି,

ଆତ୍ମୀୟସୋଦର ନାହାନ୍ତି ତେଣୁ କନ୍ୟା ବିଦାୟ ଏକ ଔପଚାରିକତା ମାତ୍ର। ନିଜ ସଂପ୍ରଦାୟର ସାଥୀଙ୍କୁ ପଛକରି ଏକ ନୂଆ ସଂସାର ଗଢିବା ଦିଗରେ ସେ ଫୁଲସଜା ଗାଡ଼ିରେ ବସିବାକୁ ଯାଉଛି ଦେଖିଲା କିଛି ଦୂରରେ ଠିଆ ହୋଇଛି ତା ବୋଉ। ତା ଆଖିକୁ ସିଏ ବିଶ୍ୱାସ କରି ପାରୁନଥିଲା।

ବୋଉ ସେଇଠି ଠିଆ ହୋଇ ଲୋତକପୂର୍ଣ୍ଣ ଆଖିରେ ତାକୁ ଚାହିଁ ରହିଥିଲା। ସେ ଧାଇଁଯାଇ ବୋଉକୁ ଜାବୁଡି ଧରିଲା। ଅୟୁତ ଯୁଗର ଧୈର୍ଯ୍ୟର ବାଲିବନ୍ଧ ଯେମିତି ଭୁଷୁଡି ପଡୁଥିଲା ସେମାନଙ୍କ ଚାରିପଟରେ।

-ଟିଭିରେ ଏ ବାହାଘର ଦେଖୁଥିଲି,ତୁ ପା ମୋରି ଛୁଆ ଯେତେ ସଜେଇ ହେଲେ ମୁଁ କଣ ତୋ ଚେହେରା ଚିହ୍ନି ପାରିବିନି। ମନଟା ଗୋଳେଇ ଘାଣ୍ଟି ହେଲା। ଘରେ କାହାକୁ କିଛି ନକହି ବସିବା ଜାଗାରୁ ଉଠି ଆସିଲି। କେଡେ ଅଭାଗିନୀ ମୁଁ ପହଞ୍ଚିଲାବେଳକୁ ତୋର ବାହାଘର ସରିଗଲାଣି।

-ମତେ କ୍ଷମା କରିଦେ ବୋଉ ମୁଁ ତୋର ବଂଶୀ ହେଇ ପାରିଲିନି,ମୋ ଅନ୍ତରାତ୍ମାର ଡାକରେ ବଂଶିକା ପାଲଟିଗଲି।

ବୋଉ ନିଜ ସୁନା ହାରଟା ଖୋଲି କହିଲା, ‘ଦେଖେଇଲୁ ଦେଖେଇଲୁ ତୋ ବେକଟା, ଏ ବିଛା କଣ୍ଠିଆ ହାରଟା ତତେ ଖୁବ ମାନିବ। ଅନେକ ଦିନରୁ ଭାବିଥିଲି ତୋ ସ୍ତ୍ରୀ ଆସିଲେ ଏ ହାରଟା ତାକୁ ମୁଁ ନିଜ ହାତରେ ପିନ୍ଧେଇ ଥାଆନ୍ତି। ଆଜି ଭଳି ଦିନରେ ତତେ କେମିତି ଖାଲି ଖାଲି ବିଦା କରିଦେବି!’

■

କେଶବ ଥାନେଦାର

ନୀଳରଙ୍ଗର ହାୱାନି ସାର୍ଟ ପିନ୍ଧିଥିବ । ମଣିବନ୍ଧରେ ବାନ୍ଧିଥିବ ଏଚଏମଟି ଘଣ୍ଟା । ମୁଣ୍ଡରେ କିଓକାର୍ପିନ ତେଲ ମାଖି ମାଙ୍ଗ କାଟିଥିବ । ଗୋଟେ କଥା ପଚାରିଲେ କଥାରେନଥା ଯୋଡ଼ି ହଜାରେପ୍ରକାର କଥା କହିବ । ଶୁଣିଲେ ଭଲ, ନଶୁଣିଲେ ମଲ । ତା ହାବୁଡ଼ରେ ଯିଏ ପଡ଼ିଲା ଇତିହାସ ଶୁଣି ଶୁଣି ହେବ କଲବଲ ।

ବଡ଼ ଅଦ୍ଭୁତ ମଣିଷ ସିଏ କେଶବ ଥାନେଦାର । କଥାକଥାକେ କହିବ- 'ହୋଲ୍ ଇଣ୍ଡିଆରେ ୱାନ୍ ପିସ୍, ମୁଁ କେଶବ ଥାନେଦାର । ବାରିପଦା ରାଜବାଟି ପାଖେ ମୋର ଘର । ହୋଲ୍ ଇଣ୍ଡିଆରେ ଆଉ ଗୋଟେ ଥାନେଦାର ଟାଇଟେଲବାଲା ଲୋକ ଯଦି ପାଅ ମୋ ନାଁରେ ପାଳିବ କୁକୁର ।'

ପୁଣି କହିବ - 'ମୟୂରଭଞ୍ଜ ଇତିହାସ ଯଦି ପଢିନ ପଢ । ସେଥିରେ ସ୍ପଷ୍ଟ ଲେଖାଅଛି ଥାନେଦାର ମାନେ କଣ । ଆମ ବଂଶଜ ଆଜ୍ଞା ଥିଲେ ଭଞ୍ଜ ରାଜାର ଦ୍ୱାରପାଳ । ରାଜା ଆମର ଗୋସେଇଁବାପାକୁ ଉପାଧି ଦେଇଛି ଥାନେଦାର । ସନନ୍ଦ ଦେଖିବେ ନା ତମ୍ବାପଟା, ଚାଲନ୍ତୁ ଆମ ଘର । ସେଥିରେ ବଡ଼ବଡ଼ ଅକ୍ଷରରେ ଲେଖା- ଏଥୁଅନ୍ତେ ଗିରିବର ପରିବାର ବୋଲାଇବେ ଥାନେଦାର ।'

ସେଇଠୁ ଆଉଟିକେ ପ୍ରାଞ୍ଜଳ କରି କହିବ- 'ଆପଣ ଭାବୁଛନ୍ତି କି ଥାନାରେ ଯେ କାମକରେ ସେ ଥାନେଦାର ଏକଦମ ଭୁଲକଥା ଆଜ୍ଞା । ଆମେ ଭଞ୍ଜରାଜାର ରକ୍ଷକ,ଭଞ୍ଜରାଜା ଶୋଇଲେ ତାଙ୍କର ଦ୍ୱାର ଜଗିବା ଥିଲା ଆମର ଦାୟିତ୍ୱ ।'

ସେଇଠୁ ଅନର୍ଗଳ କହିବସିବ ମୟୂରଭଞ୍ଜ ଇତିହାସ-

'ସ୍ୱସ୍ତି ସମସ୍ତ ପ୍ରଶସ୍ତି ସହିତ ଶ୍ରୀ ବ୍ରାହ୍ମଣଘାଟୀ ଶୁଭାସ୍ଥାନାଧିପତି

ଭଞ୍ଜକୁଳକମଳ ପ୍ରକାଶିତ ସୂର୍ଯ୍ୟବଂଶାବତଂଶ

ମୟୂରାଣ୍ଡୋଦ୍ଭବ,ବଶିଷ୍ଠମୁନିପ୍ରତିପାଳିତ

ଶ୍ରୀରାମଚନ୍ଦ୍ରଟୀକା ସାର ମହାମହିମାନ୍ୱିତ

ଶ୍ରୀ ଶ୍ରୀମହାରାଜା ସାର୍ ପ୍ରତାପଚନ୍ଦ୍ର ଭଞ୍ଜଦେବ।' ସେ ହିଁ ଦେଇଛନ୍ତି ଏହି ଥାନେଦାର ଉପାଧି।

ଆଜି ନୁହେଁ ଆଜ୍ଞା ୧୩୩୮ ବର୍ଷ ପୂର୍ବରୁ ଭଞ୍ଜ ରାଜବଂଶର ସ୍ଥାପନା, ଏମାନଙ୍କ ପୂର୍ବଜ ରାଜପୁତନାର ଜୟପୁରରୁ ଉତ୍କଳ ଆସିଥିଲେ। ହଜାରେ ବର୍ଷ ପୂର୍ବର ତମ୍ବାପଟା ସନନ୍ଦ ଦେଖନ୍ତୁ, ମୟୂରଭଞ୍ଜ ମହାରାଜାଙ୍କ ପ୍ରଥମ ରାଜଧାନୀ ଖିଚିଙ୍ଗକୋଟ ବା ଖିଚିଂରେ। ସେଠୁ ଆସି ବାରିପଦାରେ ରାଜଧାନୀ କଲେ।

ଭଞ୍ଜ ସନନ୍ଦରେ ରାଜାଙ୍କ ପୁରା ଲିଷ୍ଟ ଅଛି। ପ୍ରଥମେ ବୀର ଭଦ୍ରାଖ୍ୟ ଆଦିଭଞ୍ଜଦେବ ତାପରେ କୋଟଭଞ୍ଜ ଦେବ, ଦିଗ ଭଞ୍ଜଦେବ, ରଣ ଭଞ୍ଜଦେବ। ରଣ ଭଞ୍ଜଦେବଙ୍କ ତିନି ପୁଅ ରାଜ ଭଞ୍ଜଦେବ, ପୃଥ୍ୱୀ ଭଞ୍ଜଦେବ, ଶତ୍ରୁ ଭଞ୍ଜଦେବ। ଅନ୍ୟ ଦିଭାଇଙ୍କର ପିଲାଛୁଆ ହେଲାନି। ପୃଥ୍ୱୀ ଭଞ୍ଜଦେବଙ୍କ ପୁଅ ହେଉଛନ୍ତି ନରେନ୍ଦ୍ର ଭଞ୍ଜଦେବ। ତାପରକୁ ରାଜାହେଲେ ଜଗନ୍ନାଥ ଭଞ୍ଜଦେବ, ନୀଳକଣ୍ଠ ଭଞ୍ଜଦେବ, ବୈଦନାଥ ଭଞ୍ଜଦେବ; ହରିହର ଭଞ୍ଜଦେବ, ତ୍ରିବିକ୍ରମ ଭଞ୍ଜଦେବ, ସର୍ବେଶ୍ୱର ଭଞ୍ଜଦେବ, ରଘୁନାଥ ଭଞ୍ଜଦେବ, ଚକ୍ରଧର ଭଞ୍ଜଦେବ, ଦାମୋଦର ଭଞ୍ଜଦେବ, ଯଦୁନାଥ ଭଞ୍ଜଦେବ, ଶ୍ରୀନାଥ ଭଞ୍ଜଦେବ, କୃଷ୍ଣଚନ୍ଦ୍ର ଭଞ୍ଜଦେବ। ତାପରକୁ ମହାରାଜା ଶ୍ରୀରାମଚନ୍ଦ୍ର ଭଞ୍ଜଦେବ, ପୂର୍ଣ୍ଣଚନ୍ଦ୍ର ଭଞ୍ଜଦେବ ଓ ଶେଷରେ ପ୍ରତାପଚନ୍ଦ୍ର ଭଞ୍ଜଦେବ।

କଟକ ବଡ଼ମେଡିକାଲ ଶ୍ରୀରାମଚନ୍ଦ୍ର ଭଞ୍ଜଦେବଙ୍କ ନାଁରେ ହେଇଛି ତେଣୁ ତାଙ୍କୁ ସମସ୍ତେ ଚିହ୍ନିଲ ଆଉ ବାରିପଦା ଏମପିସି କଲେଜ ମହାରାଜା ପୂର୍ଣ୍ଣଚନ୍ଦ୍ର ଭଞ୍ଜଦେବଙ୍କ ନାଁରେ ହେଇଥିବାରୁ ତାଙ୍କୁ ବି ଜାଣିଲ।

: ବାକି ରାଜା କଣ ଘାସ କାଟିବାକୁ ଗଲେ ?

ଜାଣିନାହାନ୍ତି ଯଦି ଜାଣିରଖନ୍ତୁ, ଭଞ୍ଜବଂଶର ପ୍ରତିଷ୍ଠାତା ଆଦି ଭଞ୍ଜ ମୟୂରୀର ଅଣ୍ଡାରୁ ଜନ୍ମ ହେଇଥିଲେ। ବଶିଷ୍ଠମୁନିଙ୍କ ଦ୍ୱାରା କୋଟ୍ୟାଶ୍ରମରେ ଲାଳନପାଳନ ହେଇଥିଲେ। ଏମାନେ ସବୁ ମୟୂର ବଂଶଜ ସେଥିପାଇଁ ମୟୂର, ରାଜବଂଶର ମାନ୍ୟତାପ୍ରାପ୍ତ ପକ୍ଷୀ। ମୟୂର ନାଁରେ ରାଇଜର ନାଁ ମୟୂରଭଞ୍ଜ। ଭଞ୍ଜରାଜାଙ୍କ ଶାସନବେଳେ ଗୋଟେ ମୟୂର ଶିକାର କଲତ ଦେଖି ସଜା ହେବ ମୁଣ୍ଡକାଟ।

ରାଜା ପ୍ରତାପଚନ୍ଦ୍ର ଦେବ ଭଞ୍ଜଦେବ ଓ ରାଣୀସାହେବା ୧୯୩୫ ମସିହା ମେ ମାସ ୧୬ ତାରିଖରେ ବିଲାତ ବୁଲିବାକୁ ଯାଇଥିଲେ। ଟୀକାୟତ ସାହେବ,ଛୋଟରାୟ ସାହେବ ଓ ରାଜଜେମା ବି ଏମାନଙ୍କ ସହ ଯାଇଥିଲେ। ବିଲାତରେ କିଛିଦିନ ରହିବାପରେ ଇଉରୋପର ନାନାସ୍ଥାନ ବୁଲି ସେପ୍ଟେମ୍ବର ମାସରେ ବାରିପଦା ଲେଉଟିଥିଲେ। ସେତିକି ସମୟ ରାଜବାଟିର ସୁରକ୍ଷା ଦାୟିତ୍ୱ ଆଜ୍ଞା ମୋ ବାପାଙ୍କ ହାତରେ ଥିଲା।

କେଶବ ଦା' ମୁହଁରେ ମୟୂରଭଞ୍ଜ ଇତିହାସ। ଇତିହାସ ସହ ସେ ଏଣୁତେଣୁ ମିଶାଇ ନିଜ ନାଁର ମହତ୍ତ୍ୱକୁ ବୁଝାଏ।

କେଶବ ଦା'ଯେତେବେଳେ ପନ୍ଦର ବର୍ଷର ହେଇଥିଲା, ତା ବାପା ଚାଲିଗଲା। ପଛକୁ ଡକାଡକି ହେଇ ମା' ବି ଚାଲିଗଲା, ସେ ଛେଉଣ୍ଡ ହେଇଗଲା। ରାଜପରିବାରର ଦୟାରେ ଯାହା ଜୀବନ ବଞ୍ଚାଇ ରହିଲା। ବୋଲହାକ କରେ,ଖାଏ ପିଏ ରହେ। ପଢିପଢିକା ନବମଶ୍ରେଣୀ ଯାଏ ଗଲା। ଅନ୍ନଚିନ୍ତା ଯେତେବେଳେ ଚମତ୍କାର ପାଠକୁ କିଏ ପଚାରେ! ୧୯୬୮ ମସିହା ଜୁଲାଇ ୧୫ରେ ମହାରାଜା ପ୍ରତାପଚନ୍ଦ୍ର ପ୍ରାଣତ୍ୟାଗ କଲେ। କେଶବଦା' ଆଉଥରେ ଛେଉଣ୍ଡ ହେଇଗଲା। ତାଙ୍କ ଅନ୍ତେ ତାଙ୍କ ବଡ଼ପୁଅ ପ୍ରଦୀପଚନ୍ଦ୍ର ମହାରାଜା ହେଲେ। କେଶବଦା'ପ୍ରତି ରାଜପରିବାରର ଆଉ ଶୁଭଦୃଷ୍ଟି ରହିଲାନି। ସିଏ ଏଥରକ ପୁରା ଅରକ୍ଷିତ ହେଇଗଲା।

କେଶବଦା' ଚିନ୍ତାକଲା ଏଥରକ କଣ ଗୋଟେ କରିବ। ଭେଣ୍ଡାଟିଏ ହେଲାଣି ଆଉ କେତେ ପରଆଶ୍ରାରେ ରହିବ। ତେଜରାତି ଦୋକାନୀ ଦିନବନ୍ଧୁ ସାହୁ ପାଖରୁ ସାଇକେଲଟେ ଧାରରେ ଆଣିଲା। ଓଡ଼ିଶାରୁ ଚିନିବସ୍ତା ସାଇକେଲରେ ବଙ୍ଗସୀମାକୁ ଚୋରା ଚାଲାଣ କଲା। ଗୋଟେ ବସ୍ତା ଚିନି ସୀମା ପାରକଲେ ପାଇଲା କୋଡିଏ ଟଙ୍କା। ପ୍ରଥମେ ପାଞ୍ଚବସ୍ତା ତାପରେ ଦିନକୁ ଦଶବସ୍ତା ଚିନି ସୀମା ପାରକଲା। ମୁଠାମୁଠା ଟଙ୍କା ହାତରେ ଅଣ୍ଟିରେ ଧରିଲା। ସେଇ ଟଙ୍କାକୁ ଧରି ସ୍ୱପ୍ନ ଦେଖିଲା। ସବୁଦିନ ସମାନ ଯାଏନା ଗୋଟେ ଦିନ ସପ୍ଲାଇ ଇନସପେକ୍ଟର ଟହଲି ମହାନ୍ତି ତା ସାଇକେଲ ସହ ଚିନିବସ୍ତା ସିଜ୍ କରିଦେଲା। ଆରେଷ୍ଟ ହେଇ ସିଏ ଜେଲରେ ପଶିଲା। ଜେଲ ହେଲା ଚଳିବ କିନ୍ତୁ ସାଇକେଲଟା ତ ଗଲା। ତିନିମାସ ଜେଲରେ କାଟିହବ ହେଲେ କୋଉଠୁ ଏତେ ପଇସା ପାଇବ ଯେ ଦିନା ସାହୁକୁ ସାଇକେଲଟାଏ ଦେବ। ଏକଥା ଭାବିଭାବି ତା ଅକଲ ଗୁଡୁମ।

ତିନିମାସ ହେଲା କେଶବ ଦା'ର ରକ୍ତ ମୁଣ୍ଡ ଉପରକୁ ଚଢିକି ଥାଏ। ଜେଲରୁ ଫେରିଲା ତ ଅଫିସରେ ପଶି ସପ୍ଲାଇ ଇନସପେକ୍ଟର ଟହଲି ମହାନ୍ତିକୁ ହାଣିବାକୁ ଗୋଡେଇଲା। ହାଁ ହାଁ କହିଲାବେଳକୁ ଭୁଜାଲିରେ ଟହଲି ମହାନ୍ତି ହାତକୁ ଦେଲା

ଚୋଟେ। ଏଥର ବି ବନ୍ଧା ହେଇ ଜେଲ୍ ଯାଇଥାନ୍ତା ହେଲେ ରକ୍ଷା କଲେ ମହାରାଜ ପ୍ରଦୀପଚନ୍ଦ୍ରଙ୍କ ସାନଭାଇ ସ୍ୱରୂପଚନ୍ଦ୍ର। କୁହାବୋଲା କରି ଥାନାବାବୁ ସୁରେଶ ପାଲଟାସିଂହଙ୍କୁ କହି କେସ୍ ଦଫାରଫା କରିଦେଲେ।

ଚିନି ଚାଲାଣ ଧନ୍ଦା ତ ଗଲା, କେଶବଦା'ର ଚିନ୍ତା ଏଥରକ କରିବ କଣ। ଏମପିସି କଲେଜର ସେତେବେଳର ପ୍ରିନ୍ସପାଲ ବି.ଏନ୍. ଚୌଧୁରୀଙ୍କୁ କହି ସ୍ୱରୂପଚନ୍ଦ୍ର ତାକୁ କଲେଜରେ ଅସ୍ଥାୟୀ ଭାବେ ପିଅନ ରଖିଦେଲେ। ଏମିତି ପ୍ରିନ୍ସପାଲଙ୍କ ବୋଲହାକ କରୁକରୁ ଚାକିରି ସ୍ଥାୟୀ ହେଇଗଲା। ବାହା ହେଇ ଘର ସଂସାର କଲା। ତାର ପୁଅ ନାହିଁ, ଗୋଟିଏ ବୋଲି ଝିଅକୁ ବାହା କରିସାରିଲାଣି। ପିଅନରୁ ପ୍ରମୋଶନ ପାଇ ଲାବରଟୋରି ଆଟେନାନ୍ଟ ହେଲାଣି । ଡିପ୍ଲୁୟମେଣ୍ଟରେ ଏମପିସି କଲେଜରୁ ପଣ୍ଡୁପାଣି ସାଇନ୍ସ କଲେଜକୁ ଆଠବର୍ଷ ହେଲା ଆସିଲାଣି। ହେଲେ ପୂର୍ବର ଧୁମାଲ ସ୍ୱାଭାବ ତାର ଯାଇନି।

କେଶବଦା' ଟିକେ ଖାଇବା ପ୍ୟାରା।

କଥା କଥାକେ କହିବ- 'ଯାହାଖାଇବ ଅଙ୍ଗେ, ବୋହିନେବ ତାକୁ ସଙ୍ଗେ। ମଣିଷ ଜୀବନ ହେଇଛି,ଖାଇଯାଅ, ଖାଇଖାଇକା ମରିଯାଅ। କେବେ ଚିଠା କରିଛ କେତେ ଟନ୍ ଚାଉଳ, କେତେ ଟନ୍ ଅଟା, କେତେଟନ୍ ଡାଲି ଖାଇସାରିଲଣି ଜନ୍ମହେଲାରୁ ଆଜିଯାଏଁ। ତାର ହିସାବ କିଏ ରଖୁଛି ? ଖାଇବା ପାଇଁ ତ ଯେତେସବୁ ନାଟ, ଖାଇବାପାଇଁ ବଞ୍ଚିଛି ଏ ମଣିଷ।'

ଖାସିମାଂସ ହେଲେ କିଲେ, କୁକୁଡ଼ା ହେଲେ ଦେଢ କିଲୋ, ଅଣ୍ଡା ହେଲେ ଛଅଟା, ମାଛ ହେଲେ କିଲେ ଥରକେ ଖାଇଦବ କେଶବ ଥାନେଦାର। ଭାତ ତ ପିରାମିଡ ଭଳି,ରୁଟି ହେଲେ କିଲେ ଅଟାରେ ଯେତିକି ହେଲା। ସବୁବେଳେ କେମିତି ଭଲ ଖାଇବ, ମେଂଚେ ଖାଇବ, ତାର ସେଇ ଚିନ୍ତା।

ଏତେ ଖାଇକି କେମିତି ହଜମ କରେ କେଶବଦା' !

ବେଳେବେଳେ ଲାଗେ ତା ପେଟ ଭିତରେ ଯେମିତି ଗୋଟେ ବ୍ରହ୍ମରାକ୍ଷସ ଅଛି। ଖାଇଲାବେଳେ କୁହାଟି କୁହାଟି କହେ ଏତିକି କଣ ଆଉ ଦେ। ଦେ ନହେଲେ ତୋର ପେଟ ଭିତର ଅନ୍ତଃବୁଜୁଳାକୁ କୋରି କୋରି ଖାଇଦେବି। ଶୁକ୍ରବାର ଛାଡ଼ି ଆଉ ସବୁଦିନ କେଶବଦା'ର ଆଇଁଷ ବାରି। ଶୁକ୍ରବାର ତା' ସ୍ତ୍ରୀ ସନ୍ତୋଷୀ ମାତାଙ୍କ ବ୍ରତ କରେତ ସେଇଥିପାଇଁ। ତଥାପି ସେଦିନଟା ବି ସେ ମାନୁନଥିଲା। ଗୋଟେ ଥର ମଟନ ଖାଇକି ଶୋଇଛି ରାତିରେ ସାପ ସ୍ୱପ୍ନ ଦେଖିଲା ବାସ୍ ସେଇଦିନଠୁ ଆଉ ସିଏ ଶୁକ୍ରବାର ଆଇଁଷ ଖାଏନି।

ଖାସିମାଂସ ଖାଇବାପାଇଁ କେଶବଦା' ପୂରା ପାଗଳ । ବୁଧବାର ହେବ ମାନେ ଖାସିମାଂସ ପାଇଁ ସିଏ ବିଜୁ ଦୋକାନକୁ ଧାଇଁବ। ଭଲ ମାଂସ କିଣିବାରେ ତାର ଦକ୍ଷତା। ଟଙ୍ଗା ହେଇଥିବା ଛେଳିର ଲାଞ୍ଜ ଦେଖିକି କହିଦବ ଭଲଖାସି ନା ବୁଢ଼ ଛେଳି। ମାଂସ କିଣାରେ ତାକୁ କେହି ଠକି ପାରିବେନି। ବାଛି ବାଛିକା ସିନା ପିସ୍ ଆଉ କଲିଜା କେଜିଏ ଧରିକି ଆସିବ। ମନଦେଇ କି ରାନ୍ଧିବ ଆଉ କଙ୍କାଳେ ଭାତମାଉଁସ ଖାଇବ। ମାଂସ ନଖାଇଲେ ଯେମିତି ତା' ଜୀବନ ଅର୍ଥହୀନ।

ଏତେ ମାଂସ ଖାଉଛି ଲୋକଟାର କିଛି ହେଉନି କେମିତି ସମସ୍ତେ ଭାବନ୍ତି। ଶେଷରେ କିନ୍ତୁ ଅତିରିକ୍ତ ଖାଇବାର ପରିଣତି କେତେ ଭୟାବହ ହେଇପାରେ ତାହା କେଶବଦା' ଜୀବନରେ ହିଁ ଘଟିଲା। ଭିତରେ ଭିତରେ ରୋଗାକ୍ରାନ୍ତ ହେଲାଣି ସେ କିନ୍ତୁ ଜାଣିନି। ମୁଣ୍ଡ ବୁଲେଇଲା, ଗୋଡ଼ ଚଳିଲାନି ବିଚରା ଡାକ୍ତରପାଖକୁ ଗଲା। ପରିଶ୍ରା ପରୀକ୍ଷା କଲାବେଳକୁ ଡାଇବେଟିସ। ଖାଲିପେଟରେ ସୁଗାର ମାପିଲା ୨୮୫,ଖାଇସାରିକି ମାପିଲା ୩୯୫। ତଥାପି ପରୱା ନାହିଁ। ଡାକ୍ତରଙ୍କ ପରାମର୍ଶକୁ ବି ତାର ହେୟଜ୍ଞାନ। ଆଳୁ ଖାଇଲା,ମିଠା ଖାଇଲା,ମାଉଁସ ଖାଇଲା। ଡାକ୍ତର କହିଲେ ଇନସୁଲିନ ନିଅ। ଯେତେ ଯିଏ କହିଲେ ମାନିଲାନି। ଇନସୁଲିନ ନେଲେ ସିରିଞ୍ଜି ଫୋଡାଫୋଡି ଧନ୍ଦା କିଏ କରିବ, ଦେ ବଟିକା ଜିନ୍ଦାବାଦ। ଆର୍ୟୁବେଦରେ ସେ ବଡ଼ ବିଶ୍ୱାସୀ। କଟକ ଓଏମପି ଛକରୁ କଣସବୁ ଆର୍ୟୁବେଦ ଔଷଧ ଆଣି ଖାଇଲା। କୋଉଥିରେ ତାର କଟକଣା ନାହିଁ। ଝାଳ ବୋହିଗଲେ ଚକଲେଟ ଗୋଟେ ପାଟିରେ ପକେଇବ ଗୁମ୍ ହେଇକି ବସିବ। ଡାଇବେଟିସକୁ ଯେତେ ଅଣଦେଖା କରାଯାଇପାରେ ତାରି ପାଖରେ ହିଁ ଜାଣ ଦେଖିବ।

ଗୋଟେ ଦିନ ନଖ କାଟିଲାବେଳେ ଗୋଡ଼ କୁଣ୍ଡେଇ ରାମ୍ପି ହେଉଥିଲା, ମାରିଦେଲା ବ୍ଲେଡ୍। ଗୋଡ଼ରେ ବ୍ଲେଡ ବାଜି ଖଣ୍ଡିଆ। ତାପରେ ଦେଖ ଅବସ୍ଥା। ଡାଇବେଟିସ ରୋଗୀଙ୍କର ଘା' ଶୁଖେନି ଏକଥା ପ୍ରତି ସେ ସିନା ସଚେତନ ଥିଲେ! ଛୋଟିଆ ଖଣ୍ଡିଆ ବଢି ବଢି ବଡ଼ ଘା' ହେଲା। ଗୋଡ଼ ଫୁଲିକି ପାଣି କଖାରୁ। ଖାଲି ପରସ୍ତ ପରସ୍ତ ଚମଡ଼ା ଉଠି ପୂଜ,ରକ୍ତ। ଓଃ ବୀଭତ୍ସ ହେଇଗଲା ଗୋଡ଼, ହଲି ଚଲି ପାରିଲାନି। ଡାକ୍ତରଖାନା ବୁହାହେଇ ଗଲା।

କେଶବଦା'ର ଗୋଡ଼କୁ ଦେଖି ଡାକ୍ତର ବି କାବା।

: ବାବୁ ତମର ନାଁ କଣ ?

ଏଣ୍ଡୋକ୍ରାଇନ ସ୍ପେଷାଲିଷ୍ଟ ନିରଞ୍ଜନ ତ୍ରିପାଠୀ ପଚାରିଲେ।

: କେଶବ ଥାନେଦାର ।

କେଶବଦା' କାକୁସ୍ତ ହେଇକି କହିଲା।

: ଆରେ ବାବୁ ତମେ ଥାନେଦାର ହୁଅକି ହାବିଲଦାର। ନିଜର ଏମିତି ଅବସ୍ଥା କାହିଁକି କରିଛ। ଡାଇବେଟିସ ରୋଗୀ ବୋଲି ତମର ମନେ ଥିଲା ନା ନାହିଁ ?

ବିରକ୍ତ ହେଇ ଡାକ୍ତର ତ୍ରିପାଠୀ କହିଲେ।

ଥାନେଦାର ହୁଅକି ହାବିଲଦାର ଶୁଣିକି କେଶବଦା'ତ ପୁରାପୂରି ଖପ୍ପା।

ସେଇଠୁ ଗାଇଲା ମୟୂରଭଞ୍ଜ ଇତିହାସ। ଆଦି ଭଞ୍ଜଙ୍କଠୁ ପ୍ରଦୀପ ଭଞ୍ଜଙ୍କ ଯାଏ। ଥାନେଦାର ଉପାଧି ପ୍ରାପ୍ତିର ଯୁକ୍ତିଯୁକ୍ତ କାହାଣୀ। ଡାକ୍ତର ତ୍ରିପାଠୀ ଶୁଣିକି ତାଟକା।

: ହଇଓ ଇତିହାସ ଭଲ ମନେ ରଖିଛ ନିଜ ଭୁଗୋଳ ଟିକେ ଦେଖ। ଏ ଐତିହାସିକଙ୍କୁ କିଏ ନିଅରେ ତୁରନ୍ତ ଡ୍ରେସିଂ କର।

ରାଗିପାଚି ଡାକ୍ତର ତ୍ରିପାଠୀ ଚିଲ୍ଲେଇଲେ।

ଘା' ଡ୍ରେସିଂ ହେଲା। ଇନସୁଲିନ ଚାଲିଲା। ଲାନଟସ ଇନସୁଲିନ ଦିନକୁ ଦିଥର। ଆକ୍ଟ ରାପିଡ ଦିନକୁ ତିନିଥର। ଦିଦିନ ଅନ୍ତରରେ ସୁଗାର ଟେଷ୍ଟ। ଛୁଞ୍ଚି ଫୋଡ଼ା ଖାଇ ଖାଇ କେଶବଦା' ବେହାଲ। ସୁଗାର କମିବାର ନାଁ ଧରୁନଥାଏ କି ଘା' ଶୁଖୁନଥାଏ। ବଡ଼ ଅସହାୟ ଭାବେ ଡାକ୍ତରଖାନାରେ ବିଚରା ପଡ଼ିଥାଏ। ପାଟିରେ ମାଉଁସଟିକେ ବାଜୁନଥାଏ। ଅମୃତଭଣ୍ଡା ସନ୍ତୁଳାକୁ ଦିପଟ ରୁଟି, ସେଉ ଗୋଟେ, ଏତିକି ଖାଇ ଜୁଲୁଜୁଲୁ ହେଇ ଗଲାଆଇଲା ଲୋକଙ୍କୁ ଚାହୁଁଥାଏ।

ମକର ସଂକ୍ରାନ୍ତି ଆସିଲେ ମୟୂରଭଞ୍ଜ ଦୁଲୁକେ। ଘରେ ଘରେ ନୂଆ ଲୁଗା,ଖାଇବାକୁ ଯାହାକୁ ଯେତେ ମାଉଁସ। ଡାକ୍ତରଖାନାରେ ପଡ଼ି ରହି କେଶବଦା'ର ମନ ବିଚଳିତ। ବଡ଼ଚିନ୍ତା, ମକରଭଳି ଦିନରେ କେତେ କିଏ ଖୁସି ମନେଇବେ, ମାଉଁସ ଖାଇବେ। ଏମିତି ଅକଳରେ ମଣିଷ ପଡ଼ିଲା, ପାଟିରେ ମାଉଁସ ଟିକେ ବାଜିବନି।

ଡାକ୍ତର ତ୍ରିପାଠୀ ୱାର୍ଡ ଭିଜିଟରେ ଆସିଥାନ୍ତି।

କେଶବଦା' ତାଙ୍କୁ ଭରସି କରି କହିଲା, 'ଆଜ୍ଞା ମକରରେ ଟିକେ ମାଉଁସ ଖାଇଥାନ୍ତି, ପାଟିଟା ପୂରା ଅରୁଚି ହେଇଗଲାଣି। କଥା ଦେଉଛି, ବେଶି ଖାଇବିନି ମାତ୍ର ଦିପିସ୍।'

ଏକଥା ଶୁଣି ଡାକ୍ତର ତ୍ରିପାଠୀ ତାକୁ ଜବାବ କଣ ଦେବେ ପରସ୍ତେ ଅନେଇଲେ।

ଏମିତି ଚାହାଣୀରେ କେଶବଦା' ଡରିଗଲା। ମା' କିଚକେଶ୍ୱରୀଙ୍କୁ ମନେ ମନେ ଡାକିଲା ବୁଢା ରାଜି ହେଇଯାଉ।

ଡାକ୍ତର ତ୍ରିପାଠୀ ଆରମ୍ଭରୁ ତ ତା ଉପରେ ଖପ୍ପା। ଏକଥା ଶୁଣି ଆଉ ସମ୍ଭଳା ପଡ଼ନ୍ତେ। ଆରମ୍ଭ ହେଲା ଚିତ୍କାର

: ତିରିଶ ବର୍ଷ ହେଲା ଡାକ୍ତରୀ କରୁଛି ଏମିତି ରୋଗୀ ମୋ ଜୀବନରେ ଦେଖିନି।

: ଆରେ ମାଉଁସଖିଆ ଜାଣିଛୁ ତୋ ଶରୀରର ଅବସ୍ଥା କଣ। ମାଉଁସ ଖାଇବୁ ଯଦି ଏଠୁ ଚାଲିଯା, ତତେ ଆଉ ମୁଁ ପାରିବନି।

ଜୋକ ମୁହଁରେ ଲୁଣ ଭଳି ଡାକ୍ତର ତ୍ରିପାଠୀଙ୍କ କଥାଶୁଣି କେଶବଦା' ବେଡରେ ମୁହଁମାଡ଼ି ଶୋଇଲା। ସେଦିନ ରାତିରେ ଯାହା ଘଟିଲା ଶୁଣିଲେ ଯେକୌଣସି ଲୋକର କାନ ଠିଆ ହେଇଯିବ।

ଇନସୁଲିନ ଦେବାକୁ ଆସି ନର୍ସ ଦେଖନ୍ତିତ କେଶବଦା' ବେଡ୍‌ରେ ନାହିଁ। ଡାକ୍ତରଖାନାସାରା ତନାଘନା ବେଡ ନଂ ତେଇଶିର ରୋଗୀ ଗାଏବ। ବାରିପଦାରୁ ଭୁବନେଶ୍ୱର,କପ୍ତିପଦାରୁ କୋରାପୁଟ ଚାରିଆଡେ ବହୁ ଖୋଜାଖୋଜି ହେଲା ହେଲେ କୋଉଠି ବି ମିଳିଲାନି। ସେଦିନରୁ ଯାଇଛି ଯେ ଯାଇଛି ତାର କିଛି ଖୋଜଖବର ନାହିଁ।

ସତରେ କୁଆଡେ ଅର୍ନ୍ତଧ୍ୟାନ ହେଇଗଲା ମଣିଷଟା ?

ନେତାଜୀଙ୍କ ଅର୍ନ୍ତଧ୍ୟାନ ଭଳି ଏହା ଏବେ ବି ରହସ୍ୟମୟ।

ଆପଣ ଯଦି କେଶବ ଥାନେଦାରର ସନ୍ଧାନ ପାଆନ୍ତି ନିଶ୍ଚୟ ନିକଟସ୍ଥ ଥାନାରେ ଜଣାଇବେ।

■

ସକାଳର ମୁହଁ

ଜାଡ଼ ଦିନରେ ଛଅଟା ପୂର୍ବରୁ ସୂର୍ଯ୍ୟ ଉଦୟ ହେବା ମୁସ୍କିଲ।

କେବେ କେବେ ତ ସାରାଦିନ କୁହୁଡ଼ି ଆକାଶକୁ ଢାଙ୍କି ରଖିଥାଏ।

ସବୁଦିନ ପରି ଘଡ଼ିରେ ସକାଳ ଛଅଟା ବାଜିଲା।

ଠିକ୍ ଏଇ ସମୟକୁ ଲକ୍ଷ୍ୟ ରଖି ଲଗାଯାଇଥିବା ଘଡ଼ିର ଆଲାର୍ମ କର୍କଶତାର ସହ ବାଜି ଉଠିଲା। ପରମାନନ୍ଦ କର ଆଲାର୍ମ ବନ୍ଦ କରିବାକୁ ସୁଇଚ ଉପରେ ହାତର ଜାବ ଦେଲେ।

ଗତ କେତେ ରାତି ହେଲା ସେ ଠିକରେ ଶୋଇପାରି ନାହାନ୍ତି। ନିଦ ଯେମିତି ତାଙ୍କଠାରୁ କେଉଁ ଅପହଞ୍ଚ ଦୂରତାକୁ ଚାଲିଯାଇଛି। ବିଳମ୍ବିତ ରାତି ପର୍ଯ୍ୟନ୍ତ ଟିଭି ରିମୋଟ ଧରି ଗୋଟେ ପରେ ଗୋଟେ ଚ୍ୟାନେଲ ଏପଟ ସେପଟ କରିବା ବ୍ୟତୀତ ତାଙ୍କ ପାଖରେ ଅନ୍ୟକିଛି ଚାରା ନଥିଲା। ଆଖି ଟିଭି ପରଦାରେ ଅଟକି ଥିଲେ ବି ମନ ତାଙ୍କର କିନ୍ତୁ ଭାସି ଚାଲେ ଅତୀତର ଘଟଣାରାଜି ଉପରେ। ଅନ୍ଧାର କୋଠରୀରେ ବସି ପୁରୁଣାଦିନର କଥାମାନକୁ ମନେ ପକେଇବାରେ ବ୍ୟସ୍ତ ରହୁଥିଲେ।

ରାତି ସାଢେ ଗୋଟାଏ ପରେ ଟିଭି ବନ୍ଦ କରି ସେ ଆଖିକୁ ନିଦ ଆଣିବାକୁ ନାନାଦି ପ୍ରୟାସ କରୁଥିଲେ ମଧ୍ୟ ନିଦ ତାଙ୍କୁ ଆଦୌ ଧରା ଦେଉନଥିଲା। ବରଂ ଦୁଇପୁଅ ଯେମିତି ତାଙ୍କଠାରୁ ଦୂରେଇ ଯାଇଥିଲେ ସେମିତି ନିଦ ବି ତାଙ୍କଠାରୁ ଦିନକୁ ଦିନ ଦୂରେଇ ଯାଉଥିଲା।

ଜୀବନର ଧାଁଦୌଡ଼ରେ ପରମାନନ୍ଦ ଥକି ପଡ଼ିଥିଲେ। ସେ ଚାହୁଁଥିଲେ କେଇ କ୍ଷଣର ସୁଖନିଦ୍ରା। କିନ୍ତୁ ନିଦ୍ରାଦେବୀଙ୍କ କୃପାରୁ ସେ କ୍ରମଶଃ ବଞ୍ଚିତ ହେବାରେ ଲାଗିଥିଲେ। ପ୍ରତ୍ୟେକ ସକାଳେ ଲୋକେ ବିଛଣା ଛାଡିବାକୁ ତୟାର ହେଉଥିବା ବେଳେ ତାଙ୍କ ଦୁଇଆଖି ଶୋଇବା ଆଶାରେ ଅବଶ ହୋଇ ଉଠୁଥିଲା। ପତ୍ନୀ ନିର୍ମଳା କିନ୍ତୁ ପ୍ରତ୍ୟେକ ରାତିରେ ଅଚିନ୍ତାରେ ଶୋଇ ଯାଉଥିଲେ। ଅନେକ ରାତିରେ ପରମାନନ୍ଦଙ୍କୁ ନିର୍ମଳାଙ୍କ ନିଘୋଡ଼ ନିଦ ଦେଖି ଈର୍ଷା ଆସୁଥିଲା। ବିଛଣାରେ ପଡୁ ପଡୁ ନିର୍ମଳା ଗହଳ ନିଦରେ ହଜିଯାଆନ୍ତି। ସକାଳୁ ଶୀଘ୍ର ଉଠିବାକୁ ପଡୁଥିବାରୁ ନିର୍ମଳା ଆଲାର୍ମ ଲଗାଇ ଦିଅନ୍ତି। ସେ କିନ୍ତୁ ସାରାରାତି ବିଛଣାରେ କଡ଼ ଲେଉଟେଇବା ଛଡା ଅନ୍ୟକିଛି ଉପାୟ ପାଆନ୍ତିନି।

ଭୁବନେଶ୍ୱର ନୟାପଲ୍ଲୀ ଅଞ୍ଚଳରେ ସେ ଘର ତୋଳିଛନ୍ତି। ଏତେ ବିରାଟ ଘର ଥାଉ ଥାଉ ଦୁଇପୁଅ ସେହି ସହରରେ ଅନ୍ୟତ୍ର ଘରଭଡ଼ା ନେଇ ରହନ୍ତି। ବଡ଼ପୁଅ ବିକାଶ ଓ ତାର ପତ୍ନୀ ଶିଖା ଦୁହେଁ ଇଞ୍ଜିନିଅର। ସାନପୁଅ ରାକେଶ ଓ ତାପତ୍ନୀ ଦୀକ୍ଷା ଦୁହେଁ ଡାକ୍ତର। ବୋହୂ ଦୁହେଁ ପ୍ରଥମେ ପୁଅ ଦିହିଁଙ୍କର ସହକର୍ମୀ ଥିଲେ,ଏବେ ସହଧର୍ମିଣୀ ହୋଇଛନ୍ତି। ଗୋଟିଏ ଜାଗାରେ କାମକରୁକରୁ ପ୍ରଥମେ ଆକର୍ଷଣ,ତାପରେ ପ୍ରେମ ଏବଂ ଶେଷରେ ଏହି ସମ୍ପର୍କ ବିବାହରେ ରୂପାନ୍ତରିତ ହୋଇଛି। ପ୍ରଥମେ ପ୍ରଥମେ ବୋହୂ ଦୁଇଜଣଙ୍କର ଜାତିକୁ ନେଇ ନିର୍ମଳାଙ୍କର ନାପସନ୍ଦ ଭାବ ଥିଲା କିନ୍ତୁ ପରବର୍ତୀ ସମୟରେ ସେ ନିଜ ମନକୁ ବୁଝାଇ ଦେଇଛନ୍ତି।

ଏମିତିରେ ନିର୍ମଳାଙ୍କର ବୋହୂମାନଙ୍କ ପ୍ରତି ଚରମ ଘୃଣାବୋଧ ନଥିଲା। ସେ କେବଳ ସବୁବେଳେ ସ୍ୱପ୍ନ ଦେଖିଆସିଥିଲେ ,ଦୁଇପୁଅଙ୍କ ପାଇଁ ଦୁଇଟି ସୁନାନାକୀ ବୋହୂ କରିବେ। ଯେଉଁମାନେ କି ଘରକରଣାରେ ବେଶ ଦୋରସ୍ତ ହୋଇଥିବେ। ଚାକିରି ନୁହେଁ ବରଂ ପକ୍କା ଘରଣୀ ହୋଇଥିବେ। ସେମାନଙ୍କ ସହ କାମକରି,ଖୁସିଗପ କରି ତାଙ୍କର ସମୟ ବି ବେଶ କଟିଯାଆନ୍ତା। ତାଙ୍କ ସ୍ୱପ୍ନକୁ ଧୂଳିସାତ କରି ପୁଅଦୁହେଁ କିନ୍ତୁ କର୍ମଜୀବୀ ମହିଳାଙ୍କୁ ବାହା ହୋଇଥିଲେ। ନିଜର ବୃତ୍ତିଗତ ଜୀବନକୁ ନେଇ ବୋହୂ ଦୁହେଁ ଏତେ ବ୍ୟସ୍ତ ଥିଲେ ଯେ ଢେରଦିନ ଧରି ସେମାନଙ୍କ ସହ ତାଙ୍କର ଥରୁଟିଏ ଦେଖା ହୋଇ ପାରିନାହିଁ। ବୋହୂମାନେ ଉଚ୍ଚଶିକ୍ଷିତ ହୁଅନ୍ତୁ ମନା ନାହିଁ ମାତ୍ର ପରମ୍ପରା ଓ ସଂସ୍କୃତି ପ୍ରତି ବେଶ ସଚେତନ ରହନ୍ତୁ,ଏହା ସେ ଚାହୁଁଥିଲେ। ନିର୍ମଳା ସୁଶିକ୍ଷିତା ଥିଲେ ଏବଂ ଆଦର୍ଶବାଦୀ ବିଚାରଧାରା ସମ୍ପନ୍ନ ଥିଲେ। ଏତେ ସବୁ ସତ୍ୱେ ପୁଅ ଓ ବୋହୂଙ୍କ ଉପରେ ଅଧିକାର ଜାହିର କରିବା ତାଙ୍କର ସମ୍ପୂର୍ଣ୍ଣ ନାପସନ୍ଦ ଥିଲା।

ପରମାନନ୍ଦ ବାବୁ ସରକାରୀ ଚାକିରିଆ ହୋଇଥିବାରୁ ବୃତ୍ତି ଦାୟରେ ତାଙ୍କୁ

ଓଡ଼ିଶାର ବହୁ ଛୋଟମୋଟ ସହରରେ କାମ କରିବାକୁ ପଡୁଥିଲା। ବଦଳି ପ୍ରତି ଚାରି ଛଅବର୍ଷରେ ହେଉଥିବାରୁ ବାରମ୍ବାର ପିଲାଙ୍କ ସ୍କୁଲ ବଦଳାଇବାକୁ ପଡୁଥିଲା। ତାଙ୍କ ଚାକିରି ପାଇଁ ପିଲାଙ୍କ ପାଠପଢା ଖରାପ ନହେଉ,ଏକଥା ଚାହୁଁ ନଥିଲେ ସେ। ଏହି କାରଣରୁ ନିର୍ମଳା ପିଲାଙ୍କୁ ଧରି ଭୁବନେଶ୍ୱରରେ ରହୁଥିଲେ। ସିଏ ଚାକିରିସ୍ଥଳୀରେ ଏକାକୀ ସରକାରୀ କ୍ୱାର୍ଟରରେ ରହୁଥିଲେ। ପିଲାଙ୍କର ସବୁ ହାନିଲାଭ ନିର୍ମଳାଙ୍କୁ ହିଁ ସମ୍ଭାଳିବାକୁ ପଡୁଥିଲା। ଦୁଇପୁଅ ଏହି କାରଣରୁ ବାପାଙ୍କ ଅପେକ୍ଷା ମାଙ୍କ ଉପରେ ଅଧିକ ନିର୍ଭରଶୀଳ ଥିଲେ।

ବିକାଶ ଓ ରାକେଶ ଯେତେବେଳେ ବଡ଼ହୋଇ ଇଞ୍ଜିନିୟରିଂ ଓ ମେଡିକାଲ ପଢିବା ପାଇଁ ବାହାରିଲେ ଅଚାନକ ଖର୍ଚ୍ଚର ପରିମାଣ ବଢିଗଲା। ସେତିକିବେଳେ ପିଲାଙ୍କ ପଢାଖର୍ଚ୍ଚ ତୁଲାଇବାକୁ ଯାଇ ନିର୍ମଳା ନିଜ ଗହଣା ବିକିବାକୁ ମଧ୍ୟ ପଛାଇନଥିଲେ। ଗହଣା ଚାଲିଯିବାନେଇ ତାଙ୍କର କୌଣସି ଅବସୋସ ନଥିଲା ବରଂ ପୁଅମାନଙ୍କ ପ୍ରତି ତାଙ୍କର କୋମଳ ସମ୍ବେଦନା ଏହି ତ୍ୟାଗ ଭିତରେ ଭରି ରହିଥିଲା। ଗହଣା ବିକିବାକୁ ଗଲାବେଳେ ପରମାନନ୍ଦବାବୁ ନିର୍ମଳାଙ୍କୁ ରୋକିବାକୁ ଯାଆନ୍ତେ, ସେ କହିଥିଲେ-ଗହଣାରେ କଣ ଅଛି ! ଆଜିସିନା ଚାଲିଗଲା,ଠାକୁରେ ଚାହିଁଲେ କାଲିକି ପୁଣି ମୋ ପାଖକୁ ଫେରି ଆସିବ। ଅସଲି ଗହଣାତ ମୋର ଦିପୁଅ।

ଏକଥା କହିଲାବେଳେ ନିର୍ମଳାଙ୍କ ଚେହେରାରେ ଜଣେ ବିଜୟିନୀର ଦର୍ପ ସେଦିନ ପରମାନନ୍ଦବାବୁ ଦେଖିବାକୁ ପାଇଥିଲେ। ତାଙ୍କ ଦେହକ ସିନା ଭଡ଼ାଘରେ ବିତିଗଲା କିନ୍ତୁ ପିଲାମାନେ ଭଡ଼ାଘରେ ନରହନ୍ତୁ ଏକଥା ନିର୍ମଳା ସବୁବେଳେ ଭାବୁଥିଲେ। ସେଥିପାଇଁ ତ ନିର୍ମଳାଙ୍କ ଜିଦକୁ ସମ୍ମାନ ଜଣାଇ ଜୀବନସାରାର ପୁଞ୍ଜିକୁ ଲଗାଇ ଏବଂ ଋଣ କରି ଏକ ଘର ଭୁବନେଶ୍ୱରରେ ସେ ତିଆରି କରିଥିଲେ। ଆଶାଥିଲା ଦୁଇପୁଅଙ୍କ ବାହାଘର ପରେ ସେମାନେ ଏଇ ଘରେ ରହିବେ। ନାତିନାତୁଣୀଙ୍କ କଳାରବରେ ସାରାଘର ମୁଖରିତ ହୋଇ ଉଠିବ। କିନ୍ତୁ ସେମାନଙ୍କର ଏହି ସ୍ୱପ୍ନ, ସ୍ୱପ୍ନରେ ହିଁ ରହି ଯାଇଥିଲା। ଦୁଇପୁଅ ବାହାହେଲା ପରେ ସେ ଘରେ ରହିବାକୁ ପସନ୍ଦ କରିନଥିଲେ। ଘର ତିଆରିର ଋଣ ଶୁଝା ସରିନି। ଦୁଇପୁଅଙ୍କ ଭିତରୁ କେହି ବି କେବେ ବ୍ୟାଙ୍କ ଋଣ ଶୁଝିବା ତ ଦୂରର କଥା ଏ ବାବଦକୁ ପଦଟିଏ ବି ବାପାଙ୍କୁ କେବେ କହି ନାହାନ୍ତି।

ପରମାନନ୍ଦବାବୁ ଦୁଇପୁଅଙ୍କ ବାହାଘର ବହୁ ଆଡମ୍ବର ସହକାରେ କରିଥିଲେ। ଦୁଇପୁଅଙ୍କ ବାହାଘର ସମାନ ଦିନରେ ସମାନ ହୋଟେଲରେ ହୋଇଥିଲା। କେଇଟା ମାସ ଘରେ ରହିବା ପରେ ଦୁହେଁ ସସ୍ତ୍ରୀକ ଘର ଛାଡି ଚାଲି ଯାଇଥିଲେ। ଦୁଇ ବୋହୂ

ଅତ୍ୟାଧୁନିକା, ଜୀବନରେ ଶାଶୁ ଶ୍ୱଶୁରଙ୍କ ମର୍ଯ୍ୟାଦା ସେମାନେ ବୁଝନ୍ତେ କେଉଁଠୁ ! ପରମାନନ୍ଦବାବୁ କେବେ ପୁଅ-ବୋହୂଙ୍କ ବ୍ୟକ୍ତିଗତ ଜୀବନରେ ଦଖଲ ବାଜି କରୁନଥିଲେ। ଅବଶ୍ୟ କେବେ କେବେ ନିର୍ମଳା ବୋହୂମାନଙ୍କୁ କେଉଁଟା ଭୁଲ୍ କେଉଁଟା ଠିକ୍ ପରାମର୍ଶ ଦେବାକୁ ଭୁଲୁନଥିଲେ। ତେବେ ଜଣେ ଅନୁଶାସନକରୀ ଶାଶୁ ଭାବେ ନୁହେଁ ଜଣେ ସ୍ନେହୀ ମା ଭାବେ ଝିଅ ଭଳି ଭାବୁଥିବା ଦୁଇ ବୋହୂଙ୍କୁ ସେ ମାର୍ଗଦର୍ଶନ କରିବାକୁ ଚାହୁଁଥିଲେ। ଦୁଇପୁଅ ଅଚାନକ ବାହାରେ ରହିବାକୁ ନିଷ୍ପତ୍ତି ନେବା ପଛରେ ହୁଏତ ଏହା ଅନ୍ୟତମ କାରଣ ହୋଇପାରେ। ଏହାଛଡା ଆଉ କେଉଁ କାରଣରୁ ସେମାନେ ଘରଛାଡି ଅନ୍ୟତ୍ର ରହିଲେ ତାହାକେବଳ ସେଇମାନଙ୍କୁ ଜଣାଥିବ। ନା ନିର୍ମଳା ସେମାନଙ୍କ ସହ ଝଗଡା କରୁଥିଲେ ନା ସେମାନେ ନିର୍ମଳାଙ୍କୁ ଅସମ୍ମାନିତ କରୁଥିଲେ। ଉପରକୁ ସବୁକିଛି ଠିକଠାକ ଥିଲା। ଏତେ ଶାନ୍ତ ବାତାବରଣରେ ଯେ ଏକ ଛାୟାଯୁଦ୍ଧ ନିରନ୍ତର ଲାଗି ରହିଥିଲା ତାହା ଜାଣିବା ନିହାତି ମୁସ୍କିଲ ଥିଲା।

ପୁଅ-ବୋହୂ ଘର ଛାଡିବାର ବର୍ଷେ ଉପରେ ହୋଇଗଲାଣି। ଏହି ବର୍ଷେ ଭିତରେ କେବଳ ଥରୁଟିଏ ସେମାନେ ଯାହା ବାପାମାଙ୍କୁ ଦେଖା କରିବାକୁ ଆସିଥିଲେ। ତାହା ପୁଣି ଦୀପାବଳି ଦିନ,କେବଳ ପ୍ରିୟପରିଜନ ମିଳନର ଔପଚାରିକତା ରକ୍ଷା ପାଇଁ। ଅବଶ୍ୟ ଦୁଇପୁଅ ଫୋନରେ ବାପାମାଙ୍କ ହାଲଚାଲ ପଚାରି ବୁଝୁଥିଲେ। ଏତିକିରେ ସେମାନଙ୍କ କର୍ତ୍ତବ୍ୟ ସରିଗଲା ବୋଲି ସେମାନେ ହୁଏତ ଭାବୁଥିଲେ। ଯାହାଟିକେ ଟିକେ ଫୋନ୍ କରୁଥିଲେ ଚାରିମାସ ହେଲାଣି ସେତକ ବି ଆଉ କରୁନାହାନ୍ତି। ପୁଅ-ବୋହୂ ଘର ଛାଡି ଯିବାପରେ ନିର୍ମଳା ଶାରୀରିକ ଓ ମାନସିକ ଭାବେ ସମ୍ପୂର୍ଣ୍ଣ ଭାଙ୍ଗି ପଡ଼ିଥିଲେ। ଆସ୍ତେ ଆସ୍ତେ ରୋଗ ତାଙ୍କୁ କବଳିତ କରିବାକୁ ଆରମ୍ଭ କରି ଦେଇଥିଲା। ସାରା ଜୀବନ ନିଜର ଲୁହଲହୁ ଦେଇ ସେ ପିଲାମାନଙ୍କୁ ମଣିଷ କରିଥିଲେ। ସେ କେବେ ଭାବିନଥିଲେ ତାଙ୍କ ହାତଗଢା ମଣିଷମାନେ ଏମିତି ନିଷ୍ଠୁର ଭାବେ ତାଙ୍କୁ ଭୁଲିଯିବେ। ଏମିତି ଦେଖିବାକୁ ଗଲେ ଆର୍ଥିକ ଦୃଷ୍ଟିରୁ ସେମାନେ ପୁଅମାନଙ୍କ ଉପରେ ନିର୍ଭରଶୀଳ ନଥିଲେ।

ଯଦି କୌଣସି ଦୂର ସହର କି ଦୂର ଦେଶରେ କାମର ଦାୟରେ ଦୁଇପୁଅ ରହୁଥାନ୍ତେ ହୁଏତ ସେମାନଙ୍କ ଏତେଟା ମନକଷ୍ଟ ହେଉନଥାନ୍ତା। ମାତ୍ର ଗୋଟିଏ ସହରରେ ଭିନ୍ନଭିନ୍ନ ଜାଗାରେ ପୁଅବୋହୂ ରହିବା ସେମାନଙ୍କୁ ବେଶି ଆଘାତ ଦେଉଥିଲା। ସେମାନେ ପୁଅମାନଙ୍କୁ ଏ ସମ୍ପର୍କରେ ପଚାରି ପାରୁନଥିଲେ ବରଂ ଚିହ୍ନାପର୍ଚି ଲୋକ ସେମାନଙ୍କ ବିଷୟରେ ତାଙ୍କୁ ପଚାରିଲେ ଭାରି ଅପମାନିତ ମନେ କରୁଥିଲେ। ଲଗାତାର ପୁଅମାନଙ୍କ କଥାଚିନ୍ତା କରି କରି ପରମାନନ୍ଦବାବୁ ଡିପ୍ରେସନର ଶିକାର

ହୋଇ ସାରିଥିଲେ। ବାହାରକୁ କୁଆଡେ ଯିବା ସେ ଏକରକମ ବନ୍ଦ କରି ଦେଇଥିଲେ। ପୂରାଦିନ ଘରେ ରହିବା ପରେ କେବଳ ସାନ୍ଧ୍ୟ ଭ୍ରମଣ ପାଇଁ ଘରସାମ୍ନା ପାର୍କକୁ ଯାଉଥିଲେ। ନିର୍ମଳା ନିଜର ଏକାକୀତ୍ୱକୁ ଦୂରେଇବାକୁ ଦିନର ବହୁ ସମୟ ପୂଜାପାଠରେ ବିତାଉଥିଲେ।କେବେ କେବେ ଦୁହେଁ ପାଖାପାଖି ବସୁଥିଲେ। ସେମାନଙ୍କ ପାଖରେ କଥାହେବା ପାଇଁ ସେମିତି କିଛି ପ୍ରସଙ୍ଗ ନଥିଲା। କଥା ବିଭିନ୍ନ ମୋଡ଼ ଦେଇ ଶେଷରେ ପୁଅମାନଙ୍କ ପାଖରେ ଆସି ଛିଡୁଥିଲା।

ସେମାନେ ଚିନ୍ତା କରୁଥିଲେ ଦୁଇପୁଅଙ୍କୁ ଯାଇ ଦେଖା କରିବେ,ବୁଝାଇବେ ଏବଂ ସେମାନଙ୍କ ଭଙ୍ଗାଘର ପୁଣି ଯୋଡି ହୋଇଯିବ। ଦୁଇପୁଅଙ୍କୁ ଏତେ ସ୍ନେହ ଆଦରରେ ଦୁହେଁ ବଢାଇଥିଲେ ଯେ ସେମାନଙ୍କ ବିନା ଦୁହିଁଙ୍କ ଜୀବନ ପୂରାପୂରି ଅସଂପୂର୍ଣ୍ଣ ଲାଗୁଥିଲା। କେବେ ବି ଦୁଇପୁଅଙ୍କୁ ଅଭାବ କଣ ଜାଣିବାକୁ ଦେଇନଥିଲେ। ପୁଅମାନେ ଭୁଲ କରନ୍ତୁ ବା ଠିକ କଠୋର ସେ କେବେ ବି ହେଉନଥିଲେ। ତାଙ୍କ ମତରେ, ପିଲାମାନଙ୍କୁ ଅନୁଶାସନ ଆବଶ୍ୟକ କିନ୍ତୁ ତାମାନେ ନୁହେଁ ଯେ ସେମାନଙ୍କୁ ଶିକୁଳିରେ ବାନ୍ଧି ଛଟପଟ କରାଯିବ। ଏମିତିରେ ତାଙ୍କ ପିଲାମାନେ ଯେ ଅନୁଶାସିତ ନଥିଲେ କୁହାଯାଇପାରିବ ନାହିଁ ବରଂ ସେମାନେ ଟିକେ ମାଙ୍କ ଉପରେ ଅଧିକ ନିର୍ଭରଶୀଳ ଥିଲେ।

ପରମାନନ୍ଦବାବୁ ଭାବୁଥିଲେ ପୁଅମାନେ ହୁଏତ ମାଙ୍କ କଥାମାନି ଅଲଗା ରହିବା ନିଷ୍ପତ୍ତିକୁ ବଦଳାଇ ଦେବେ। ସେ କେବେ ବି ଦୁଇପୁଅଙ୍କୁ ଘର ଛାଡିବାର କାରଣ ପଚାରି ନାହାନ୍ତି। ଏପରିକି ଫୋନରେ ବି ନୁହେଁ। ସାରା ଜୀବନ ସେ ଆତ୍ମସ୍ୱାଭିମାନର ସହ ବଞ୍ଚି ଆସିଛନ୍ତି। ଦୁଇପୁଅ ଘର ଛାଡିବା ପରେ ନିର୍ମଳା ଅସୁସ୍ଥ ହୋଇପଡିବା କଥା ବି ସେ ପୁଅମାନଙ୍କୁ ଜଣାଇ ନାହାନ୍ତି।

ତାଙ୍କ ମନରେ ସବୁବେଳେ ଗୋଟିଏ କଥା ଉଙ୍କି ମାରୁଥିଲା ନିର୍ମଳାଙ୍କ ଆଡୁ କିଛି ଭୁଲ ହୋଇନି ତ ! କେଉଁ କାରଣରୁ ତାହେଲେ ଦୁଇ ବୋହୂ ଘରେ ରହିବାକୁ ପସନ୍ଦ କଲେନି। କିଏ ଜାଣେ ବୋହୂମାନଙ୍କ ପାଶ୍ଚାତ୍ୟ ଜୀବନ ଶୈଳୀକୁ ନେଇ ନିର୍ମଳାଙ୍କ ମନରେ କେଉଁଠି କିଛି ଅବସୋସ ଥିଲା କି ଆଉ ? କିନ୍ତୁ ତାଙ୍କ ଜାଣିବାରେ ନିର୍ମଳା କୌଣସିମତେ ପିଲାମାନଙ୍କ ସୁଖର ଦାୟରେ ଏସବୁକୁ ଅନ୍ତଃମନରେ ସ୍ୱୀକାର କରି ନେଇଥିବେ। ବୋହୂମାନଙ୍କ ଚିନ୍ତାଧାରା,ଜୀବନଶୈଳୀ ସେମାନେ ବଢି ଆସିଥିବା ପରିବେଶ ଅନୁଯାୟୀ ହେବା ସ୍ୱାଭାବିକ। ଏଥିରେ ସେମାନଙ୍କର ଭୁଲ ରହିଲା କେଉଁଠି ? ବୋହୂମାନେ ମଧ୍ୟବିତ ପରିବାରରୁ ଆସି ନଥିଲେ। ଆଭିଜାତ୍ୟ ଓ ବିଳାସୀ ପରିବେଶରୁ ଆସିଥିବାରୁ ସେମାନଙ୍କ ଢଙ୍ଗରଙ୍ଗ ଟିକେ ଭିନ୍ନ ଥିଲା।

ନିର୍ମଳାଙ୍କ ଇଚ୍ଛା ବୋହୂମାନେ ଶାନ୍ତ,ସରଳ ହେବା ଉଚିତ। ସେମାନଙ୍କ ଚାଲିଚଳନ ଓ ଜୀବନଶୈଳୀ ବେଶ ମାର୍ଜିତ ଓ ରକ୍ଷଣଶୀଳ ହେବା ବି ଉଚିତ। ନିର୍ମଳା ସବୁବେଳେ ନିଜ ଜମାନାର ବୋହୂମାନଙ୍କ ଶଣ୍ଢଣାର ଉଦାହରଣ ଦେଇ ବୋହୂଦୁଇଙ୍କ ବେଶଭୂଷା ନେଇ ଟିପ୍ପଣୀ ଦେବାକୁ ପଛାଉନଥିଲେ। ବୋହୂମାନଙ୍କ ମୋବାଇଲ ଫୋନ ବାଜିଲେ ନିର୍ମଳା ସବୁବେଳେ ପଚାରୁଥିଲେ- କାହାର ଫୋନ୍ ଆସିଥିଲା ? ସମ୍ଭବତଃ ଏ କଥାରେ ବୋହୂମାନେ ବିରକ୍ତି ଅନୁଭବ କରୁଥିବେ। ସେମାନଙ୍କ ବ୍ୟକ୍ତିଗତ ଜୀବନରେ ଶାଶୁ ଅଯଥା ଦଖଲବାଜି କରୁଛନ୍ତି ବୋଲି ହୁଏତ ଭାବୁଥିବେ।

ଘରେ ଅନୁଶାସନ ତିଆରି କରିବାର ଅଧିକାର ସତେ ଯେମିତି ନିର୍ମଳାଙ୍କର ଏକଚାଟିଆ ଥିଲା। ଏମିତିରେ ବି ଦୁଇପୁଅ ନିର୍ମଳାଙ୍କର ଅନୁଶାସନକୁ ମାନିବାରେ କେବେ ଦ୍ୱିମତ ନଥିଲେ। କାହିଁ କେଉଁଦିନ ବି ଏ ନେଇ ଦୁଇପୁଅଙ୍କର ବିରୋଧାଭାସର ଚିହ୍ନବର୍ଣ୍ଣ ନଥିଲା। ଘରକୁ ବୋହୂମାନେ ଆସିବା ପରେ ଧୀରେ ଧୀରେ ଏହି ଅନୁଶାସନର ସବୁ ଶୃଙ୍ଖଳ ଛିଡିବାକୁ ଲାଗିଲା।

ନିର୍ମଳାଙ୍କ ଡାକରେ ପରମାନନ୍ଦବାବୁ ନିଜ ଭାବନା ଉପରେ ଲଗାମ କଷିଲେ।

'ନିଅ ଚା' ଥଣ୍ଡା ହେଇଯିବ ପିଇ ଦିଅ।' ସବୁଦିନ ପରି ଖଟ ମୁଣ୍ଡରେ ଚା' ରଖିସାରି ଆହୁରି ବି ସେ କହିଲେ- 'ମୁଁ ମନ୍ଦିର ଯାଉଛି।' ଯେବେଠୁ ପୁଅମାନେ ଘରଛାଡି ଗଲେଣି ସେବେଠୁ ନିର୍ମଳା ଏମିତି କମ କଥା କହୁଛନ୍ତି। ଆଗରୁ ସେ ଏମିତି ନଥିଲେ। ସକାଳୁ ସକାଳୁ ଚା' କପ୍ ହାତରେ ଧରେଇ ଦେଇ କିଛି ନା କିଛି କଥାର ଖିଅ ଲମ୍ବାଉଥିଲେ। ଯେ ପର୍ଯ୍ୟନ୍ତ ସେ ବିଛଣାରୁ ଉଠୁ ନଥିଲେ ତାଙ୍କର ବକର ବକର ବନ୍ଦ ହେଉନଥିଲା। ଆଗରୁ ଛୋଟ ଛୋଟ କଥାରେ ସେ ଅଧିକାର ଜାହିର କରି ଅଭିଯୋଗ କଲାଭଳି କହୁଥିଲେ- ଏ କାଗଜ ଟୁକୁଡା କାହିଁକି ଏଠି ପଡ଼ିଲା ?,ଡଷ୍ଟବିନରେ କଣ ପକାଇ ପାରନ୍ତ ନାହିଁ। ସାର୍ଟକୁ ହ୍ୟାଙ୍ଗରରେ ନଟଙ୍ଗାଇ ଏଠି କାହିଁକି ପକାଇଛ ? ଜୋତା ଥାକରେ ଜୋତା ରଖି ପାରୁନ କି ? ଓଦା ତଉଲିଆକୁ ବିଛଣାରେ ପକାଇବା ଅଭ୍ୟାସ କେବେ ଛାଡିବ ? ଏମିତି କେତେ କଣ ଉଲୁଗୁଣା ଦେଇ ସେ କହନ୍ତି। ନିର୍ମଳାଙ୍କ ମୃଦୁ ତାଡ଼ନା ବେଶ ମନୋଜ୍ଞ ଲାଗେ ତାଙ୍କୁ। ଏବେ ସେସବୁ ବନ୍ଦ, ଏକଦମ ନିରବ।

ପରମାନନ୍ଦବାବୁ ବେସିନ ପାଖକୁ ଯାଇ ମୁହଁ ଧୋଇଲେ। ହକର ଫିଙ୍ଗିଥିବା ଖବରକାଗଜ ଉଠାଇବାକୁ ସଦର ଦରଜା ଖୋଲନ୍ତି ତ ଦେଖିଲେ ବାହାରେ ଘନକୁହୁଡ଼ି ତଥାପି ଛାଇ ରହିଛି। ଘର ସାମ୍ନାର ରାସ୍ତା ବି କୁହୁଡ଼ିରେ ଦେଖାଯାଉନି। ଖବରକାଗଜ

ଉଠାଇ ଭିତରକୁ ଆସିଲାବେଳକୁ ଦେଖିଲେ ନିର୍ମଳା ପୂଜା ସାମଗ୍ରୀ ଧରି ମନ୍ଦିର ଯିବାକୁ ଉଦ୍ୟତ ।

'ବାହାରେ ଘନ କୁହୁଡ଼ି...ରାସ୍ତାଘାଟ କିଛି ଦେଖା ଯାଉନି, ଏଥିରେ କୁଆଡେ ବାହାରିଲ । ଟିକେ ଖରାଆସୁ ମନ୍ଦିର ଯିବ ।',ସେ ଆକଟ କରିବା ପୂର୍ବକ ନିର୍ମଳାଙ୍କୁ କହିଲେ ।

'ଆଚ୍ଛା ହଉ... ।',କୌଣସି ଯୁକ୍ତି ନକରି ନିର୍ମଳା ଘର ଭିତରକୁ ଫେରିଗଲେ ।

ଯେବେଠୁ ପିଲାମାନେ ଘରୁ ବାହାରି ଗଲେଣି, ନିର୍ମଳାଙ୍କୁ ଯାହା କହିଲେ ସେ ଚୁପଚାପ ମାନି ନେଉଛନ୍ତି । କୌଣସି କଥାରେ ତାଙ୍କର ଅସହମତି ସେ ଲକ୍ଷ୍ୟ କରି ପାରୁନାହାନ୍ତି । କୌଣସି ଜିନିଷ ପାଇଁ ସେ ଆଗଭଳି ଦାବି କରୁ ନାହାନ୍ତି । ଏପରିକି ସେ ଯଦି କାଗଜ ଟକୁଡ଼ା ଚଟାଣରେ କେବେ ପକାଇ ଦେଉଛନ୍ତି ତ ନିର୍ମଳା ଚୁପଚାପ କିଛି ନକହି ଉଠାଇ ନେଇ ଡଷ୍ଟବିନରେ ପକାଇ ଦେଉଛନ୍ତି । ଅବ୍ୟବସ୍ଥିତ ହୋଇ ପଡ଼ି ରହିଥିବା ଜୋତା, ଗଞ୍ଜି,ଓଦା ଗାମୁଛାକୁ ବିନା ଅଭିଯୋଗରେ ସେ ଯଥା ସ୍ଥାନରେ ରଖି ଦେଉଛନ୍ତି । ସେ ମଧ୍ୟ ଆଜିକାଲି ମୁଣ୍ଡବାଳ ରଙ୍ଗ କରିବାକୁ ଭୁଲି ଗଲେଣି । ରଙ୍ଗ ନଲଗାଇବାରୁ ଧଳାବାଳରେ ନିର୍ମଳା ଆଜିକାଲି ଅଧିକ ବୁଢୀ ଦେଖାଯାଉଛନ୍ତି । ଆଗରୁ ସେ ନିଜ ଶରୀର ଓ ଚେହେରା ପ୍ରତି ବେଶ ଯତ୍ନବାନ ଥିଲେ । ବାଳ ରଙ୍ଗ କରୁଥିଲେ, ରଙ୍ଗବେରଙ୍ଗର ଶାଢି ପିନ୍ଧି କମ ବୟସ୍କା ଦେଖାଯିବାକୁ ପ୍ରୟାସ କରୁଥିଲେ । ଏବେ କିନ୍ତୁ ପରିସ୍ଥିତି ପୂରା ଓଲଟା । ସେ ନିଜ ବେଶଭୂଷାକୁ ନେଇ ଉଦାସୀନ ।

ଚା' ପିଇବା ସହ ପରମାନନ୍ଦବାବୁ ଖବରକାଗଜରୁ ମୁଖ୍ୟ ଖବର ଉପରେ ଆଖି ବୁଲାଇ ଆଣିଲେ । ଗଲା ବର୍ଷେ ହେବ ତାଙ୍କର ଖବରକାଗଜ ପଢିବାର ସ୍ପୃହା କମି ଗଲାଣି । ଆଗରୁ ଦୁଇଟି ଇଂରାଜୀ ଓ ଗୋଟିଏ ଓଡ଼ିଆ ଖବରକାଗଜ ପ୍ରତ୍ୟହ ଅତି ଆଗ୍ରହରେ ପଢୁଥିଲେ । ଆରପଟ ରୁମରୁ ନିର୍ମଳାଙ୍କ କାଶ ଶୁଭିଲା । ଲଗାତାର ଭାବେ ନିର୍ମଳା କାଶି କାଶି ଧଇଁପେଲି ହେଉଥିଲେ । ସେ ବସିବା ଜାଗାରୁ ଉଠି ନିର୍ମଳାଙ୍କ ଆଡକୁ ଆଗେଇଲେ ।

ନିର୍ମଳା ଆଜମା ରୋଗୀ । ଥଣ୍ଡା ପଡ଼ିଲେ ତାଙ୍କ ଅବସ୍ଥା ବେହାଲ ହୋଇଯାଏ ।

-ଇନହେଲର ଟିକେ ନେଇଯାଅ ।

ସରିଯାଇଛି, ନିର୍ମଳା ଧଇଁ ପେଲି ହେଉ ହେଉ କହିଲେ ।

-କେବେଠୁ ?

-ଚାରି ଛଅଦିନ ହେଲାଣି ।

-ଅଥଚ ତମେ ଜଣାଇନ, ସେ ବିରକ୍ତିଭରା ସ୍ୱରରେ କହିଲେ ।

ବିଡବିଡ ହୋଇ ପରମାନନ୍ଦବାବୁ ଡ୍ରଇଁରୁମକୁ ଫେରି ଆସିଲେ। ଆଗରୁ ଔଷଧ ସରିଲାମାତ୍ରକେ ନିର୍ମଳା ତାଙ୍କୁ ରଖେଇ ବସେଇ ଦେଉନଥିଲେ। ଏପରିକି ମୋ ଔଷଧ ଆଣିବାକୁ ଜାଣିଶୁଣି ଭୁଲି ଯାଉଛ କହି ଗଞ୍ଜଣା ଦେଉଥିଲେ।

ଏତେ ସକାଳୁ ତ କୌଣସି ଔଷଧ ଦୋକାନ ଖୋଲି ନଥିବ। ବେଶି ଧଇଁପେଲି ହେଲେ ବିପଦ। ସେ ପତ୍ନୀଙ୍କର ଏ ଅବସ୍ଥା ଦେଖି ଅତି ମାତ୍ରାରେ ଚିନ୍ତିତ ହୋଇ ପଡିଲେ। କ୍ରମଶଃ ନିର୍ମଳାଙ୍କର ନିଶ୍ୱାସ-ପ୍ରଶ୍ୱାସରେ କଷ୍ଟ ହେଉଥିଲା। ଅଚାନକ ତାଙ୍କର ମନେ ପଡିଲା ପାର୍କକୁ ୱାକରେ ଯାଉଥିବା ମହାନ୍ତି ବାବୁ ବି ଜଣେ ଆଜମା ରୋଗୀ। ସେ ମଧ୍ୟ ନିର୍ମଳାଙ୍କ ଭଳି ଇନହେଲର ନିଅନ୍ତି। ମହାନ୍ତିବାବୁ ତାଙ୍କ ଘରର ପଛ ଲେନରେ ରହନ୍ତି। ଦେହରେ ସୁଇଟର ଗଳେଇ,ମଫଲର ଭିଡି ପରମାନନ୍ଦବାବୁ ତାଙ୍କ ଘର ଆଡକୁ ମୁହାଁଇଲେ। ବାହାରେ ଘନ କୁହୁଡି ଛାଇ ରହିଥିଲା। ଦୂର ଛାଡ ପାଖ ଜିନିଷ ବି ଆଖିକୁ ସ୍ପଷ୍ଟ ଦେଖା ଯାଉନଥିଲା। ଜାଡ଼ ଓ କାଲୁଆ ପବନରେ ସେ ଏକରକମ ଦୌଡ଼ିବା ଭଳି ଚାଲି ଥିଲେ। ମହାନ୍ତିବାବୁଙ୍କ ଘରେ ସେ ଧଇଁସଇଁ ହୋଇ ପହଞ୍ଚିଲେ। ତାଙ୍କ କଥା ଶୁଣି ମହାନ୍ତିବାବୁ ଔଷଧ ଶିଶି ତାଙ୍କ ହାତରେ ଧରେଇ ଦେଲେ। ମହାନ୍ତିବାବୁ କହୁଥାନ୍ତି, ସେ କେମିତି ସବୁବେଳେ ଗୋଟେ ଏକ୍ସଟ୍ରା ଶିଶି ଘରେ ଷ୍ଟକ ରଖୁଛନ୍ତି। କେତେ ବେଳେ କୋଉ କଥା। ଚା' ପିଇବାକୁ ଡାକୁଥିଲେ ହେଲେ ସେ ଅନୁରୋଧକୁ ଟାଳି ପରମାନନ୍ଦବାବୁ କ୍ଷୀପ୍ର ପାଦରେ ଘରମୁହାଁ ହେଲେ। ରାସ୍ତାରେ କୁହୁଡ଼ି ଆବରଣ କାରଣରୁ ଗୋଟେ ମାଈକୁକୁର ଗାଡ଼ି ଚକ ତଳେ ଚାପି ହୋଇ ମରି ପଡିଥିଲା। ତା ପାଖରେ ତା ଛୁଆଟି ଅସହାୟ ଭାବେ କୁଁ କୁଁ ହେଉଥିଲା।

ଏ କରୁଣ ଦୃଶ୍ୟ ଦେଖି ପରମାନନ୍ଦବାବୁଙ୍କ ହୃଦୟ ବିଗଳିତ ହୋଇ ଉଠିଲା। ତାଙ୍କ ପାଦ ସେହିଠାରେ ଅଟକି ଗଲା। କୁହୁଡ଼ି କାରଣରୁ ରାସ୍ତାରେ ସେତେଟା ଭିଡ଼ ନଥିଲା। କିଛି କାର ଓ ବାଇକ୍ ଫଗ ଲାଇଟ୍ ଜଳେଇ କୁହୁଡ଼ି କାଟି ରାସ୍ତାରେ ଆଗେଇ ଚାଲିଥିଲେ। ତାଙ୍କୁ ଲାଗିଲା ଛୁଆଟିକୁ ଯଦି ତାର ମା ମୃତଦେହ ନିକଟରୁ ଉଠା ନଯାଏ ତା ଜୀବନ ବି କେଉଁ ଗାଡ଼ି ଚକା ତଳେ ଚାଲିଯିବ। ପରମାନନ୍ଦବାବୁ ଯେତେ ଚାହିଁଲେ ବି ଛୁଆଟିକୁ ଏଡାଇ ଯାଇ ପାରିଲେନି। ଏଣେ ତେଣେ ଚାହିଁ ହାତରେ ତାକୁ ଟେକି ଧରିଲେ। ରାସ୍ତା ଆରପାଖରେ ତାକୁ ଛାଡିବା ଠିକ ହେବ ନାହିଁ ଭାବି ସାଙ୍ଗରେ ଧରି ଆସିଲେ।

କୁକୁର ଛୁଆଟି ଦେଖିବାକୁ ଧଳାରଙ୍ଗର,ଲୋମ ଗୁଡ଼ିକ ରେଶମୀ। ତା ଜିଭଟି ବେଶ ଗୋଲାପୀ,ଦାନ୍ତ ଗୁଡ଼ିକ ଦୁଧ ଭଳି ଧଳା। ଆଖି ଦୁଇଟିରୁ ତାର ନିଷ୍ପାପବୋଧ ସହଜରେ ବାରି ହୋଇ ପଡୁଥିଲା। ଛୁଆଟିକୁ ଦେଖି ପରମାନନ୍ଦବାବୁ ମୋହାବିଷ୍ଟ

ହୋଇ ପଡ଼ିଥିଲେ। ଶୀତରେ ଥରିଥରି କୁକୁର ଛୁଆଟି କୁଁ କୁଁ ହେଉଥିଲା। ନିଜ ବେକରୁ ମଫଲରଟା ଖୋଲି ସେ ତା ଦେହରେ ଢାଙ୍କି ଦେଲେ। ନିଜଘର ପାଖରେ କୋଳରୁ ଓହ୍ଲେଇ ଦେଇ ସେ ଛୁଆଟିକୁ ଭୂଇଁରେ ଛାଡି ଦେଲେ। ତଳେ ଥୋଉ ଥୋଉ କୁଁ କୁଁ କର ସେ ତାଙ୍କ ପାଦ ଚାଟିବାକୁ ଲାଗିଲା। ତାପ୍ରତି ତାଙ୍କର ସହାନୁଭୂତି ଜମି ଆସୁଥିଲା ସତ କିନ୍ତୁ ତାକୁ ଘରକୁ ନେବା ସ୍ଥିତିରେ ସେ ଆଦୌ ନଥିଲେ।

ତାକୁ ଘର ଭିତରକୁ ନେଲେ ଯାବତୀୟ ଅସୁବିଧା। ତାର ଦେଖାଚାହାଁ କିଏ କରିବ ଦୁଇରେ ରାସ୍ତାକଡ଼ର କୁକୁର ଛୁଆକୁ ଘରେ ପାଳିବାକୁ ସେ ଆଦୌ ମାନସିକ ସ୍ତରରେ ପ୍ରସ୍ତୁତ ନଥିଲେ।

ଘର ଭିତରେ ନିର୍ମଳାଙ୍କୁ ଦେଖିବା ତାଙ୍କର ପ୍ରଥମ କାମ ଥିଲା। ଟେବୁଲ ଡ୍ର ଭିତରୁ ଇନହେଲରଟାକୁ କାଢି ଔଷଧ ଶିଶି ଲଗାଇ ତାଙ୍କ ହାତରେ ଯଥାଶୀଘ୍ର ଧରାଇ ଦେଲେ। କାଶ ବନ୍ଦ କରିବାକୁ ତାଙ୍କ ପିଠିକୁ ଆଉଁଶିବାକୁ ଲାଗିଲେ। କେହି ଜଣେ ସଦର ଦରଜା ଠେଲୁଥିବାର ଶବ୍ଦ ହେଲା। କବାଟ ଖୋଲୁ ଖୋଲୁ ଆଖି ପିଛୁଳାକେ କୁକୁର ଛୁଆଟି ଘର ଭିରରକୁ ଚାଲି ଆସିଲା, ତାଙ୍କ ପାଦ ପାଖରେ ନସରପସର ହେଲା। ନିର୍ମଳା ସେତେବେଳକୁ ସାଷ୍ଟାମ ହୋଇ ସାରିଥାଆନ୍ତି। 'ଆରେ ଇଏ କେମିତି ଭିତରକୁ ଆସିଲା', ସେ ବ୍ୟସ୍ତ ହୋଇ ପଚାରିଲେ। ପରମାନନ୍ଦବାବୁ ପୂରା ଘଟଣାକ୍ରମ ଶୁଣାଇବାକୁ ଲାଗିଲେ। ନିର୍ମଳାଙ୍କ ମନରେ ସହାନୁଭୂତି ଉଦୟ ହେଲା।

'ବିଚରା ଭୋକିଲା ଥିବ,ଯାଉଛି ଯା ପାଇଁ କ୍ଷୀର ଆଉ ପାଉଁରୁଟି ନେଇ ଆସେ।,ଏହା କହି ସେ ଚାଲିଗଲେ। ତାଙ୍କ ପଛେ ପଛେ କୁକୁଯ ଛୁଆଟି କୁଁ କୁଁ ହେଇ ଘର ସାରା ଖେଦି ଗଲା। ପରମାନନ୍ଦବାବୁ ଭାବୁଥିଲେ ଟିକେ ଖରା ଆସିଲେ ତାକୁ ନେଇ ନିକଟରେ ଥିବା ପାର୍କରେ ଛାଡିଦେଇ ଆସିବେ।

'ଦେଖିଲ ଯା ଦେହ ଟିକେ ମଇଳା ହେଇଯାଇଛି ଯାଉଛି ଗରମ ପାଣିରେ ଟିକେ ପୋଛିପାଛି ଦେବି।',ନିର୍ମଳା ଅତି ଆଗ୍ରହରେ କହିଲେ।

ପୋଛିପାଛି ଦେବ! ପୁଣି ଏ ବୁଲା କୁକୁରକୁ ?

ଯାକୁ ସଫା କରି କଣ କରିବ? ପରମାନନ୍ଦବାବୁ ହସି ଉଠିଲେ। ଆହୁରି ମଧ୍ୟ ବିରକ୍ତ ହୋଇ କହିଲେ, 'ସନ୍ଧ୍ୟାରେ ତାକୁ ପାର୍କରେ ଛାଡିଦେବି। ସେଠି ତ ସିଏ ପୁଣି ଅସନା ହେଇ ରହିବ।'

'ଖାଲି ଅସନା ହେବନି, ଗୋଟିଏ ରାତିରେ ମରିଯିବ। ଏବେ କ୍ଷୀରଛଡ଼ା ଛୁଆଟା ଆଉ କିଛି ଖାଉନାହିଁ, କ୍ଷୀର ପିଆଇବାକୁ ବିଚାରି ତା ମା'ଟି ବି ନାହିଁ...ଭୋକ ଆଉ ସର୍ଦ୍ଦିରେ ବିଚରା ଜଲଦି ମରିଯିବ।', ବାଷ୍ପରୁଦ୍ଧ କଣ୍ଠରେ ନିର୍ମଳା କହିଲେ।

'ଯାହା ତମର ଇଚ୍ଛା।',ବିରକ୍ତ ହୋଇ ପରମାନନ୍ଦବାବୁ ଟିଭି ଦେଖିବାକୁ ଚାଲି ଗଲେ। ଅଜାଣତରେ ତାଙ୍କ ମୁହଁରେ ଚେନାଏ ହସ ଖେଳିଗଲା। ଯାହାହେଉ କେତେମାସ ପରେ ନିର୍ମଳା ତାଙ୍କ ସହ ଅନ୍ତତଃ ଭଲରେ କଥା ତ ହେଲେ,ବରଂ ତାଙ୍କ କଥାରେ ଅସହମତି ଆସୁ ପଛେ। ଦୁଇଘଣ୍ଟା ପରେ ପରମାନନ୍ଦବାବୁ ଗାଧୋଇବାକୁ ଉଠନ୍ତି ତ ଦେଖିଲେ ନିର୍ମଳା ତାଙ୍କ ରୁମରେ ରେଜେଇ ଘୋଡେଇ ହୋଇ ପଲଙ୍କରେ ଶୋଇଛନ୍ତି।

କଥା କଣ...ଆଜି ମନ୍ଦିର ଗଲନି ଯେ, ସେ ପଚାରିଲେ।

ବାହାରେ ଏତେ କୁହୁଡି...କୁହୁଡିରେ ବାହାରିଲେ ଆଜମା ଆହୁରି ବଢିଯିବ।,ନିର୍ମଳା ସଫେଇ ଦେବା ସ୍ୱରରେ କହିଲେ।

'ସେ କୁକୁର ଛୁଆଟି କୁଆଡେ ଗଲା ?'

ନିର୍ମଳା ଏଥରକ ଚୁପଚାପ ଘୋଡେଇ ହୋଇଥିବା ରେଜେଇକୁ କାଢି ଦେଲେ। କୁକୁର ଛୁଆଟି ଜାକିଜୁକି ହୋଇ ନିର୍ମଳାଙ୍କ ପାଖରେ ଶୋଇଥିଲା।

'ୟାକୁ ତମେ ପାଖରେ ଧରି ଶୋଇଛ। ବୁଲା ପଶୁଟାକୁ ପାଖରେ ଧରି ଶୋଇବାରେ ତମକୁ ଟିକିଏ ବି ଘୃଣା ଆସୁନି। ଏମିତିରେ ତ ତମର ଆଲର୍ଜି,ଯଦି କିଛି ଅସୁବିଧା ହୁଏ ତମକୁ ନେଇ ଡାକ୍ତରଖାନାରେ ଚକ୍କର କାଟିବାକୁ ପଡିବ। ଲାଗୁଛି ଏହି ବୁଲା କୁକୁର ପାଇଁ ତମେ ଆଜି ମନ୍ଦିର ବି ଗଲ ନାହିଁ।',ପରମାନନ୍ଦବାବୁ ବିରକ୍ତି ପ୍ରକାଶ କଲେ। ନିର୍ମଳା କିଛି ନକହି ନିରବରେ ତାଙ୍କୁ ଅନେଇ ରହିଥାନ୍ତି। ତାଙ୍କ ଆଖିରେ ଛୁଆଟି ପ୍ରତି ତାଙ୍କର ମମତାର ପ୍ରାବଲ୍ୟ ବାରି ହୋଇ ପଡୁଥାଏ। ତାଙ୍କ ଚାହାଣୀ ଆଗରେ ପରମାନନ୍ଦବାବୁ ନିଜକୁ ଲଜ୍ଜିତ ମନେ କଲେ ଏବଂ ଧୀର ପଦପାତରେ ବାଥରୁମ ଭିତରକୁ ଆଗେଇଲେ।

ସାରାଦିନ ଏମିତି ହିଁ ବିତିଗଲା। ଦ୍ୱିପ୍ରହର ଭୋଜନ ସାରିବାପରେ ଟିଭି ଦେଖା,ଶୋଇବା ପରେ ସେ ପାର୍କକୁ ସାନ୍ଧ୍ୟ ଭ୍ରମଣରେ ବାହାରି ଗଲେ।

ରାତିରେ ଟିଭିରେ ସମ୍ବାଦ ଦେଖିଲାବେଳେ ନିର୍ମଳା ତାଙ୍କ ପାଖରେ ଆସି ବସିଲେ।

'ଛୁଆଟିକୁ ଆମେ ପାଳନ୍ତେ ନାହିଁ...' ନିର୍ମଳା ଭରସି କରି କହିଲେ।

'ଏଇ ଦେଶୀ କୁକୁରକୁ ? ଇଏ ଟିକେ ଖାଇପିଇ ସାଷ୍ଟାମ ହେଇଯାଉ ପନ୍ଦର କୋଡିଏ ଦିନ ପରେ ଗୋଟେ ଦୂର ଜାଗାରେ ଛାଡିଦେବି। ୟାକୁ ପାଳିବା କଥା ଭୁଲିଯାଅ। ପାଳିବାକୁ ଯଦି ତମର ଏତେ ଇଚ୍ଛା ହେଉଛି ତାହେଲେ ଗୋଟେ ଭଲ ବିଦେଶୀ କୁକୁର ଆଣି ରଖିବା।', ପରମାନନ୍ଦ ପ୍ରତିବାଦ ଜଣାଇଲେ।

ନିର୍ମଳାଙ୍କ ମୁହଁ ବିଷର୍ଣ୍ଣ ଦେଖା ଗଲା।

ବିଳମ୍ବିତ ରାତି ଯାଏ ପରମାନନ୍ଦବାବୁ ଟିଭି ଚାନେଲ ଏପଟ ସେପଟ କରି ଦେଖିବାକୁ ଲାଗିଲେ। ଶେଷରେ ବିଛଣାକୁ ଗଲେ। ରାତିସାରା ନିଦ ନାହିଁ ବଡ଼ ଛଟପଟରେ କଟିଲା। ଘଣ୍ଟାର ଆଲାର୍ମ ସକାଳ ଛଅଟାରେ କର୍କଶତାର ସହ ବାଜି ଉଠିଲା। ନିର୍ମଳାଙ୍କ ହାତରେ ଚା କପ୍। 'ଉଠିପଡ଼। ଚା' ପିଇଦେଇ ନିକିକୁ ଟିକେ ବାହାରେ ବୁଲାଇ ଆଣ,ନହେଲେ ଘରେ ଦୁଇ କରି ଅପରିଷ୍କାର କରି ଦେବ।'

'ତମେ ତା ନାଁ ବି ଯା ଭିତରେ ଦେଇ ସାରିଲଣି।',ସେ ଧଡପଡ ହୋଇ ବିଛଣାରୁ ଉଠି ପଚାରିଲେ।

'ହଁ ଯେତେଦିନ ଆମ ସାଙ୍ଗରେ ଅଛି କିଛି ନା କିଛି ନାଁରେ ତାକୁ ଡାକିବାକୁ ପଡିବ ନା।'

'କିନ୍ତୁ ନିକି ତ ଗୋଟେ ଝିଅର ନାଁ। ଇଏତ ଗୋଟେ ଅଣ୍ଡିରା କୁକୁର। ନାଁ ଦେବା ପୂର୍ବରୁ ହେଲେ ପଚାରିଥାନ୍ତ।', ସେ ଅଧିକାର ଜାହିର ସ୍ୱରରେ କହିଲେ।

'ନାଁରେ କଣ ଅଛି। ତାଛଡା ନାଁ ଦେବା ଅଧିକାର କଣ କେବଳ ତମର ଅଛି। ଦୁଇପୁଅଙ୍କ ନାଁ ବିକାଶ,ରାକେଶ ଦେଇ ନଥିଲ କି! କାଇଁ ଏଇ ନାଁର ମହତ କଣ ସେମାନେ ରଖିଲେ ?'

'ଏଥିରେ ପିଲାଙ୍କ କଥା କେଉଁଠୁ ଆସିଲା। ମୁଁ ଖାଲି ଏତିକି କହିଲି ଯେ ନିକି ଗୋଟେ ଝିଅର ନାଁ ଆଉ ଇଏ ଗୋଟେ ଅଣ୍ଡିରା କୁକୁର।', ସେ ସଫେଇ ଦେଲେ।

'କାହିଁକି ଏମିତି ନାଁ ରଖିଲି ଶୁଣ, ଆମ ପୁଅ ଦୁହିଁଙ୍କ ଡାକ ନାଁ ଥିଲା ବିକି ଆଉ ରିକି ତ ଆ ନାଁ ଦେଲି ନିକି। ଯା ନାଁ ନିକି ହିଁ ରହିବ।

ଏକଥା ଶୁଣି ପରମାନନ୍ଦ କଣ କହିବେ ବୁଝି ପାରୁନଥିଲେ।

'ଚା ଥଣ୍ଡା ହେଉଛି ପିଇନିଅ। ଆରାମରେ ଆଉ କେତେବେଳେ ଅନ୍ୟ ଗୋଟେ ନାଁ ଦବା କଥା ଚିନ୍ତା କରିବା।', ନିର୍ମଳା ତାଙ୍କ ଅନ୍ୟମନସ୍କତା ଉପରେ ପାଣି ଛାଟିଲେ।

ପରମାନନ୍ଦବାବୁ ଚା' ପିଇବା ସହ ଗଭୀର ଚିନ୍ତାରେ ବୁଡ଼ିଗଲେ। କୁକୁର ଛୁଆଟି ଘରକୁ ଆସୁଚ ଆସୁ ନିର୍ମଳାଙ୍କ ଭିତରେ ଏତେ ଗୁଡେ ପରିବର୍ତ୍ତନ ହେଖି ସେ କାବା ହୋଇ ଯାଉଥିଲେ। ବିକି ଓ ରିକି ଜନ୍ମ ହେଲାବେଳେ ସେମାନଙ୍କ ନାଁ କଣ ଦିଆଯିବ ଏ ନେଇ ଦୁହିଁଙ୍କ ଭିତରେ ବହୁତ ତର୍କ ହୋଇଥିଲା। ଶେଷରେ ସେମାନଙ୍କ ନାଁ ବିକି ଓ ରିକି ରହିଥିଲା। କେବଳ ସ୍କୁଲରେ ନାଁ ଲେଖାଇଲାବେଳେ ସେ ବିକିର ନାଁ ବିକାଶ ଓ ରିକିର ନାଁ ରାକେଶ କରି ଦେଇଥିଲେ।

'କିଛି ନାଁ ଚିନ୍ତା କଲ ?', ଚା ପିଆ ସରୁ ସରୁ ନିର୍ମଳା ଅତ୍ୟଧିକ ଜିଜ୍ଞାସାରେ ପଚାରିଲେ।

ହଁ ଇଏ ଗୋଟେ ଦେଶୀ କୁକୁର ଛୁଆ କିନ୍ତୁ ୟାର ଗୋଟେ ବିଦେଶୀ ନାଁ ରହିବା ଦରକାର। ନାଁରୁ ଯେମିତି ଇଏ ଭିଡ ଭିତରେ ବାରି ହୋଇ ପଡୁଥିବ। ତାର ନାଁ ଷ୍ଟିଫେନ୍। ହା..ହା। ରେଜିଷ୍ଟ୍ରେସନ ବେଳେ ତାର ନାଁ ଷ୍ଟିଫେନ ଲେଖିବା।

'ତମେ କଣ ସତରେ ୟାର ରେଜିଷ୍ଟ୍ରେସନ କରିବ',ନିର୍ମଳା ଆଗ୍ରହରେ ପଚାରିଲେ।

'ଆଜିକାଲି ସବୁ ପାଳିତ କୁକୁରଙ୍କର ରେଜିଷ୍ଟ୍ରେସନ ହେଉଛି, ଏହା କଣ ତମେ ଜାଣିନ। ଯେତେ ପର୍ଯ୍ୟନ୍ତ ତାକୁ ଆମ ସହିତ ରହିବାକୁ ଭଲ ଲାଗିବ ଆମେ ପାଖରେ ରଖିବା ଯେଉଁଦିନ ଚାଲିଯିବ ଆମେ ତାକୁ ଅଟକାଇବାନି।'

ପରମାନନ୍ଦବାବୁଙ୍କର ସମ୍ମତି ଦେଖି ନିର୍ମଳା ଚମକି ପଡିଲେ।

କିଏ ଜାଣିଥିଲା ଏଇ ଛୁଆଟି ହଠାତ ଆସି ଦୁଃଖରେ ଭାଙ୍ଗି ପଡିଥିବା ବୃଦ୍ଧ ଦମ୍ପତିଙ୍କ ଜୀବନରେ ପୁଣିଥରେ ଖୁସିର ରଙ୍ଗ ଭରି ଦେବ। ଆବେଗରେ ଏତେ ଆଛନ୍ନ କରି ପକାଇବ ଯେ ନିର୍ମଳା ମନ୍ଦିର ଯିବା ଭୁଲିଯିବେ ଏବଂ ପରମାନନ୍ଦବାବୁ ଟିଭି ଦେଖା ଛାଡି ତା ସହ ଖେଳିବା ଓ ବୁଲିବାକୁ ଯିବାକୁ ବେଶି ପସନ୍ଦ କରିବେ। ଷ୍ଟିଫେନର ରେଜିଷ୍ଟ୍ରେସନ ସରି ଯାଇଥିଲା। ତାପାଇଁ ଆବଶ୍ୟକୀୟ ସମସ୍ତ ସାମଗ୍ରୀ ଦୁହେଁ କିଣି ଆଣି ଥିଲେ। ଷ୍ଟିଫେନ ଶୋଇବା ପାଇଁ ସିଢି ତଳେ ଥିବା ଛୋଟ ଘରଟି ସଜଡ଼ା ହୋଇ ଥିଲା। କିନ୍ତୁ ସିଏ ନିର୍ମଳାଙ୍କ ସହ ବିଛଣାରେ ଶୋଇବାକୁ ବେଶି ପସନ୍ଦ କରୁଥିଲା। ଆଲାର୍ମ ବାଜିବା କ୍ଷଣି ସେ ଉଠି ପଡୁଥିଲା, ପରମାନନ୍ଦବାବୁ ଚା ପିଇସାରିବା କ୍ଷଣି ବାହାରକୁ ବୁଲିବାକୁ ଯିବାକୁ ତାଙ୍କୁ ଭିଡୁଥିଲା। ନଗଲେ ସଦର ଦରଜାରୁ ଘର ଖାଲି ଧନ୍ଦି ହେଉଥିଲା। ଏହି କାରଣରୁ ଶ୍ରଦ୍ଧାରେ ନିର୍ମଳା ତାକୁ ବୁଲାରି କହୁଥିଲେ।

ପରମାନନ୍ଦବାବୁ ଯେବେ ବି କିଛି ଲେଖାପଢା କରିବାକୁ ବସୁଥିଲେ ଷ୍ଟିଫେନ ତାଙ୍କର କଲମ କାଗଜ ପାଟିରେ ନେଇ ଦୌଡ଼ି ପଳାଉଥିଲା। ନିର୍ମଳାଙ୍କ ଉଦ୍ଦେଶ୍ୟରେ ସେ କହୁଥିଲେ, ହଇହୋ ତମର ଏ ବୁଲାରିଆକୁ ସମ୍ଭାଳ। ଇଏ ମତେ କିଛି କରେଇ ଦେଉନାହିଁ। ସେ ଯେତେ ପାଟି କରୁଥିଲେ ତାଙ୍କୁ ବେଶି ହଇରାଣ କରୁଥିଲା। ଏମିତିରେ ନିର୍ମଳାଙ୍କ ପାଖରେ ସେ ସୁଧାର। ସେ ଯାହା କହୁଥିଲେ ଆଜ୍ଞାଧୀନ ଛାତ୍ର ପରି ମାନୁଥିଲା। ବର୍ଷକ ଭିତରେ ସେ ବପୁବନ୍ତ ହୋଇ ସାରିଥିଲା। ତାକୁ ରୋକିବା ବଡ଼ ମୁସ୍କିଲ ହେଉଥିଲା। ତାକୁ ଜଞ୍ଜିରରେ ବାନ୍ଧିବାକୁ ନିର୍ମଳା ଅନେକ ଥର କହୁଥିଲେ। କିନ୍ତୁ

ପରମାନନ୍ଦବାବୁ ଏହାର ବିରୋଧୀ ଥିଲେ। କୌଣସି ପ୍ରାଣୀକୁ ବନ୍ଦୀ କରିବା ସପକ୍ଷରେ ସେ ନଥିଲେ।

ସବୁଦିନ ପରି ସେଦିନ ସକାଳେ ସେ ଷ୍ଟିଫେନକୁ ବୁଲାଇବାକୁ ପାର୍କକୁ ନେଇଥିଲେ। ପରମାନନ୍ଦବାବୁ ବେଞ୍ଚରେ ବସିଥାଆନ୍ତି ସେ ଘାସରେ ଖେଳୁଥାଏ। ଅଚାନକ ସେ ତାଙ୍କ ନଜରରୁ କୁଆଡେ ଚାଲିଗଲା। ଅନେକ ସମୟ ଧରି ସେ ସାରା ପାର୍କ ଓ ଆଖପାଖରେ ଖୋଜି ନୟାନ୍ତ ହେଲେ ସିନା ପାଇଲେନି। ଖୋଜି ଖୋଜି ଥକି ଗଲାପରେ ସେ ଘରକୁ ଲେଉଟି ଆସିଲେ। ଏକଥା ଶୁଣି ନିର୍ମଳା ଅଧୀର ହୋଇ ପଡିଲେ। ନିଜେ ଷ୍ଟିଫେନକୁ ଖୋଜିବାକୁ ବାହାରି ପଡିଲେ। ଖୋଜି ଖୋଜି ଯେତେବେଳେ ବିରସ ମନରେ ଘରକୁ ଫେରିଲେ ତାଙ୍କ ଚେହେରା କଳାକାଠ ପାଲଟି ଯାଇଥିଲା। କାଳେ ଘରକୁ ଫେରି ଆସିଥିବ ଭାବି ସେ ପଚାରିଲେ, ‘ଷ୍ଟିଫେନ୍ ଫେରି ନାହିଁ?’ ପରମାନନ୍ଦ ବାବୁଙ୍କ ପାଖରେ କୌଣସି ସନ୍ତୋଷଜନକ ଉତର ନଥିଲା। ସେ ଗୁମ୍ ମାରି ବସିଥାନ୍ତି।

‘ଆସି ନାହିଁ। ହେ ଭଗବାନ ତମେ ସେମିତି ସେତେବେଳଠୁ ବସିଛ। ଘରର ପୁଅ ନିଖୋଜ ତମେ ଆରମରେ ବସିଛ। ଏଡିକି ଟିକେ ହେଇଥିଲା ତାକୁ ମାର ସ୍ନେହ ଦେଇ ପାଳିଥିଲି।, ନିର୍ମଳା କହିଲାବେଳେ ଶିହରି ଉଠୁଥାନ୍ତି।

‘ତମେ ମା ଭଳି ପାଳିଥିଲ ସତ ତାମାନେ କଣ ମୁଁ ତାକୁ ଭଲ ପାଉନଥିଲି ନା ତାର ଧ୍ୟାନ ରଖୁନଥିଲି। ତାଛଡା ସବୁଦିନ ତ ପୁଣି ମୁଁ ତାକୁ ବାହାରକୁ ବୁଲାଇବାକୁ ନେଉଥିଲି।’, ପରମାନନ୍ଦବାବୁ ନିଜର କ୍ରୋଧ ସମ୍ଭାଳି ନପାରି କହିଲେ।

‘ବୁଲେଇବାକୁ ତମେ ନେଉଥିଲ ନା ବାଧ୍ୟକରି ସେ ତମକୁ ଡାକି ନେଉଥିଲା। ଏମିତିରେ ସହଜରେ ତମେ କେଉଁ ସକାଳୁ ବିଛଣା ଛାଡ।’, ନିର୍ମଳା ସତେ ଯେମିତି ଝଗଡା କରିବାକୁ ପ୍ରସ୍ତୁତ ହୋଇ ଯାଇଥିଲେ।

‘ତମେ ଯେମିତି ଝଗଡ଼ା କରୁଛ ଯେମିତି ମୁଁ ଜାଣିଶୁଣି ତାକୁ ଛାଡି ଦେଇ ଆସିଲି। ମୁଁ ମୂଳରୁ ଜାଣିଥିଲି ସେଟା ଗୋଟେ ବୁଲାରିଆ ଦେଶୀ କୁକୁର,କେବେ ବି ପୋଷା ମାନିବ ନାହିଁ। ତାକୁ ଖୋଜିବାର କୌଣସି ଆବଶ୍ୟକତା ନାହିଁ।’, ପରମାନନ୍ଦବାବୁଙ୍କ ମୁଣ୍ଡକୁ ପିତ ଚଢି ଯାଇଥିଲା। ସେ ମୁଣ୍ଡକୁ ଶାନ୍ତ ରଖିବାକୁ ଟିଭି ଲଗାଇ ବସିଲେ। ନିର୍ମଳା ନିଜ ରୁମରେ ପଶି କାନ୍ଦିବା ଆରମ୍ଭ କରି ଦେଇଥିଲେ।

ଟିଭି ଦେଖାରେ ମନ ଲାଗିଲା ନାହିଁ। ଷ୍ଟିଫେନ କଥା ଚିନ୍ତା କରିବାକୁ ଲାଗିଲେ। ମ୍ୟୁନିସପାଲ କର୍ପୋରେସନ ବାଲାଙ୍କ ବୁଲାକୁକୁର ଗାଡ଼ି ଧରି ନେଇ ନି ତ ! ଅଫିସକୁ

ଯାଇ ବୁଝାବୁଝି କରିବାକୁ ସେ ଭାବିଲେ। ନିର୍ମଳାଙ୍କୁ ଏକଥା କହିବାକୁ ଯାଇ ଦେଖନ୍ତି ତ ସେ ଘୋଡେଇ ହୋଇ ଶୋଇ ଯାଇଛନ୍ତି।

କାର ଧରି ଚୁପଚାପ ସେ ମ୍ୟୁନିସପାଲ କର୍ପୋରେସନ ଅଫିସ ଅଭିମୁଖେ ବାହାରିଲେ।

ଷ୍ଟିଫେନ ରହିବା ଦିନଠୁ ସେମାନଙ୍କର ଜୀବନଶୈଳୀ ସମ୍ପୂର୍ଣ୍ଣ ବଦଳି ଯାଇଥିଲା। ଏବେ ତାର ଅନୁପସ୍ଥିତିରେ ସବୁକିଛି ଗୋଳମାଳ। ଦିନ କେଇଟାରେ ସେ ଏତେ ନିଜର ହୋଇଯାଇଥିଲା ଯେ ଦୁଇପୁଅ ଘରଛାଡ଼ି ଯିବା ଦୁଃଖ ଦୁହେଁ ଭୁଲି ଯାଇଥିଲେ। ବାଟସାରା ଏଇକଥା ହିଁ ସେ ଭାବି ସାରିଥିଲେ।

ଅଫିସରେ ପହଞ୍ଚି ସେ ବୁଲା କୁକୁରଙ୍କୁ ରଖାଯାଉଥିବା ଖୁଆଡ ସମ୍ପର୍କର ପଚାରି ବୁଝିଲେ। ଏହି ସମୟରେ ସେଠି କିରାଣୀ ଥିବା ଗୋଟେ ଚିହ୍ନା ପିଲା ଦେଖା ହେଇଗଲା। ସିଏ ହିଁ ବାଟ କଢେଇ ନେଲା ବୁଲାକୁକୁରଙ୍କ ଖୁଆଡକୁ । ପରମାନନ୍ଦବାବୁ ତନ୍ନ ତନ୍ନ କରି ସେଠାରେ ଥିବା ସବୁ କୁକୁରକୁ ଚାହୁଁଥାନ୍ତି। ହେଲେ କେଉଁଠି ବି ତା ମୁହଁ ଦେଖା ଯାଉନଥାଏ। କୁକୁରମାନଙ୍କ କାନଫଟା ଭୁକା ଓ ଅସନା ଗନ୍ଧରେ ସେ ଅସ୍ତବ୍ୟସ୍ତ ହୋଇ ପଡୁଥାଆନ୍ତି। ଷ୍ଟିଫେନ ଯଦି ସତରେ ସେଠି ଥାଆନ୍ତା ନିଶ୍ଚୟ ସେ ଜାଲି ପାଖକୁ ଦୌଡି ଆସନ୍ତାଣି। ଷ୍ଟିଫେନକୁ ନପାଇ ସେ ବିଫଳ ମନୋରଥରେ ଫେରୁଥିବାବେଳେ ସେ ସବୁରାସ୍ତାରେ ଘେରାଏ ଲେଖା ବୁଲି ଆସିଲେ। ଯେଉଁଠି କୁକୁରଟିଏ ଦେଖୁଥାଆନ୍ତି କାର ଅଟକେଇ ଘଡ଼ିଏ ନୀରିକ୍ଷଣ କରୁଥାଆନ୍ତି। ସନ୍ଧ୍ୟାରେ ସେ ନିରାଶ ହୋଇ ଫେରିଲେ।

ଷ୍ଟିଫେନ ଆଉ ଘରକୁ ଫେରି ଆସିଥିବ କି ? ଫେରି ଥିଲେ ତ ନିର୍ମଳା ନିଶ୍ଚୟ ଖୁସିରେ ତାଙ୍କୁ ଫୋନ୍ କରି ଜଣାଇଥାନ୍ତେ। ଯାହା ଜଣାପଡୁଛି ସେ ଆଉ ଫେରିବ ନାହିଁ। ସଦର ଦରଜା ମୁକୁଳା ଥିଲା। ତାଙ୍କ ଆଗରେ ଛିଡା ହୋଇ ପଡ଼ି ନିର୍ମଳା ପଚାରିଲେ, ମିଳିଲା କି ?

ପରମାନନ୍ଦବାବୁ ନିରୁତର ରହିଲେ।

ଶୀତ ଧୀରେ ଧୀରେ ବଢିବାରେ ଲାଗିଥିଲା। ରାତି ବଢୁଥିଲା, ଦୁଇଜଣ ଖାଡା ଉପାସ। ଅଚାନକ ପରମାନନ୍ଦବାବୁ ଦେଖିଲେ ବିକି ରୁମର ଖଟ ତଳୁ ଷ୍ଟିଫେନ ରୁମ ଝାଡି ଲଣ୍ଡଭଣ୍ଡ ହୋଇ ବାହାରି ଆସୁଛି। ସେ ଆନନ୍ଦରେ ଅଧୀର ହୋଇ ନିର୍ମଳାଙ୍କୁ ସେ ଆଡକୁ ଚାହିଁବାକୁ କହିଲେ। ତା ମୁହଁରୁ ଫେଣ ବାହାରୁଥିଲା। ସମ୍ଭବତଃ ପାର୍କରେ କିଛି ବିଷାକ୍ତ ଜିନିଷ ଖାଇ ଦେଇଥିଲା। ଘରେ ଆସି ଅଚେତ ହୋଇ ପଡି ରହିଥିଲା। ତୁରନ୍ତ ପଶୁ ଡାକ୍ତରଖାନା ନେବାକୁ ସେ ଚିନ୍ତା କଲେ। ଷ୍ଟିଫେନକୁ ପାଇବାର

ଆନନ୍ଦରେ ବିହ୍ୱଳପଣ, ଏଣେ ସମ୍ଭାବ୍ୟ ବିପଦ ଆଶଙ୍କାରେ ଦୁହେଁ ମ୍ରିୟମାଣ। ପରମାନନ୍ଦବାବୁ କାର ବାହାରକଲେ, ପଛ ସିଟରେ ନିର୍ମଳା ତାକୁ ଜଡେଇ ଧରି ବସିଥାଆନ୍ତି।

'ମୋ ଛୁଆର କିଛି ହେବନି। କୁଆଡେ ଯାଇନଥିଲା,ପାର୍କରୁ ଆସି ଘରେ ଥିଲା ଅଥଚ ଆମେ ଜାଣି ପାରିଲୁନି। ସିଏ କଣ ଆଉ କାହା ପରି ହେଇଛି ଯେ ଘର ଛାଡି ଚାଲିଯିବ।', ନିର୍ମଳା ପାଗଳୀ ପରି ପ୍ରଳାପ କରି ଚାଲିଥାନ୍ତି।

'ଦେଖୁଛ ତ କେତେ ଭଲ ଆମ ଷ୍ଟିଫେନ୍, ତମେ କହୁଥିଲ କଣ ନା ବୁଲାରି...' ନିର୍ମଳା କଣ ନା କଣ ଗପି ଚାଲିଥାଆନ୍ତି।

ନିର୍ମଳାଙ୍କ କଥାରେ ସେ ଆବେଗପ୍ରବଣ ହୋଇ ଉଠୁଥାଆନ୍ତି। ଅଜାଣତରେ ତାଙ୍କ ଆଖିରେ ଲୁହ ଜକେଇ ଆସିଲା। ସେ ଢେରବର୍ଷ ହେବ କାନ୍ଦି ନଥିଲେ। ଏମିତି କି ଦୁଇପୁଅ ଯେଉଁଦିନ ଘର ଛାଡି ଯାଇଥିଲେ, ସେଦିନ ବି ନୁହେଁ।

■

BLACK EAGLE BOOKS

www.blackeaglebooks.org
info@blackeaglebooks.org

Black Eagle Books, an independent publisher, was founded as
a nonprofit organization in April, 2019. It is our mission to
connect and engage the Indian diaspora and the world at large
with the best of works of world literature published on a
collaborative platform, with special emphasis on
foregrounding Contemporary Classics and New Writing.